中公文庫

鷗外「奈良五十首」を読む

平山城児

中央公論新社

目次

一　序にかえて……7
二　帝室博物館総長兼図書頭としての鷗外……15
三　「奈良五十首」……23
四　「奈良五十首」の構成……211
五　「奈良五十首」の意味……217
六　「我百首」の構成……237
七　万葉集と鷗外の「うた日記」……265
あとがき……299

鷗外「奈良五十首」を読む

一　序にかえて

鷗外の文学活動があらゆるジャンルにわたっているために、鷗外の短歌は、これまでひどく不遇な位置におかれてきたようである。その鷗外の短歌を、黴臭い箱の中から取り出して、もう一度ていねいに虫干しをしてみたら、あるいは思いがけない値打ちを見出せるかもしれない。そう考えたのがそもそもの動機である。十年ばかり前に、『うた日記』と万葉集との関係を考えてみたことがある（『立教大学日本文学』第11号）。その後、もっと詳しく『うた日記』にかかわってはみたが、なにしろ背景が日露戦争でもあり、長短とりまぜた詩・短歌・俳句の数も多すぎて、次第に手におえなくなり、ついには中断してしまった。次に、「我百首」にもとりかかってみた。ここには極めて特異なスタイルの歌ばかりが納められていて、私の好奇心を充分に満足させてくれたものの、解読という点では困難な問題が多く、これも中途で投げ出してしまっている。

そして、ようやくたどりついたのが「奈良五十首」である。分量は最も少なく、表現も平明であり、これらの解読はさほど困難なことではなかろうと、最初は高をくくっていた。ところが、いざ首をつっこんでみると、あらゆる部分に謎がひそんでおり、容易に解決はつかない。問題は縦横にひろがるばかりで収拾がつかなくなった。最後に私の目の前に大きく立ちふさがったのは結局、鷗外という人物の姿と大正という時代であった。鷗外がわからなければ解けず、大正を知らなければ正解が出ない。そうした意味での疑問点が、数多く積み重なっていった。

だが、鷗外という人物や大正という時代に対する私の理解には、所詮はある限界があるに違いない。その限界についての批判は甘受するより仕方がないが、その限界内での「奈良五十首」の私なりの読み方は、ひとまずこのようなものであろうと思い切ることにした。

私の意図としては、初めにのべたように、これまで不遇な扱いを受けていた鷗外の短歌に、もう少し光をあてたいというところに、あくまでも力点がおかれているのだが、結果的にみると、私は私なりに、「奈良五十首」を材料にして鷗外論にも踏みこんでしまったようである。

＊

鷗外の短歌のよりよき理解者であった斎藤茂吉は、「奈良五十首」の歌を、「一種の思想的抒情詩《ゲダンケンリリーク》」と評している。この評語はさすがに適切であるが、別な見方をすると過褒とも言える。おそらく茂吉は、五十首各首の細部を深く検討し、さらに五十首全体の総体《マス》としての意味を考えた上でそう言ったのではなかろう。直観的にそう感じたのであろう。「奈良五十首」を各一首ずつ仔細に検討していってみると、「思想的」という名におよそ価いしない歌も多々含まれていることがわかる。それにある種の「思想」についての考えをよんではいても、その歌自体を「思想的抒情詩」とよんでよいかどうか、ためらわれる歌もある。けれども、それらの歌五十首を集めて、一つの総《マ》体《ス》に構成した鷗外の意図をさぐってみると、鷗外は、おそらく茂吉が直観した以上に明確に、これら五十首全体を、ひとつの「思想的抒情詩」と考えていたであろうと思われるのである。

歌には調べが大切である。内容ばかりが散文的に辛じて五七五七七に整えられているような歌は、あまりよい歌とはいえない。私自身も、好みから言えば、美しい調べをもった歌の方が好きである。そして、そうした歌をよしとするのは、むしろ古典の歌の世界での長い伝統であった。万葉集は長い和歌史の上では異質な存在であるが、その万葉集の歌の中でも、憶良の歌は特異である。「奈良五十首」の中の何首かは、憶良の歌と同質であると考えると理解しやすい。

とりたてて万葉集については書いていないが、鷗外がかなり万葉集をよみこんでいたことは、充分に推察のつくところである。東大図書館の鷗外文庫の目録をみると、代匠記《だいしょうき》・考・檜嬬手《ひのつまで》・楢《なら》の落葉《おちば》・略解《りゃくげ》・古義・新考等十六種ばかりの注釈書の名がみえる。日露戦争従軍中には、佐佐木信綱から贈られた日本歌学全書本の万葉集を常に座右にしていたので、『うた日記』には最も万葉集の影響が強いが、この「奈良五十首」にもその影響がみられることは注目しておいてよい。

よく知られているように、鷗外は、一方では、「我百首」とか「奈良五十首」のような特異な歌をよんでいるが、一方では山県有朋などとともに、極めて古風な桂園調の歌を継続的にたくさんよんでいる。このあたりに鷗外の面白さがある。鷗外という人を評して、保守的・折衷的というのは、あるいはあてはまるだろう。だが、保守に似通った退嬰という言葉は、全く鷗外のものではない。むしろ、革新的という言葉の方が鷗外に似つかわしい。保守と革新という互いに相反する面を、鷗外が常にもっていたことが、この鷗外の歌作りの経歴の上にもよくあらわれている。

だから、鷗外が古風な歌のよさも知っていた人であることは、当然認められる。にもかかわらず、みずからの歌が他人の眼には「けしき贓物《ぞうぶつ》」（異様な盗品）と映るであろうと充分承知の上で、発作的（？）に「我百首」をどさっと発表したりする。「奈良五十首」は「我百首」ほど「けしき」歌ではないが、常磐会詠草に比べれば、やはり異質な歌である。

一方では古典的な題詠歌を一首ずつ練り上げようとしながら、一方では革新的な連作を五十首百首とまとめて発表する。となると、鷗外が革新の意図を籠めてよんだ「我百首」や「奈良五十首」が、塊《マス》りの形で公けにされたという点に、何か意味がひそんでいるのではないかと思われてくる。「我百首」では、一首から次の一首へと移るところに、イメージの連想が働いていることは確かで、イメージの連関というものが、部分部分を結びつけているようである。

では、「奈良五十首」を統一しているものは何か。それは、簡単にいえば、「古きよき時代の奈良」と「現在のいまわしき人間世界」との対立である。この点については、のちに各首の解釈の上でさらに詳しくのべてゆきたいが、五十首全体のトーンは、結局そこに収斂してしまうのである。

茂吉に、「歌集歌書」という短文がある。その中で、茂吉は、鷗外の詩の「ひと時に　ひと歌を見よ　わすれても　ふたつな見そね」(『うた日記』)という部分を引き、歌を鑑賞する場合の自戒の言葉としている。連作の場合、一首一首の鑑賞も大切だが、それら全体を一つの塊りとして味わうことも必要である。ところが、それに慣れてくると、すでに作歌の段階で一首一首をぞんざいに作るようになり、鑑賞もそれにならい、しまいに一首を云々せずに歌集を云々するようになる。これは危険なことである。歌はあくまでも一首に執さなければならない。大凡このような内容の文章である。私はこの意見に全く同感である。

従来、鷗外の歌の中から、二、三首あるいは十首ばかり引用し、それらについての漠然とした印象をのべたり、それらを材料にして、鷗外その人を論じようとした文章は少なくない。鷗外の歌一首一首をまず読み解き、さらにそれら全体のもつ意味を考えてみようとした文章は一度もあらわれなかった。『うた日記』の語注には、極めて詳細なものがすでに存在する（筑摩書房版『森鷗外全集』㈦、注解者は三好行雄氏）。書物の性質上、これは語注のみにとどまっているのが残念である。また、石川淳氏が、昭和四十七年三月から『鷗外全集』の月報に、「奈良」および「奈良再遊」という標題の下に書き継いだ文章は、「奈良五十首」を本格的にとりあげてその背景を考えようと試みた最初の文章である。その意味では、私には実に心強く期待も大きかったのだが、石川淳氏の目的は、やはり私とは異なっていた。石川淳氏の文章をとらえんとする眼目は、「奈良五十首」という歌にあるのではなくて、「奈良五十首」をよんでいた最晩年の鷗外の物理的精神的な軌跡の追究である。私の意図するところは、まず一首一首の注解に始まって、最終的には「奈良五十首」全体の総体《マス》としての意味を考えようとするところにある。そして、それが結果としては、最晩年の鷗外像の一部を描くことになるかもしれないが、それはあくまでも副産物としてしか考えていない。以上のようなわけで、石川淳氏によって既に触れられたにもかかわらず、あえて同じ「奈良五十首」についてのべようとする意図を汲みとっていただきたいものである。

二　帝室博物館総長兼図書頭としての鷗外

石本陸軍次官との多年にわたる軋轢の末、大正五年四月に、鷗外はついに陸軍軍医総監、陸軍省医務局長の職を退いた。しかし、それから一年八ヵ月目の大正六年十二月に、鷗外は帝室博物館総長兼図書頭に任ぜられている。鷗外という人は、日常煩忙な雑務に制肘せられていた方が、かえって文学活動も盛んに行《おこな》えた人らしい。そのへんの機微については、たとえば渋川驍氏が、鷗外は「官職から離れた文筆生活が、必ずしも初め予想したような自由の活動を許すものではないことを」知り、「のみならず、ともすれば運動不足がちになりやすい、健康の顧慮からも」、あえて再び官職についたと書いている（『森鷗外』昭39・8）が、大凡そのようなことであろう。

ともかくも、大正六年十二月から死に至るまで、鷗外は、帝室博物館総長兼図書頭として、驚くほど勤勉にその職務を遂行した。総長の仕事の一部には、正倉院の開閉封にたちあい、その期間の事務を監督するという役割があった。そのために鷗外は大正七年から十一年にかけて五回奈良へ行き、そのうち、前四回の体験をもとにして、この「奈良五十首」が生まれたのであるから、帝室博物館総長兼図書頭としての鷗外像に、ここで多少はふれておくのも無益ではあるまい。

鷗外がこの職についてまだ二ヵ月もたたないうちに、二つの文章が書かれた（森潤三郎『鷗外森林太郎』昭9の指摘による）。そのうちのひとつは、高嶋米峰の「新任博物館総長森林太郎博士に与へて博物館の革新を促す」（『中央公論』大7・2）という文章である。これは二段組十一ページにわたる堂々たる要請文であり、いちいちもっともな進言である。いくらか詳しくその内容を紹介しておきたい。

㈠現在、本館も倉庫も建物がすでに老朽化している。所蔵物がいかに優れていたとしても、陳列する場所が不備ではなんの効果もない。至急新館を増設せよ。（その費用の捻出方法として米峰は、「今や、成金輩中、漸く酒色に飽き、別荘に飽き、書画骨董に飽きて、公共の事業に財を散ぜむとするものを出すに至れる時」になったようであるから、成金たちに献金させたらよいという。）

㈡所蔵品の目録・観覧案内・主な蔵品の絵ハガキなどを作るべきである。

㈢「陳列は、出来る限り組織的にして、研究者を便し、説明は、成るべく啓蒙的にして、一般観覧者の知識の開導に資すべし。」

㈣博物館員の「官僚的繁文縟礼」を排除すべきである。

㈤博物館員は一般の官吏とは異なるのだから、よろしく英断をもって、それぞれの部門における優秀な専門家を採用すべきである。

㈥博物館は特別展覧会を開くべきである。しかも、その展示品は、常に厳正な鑑識を経た上で真物のみを展示すべきである。

ほぼ右のような要求がつらねてある。当時は、現在の上野公園や動物園までも含めた広大な地域が、博物館総長の管轄下にあったから、米峰の要求には、以上につづけて動物園に対する要求もある。当時の実情を知るのも一興と思われるので、多少引用しておこう。

（上野動物園が）世界の動物園中、最も貧弱なるものゝ一なる由は、海外旅行者より伝へ聞くところなり。豹も死し、虎も死し、河馬も死し、狒々も死す。曰はく何、曰はく何。凡そ、児童の観むことを欲するが如き動物は、大抵、半歳も出でずして斃れざるなし。（中略）花屋敷の如き、一小団体の経営にして、不完全なる興行的動物園に於てさへ、尚且つ、帝室博物館付属の動物園よりも、奇獣珍禽の児童に歓ばるるもの多きは、甚だ深刻なる皮肉ならずや。

このような諸要求を書きつらねた末に、米峰は一段と皮肉たっぷりの文章を書き結語としている。

新館長博士、就任以来、軍服を着し軍刀を帯し、早出後退、万事軍隊式を発揮することこれ怠らず、兎角、遅刻早退に馴れたる館員をして、大いに覚醒せしむるところありたりと聞く。

しかし、このようなことは博物館の改革にはなんらの益をもたらさない。その程度の改革ならば、博物館は依然として「高等物置」で、総長はその番人であるにすぎない。

新館長森博士、冀《ねがわ》くは、館長早出して自らストーブを焚《た》きつけ、以て給仕の来るを待つといふが如きは、一種の挿話として価《あたい》あるべきも、帝室博物館革新の大業には、甚だ多くの効果を持ち来さざるものなることを思へ。

以上で米峰の文章は終る。非常に手厳しい要請である。

さて、鷗外がこの米峰の文章にどのくらい動かされたかは知らない。米峰自身がすでに文中で「此《か》くの如きは、賢明にして思慮深き森博士の胸中既に成案あるところならむ」と言っているように、米峰に要請されるまでもなく、鷗外は任ぜられた瞬間から、以上のような革新を頭に描いていたかもしれない。だが、結果から判断するのだが、鷗外のその後の努力のあとを見ると、鷗外が、かなりこの米峰の文章を意識していたようにもみえるのである。

それでは、帝室博物館総長兼図書頭としての鷗外は、どのような革新をし、またしようとしたのであろうか。その点については、当時の下僚であった多くの人々の証言がある。それらをとりあえず列挙しておく。神谷初之助「帝室博物館長としての森先生」、五味均平「宮内省図書頭としての森博士」、芝葛盛「図書頭としての森鷗外先生」、飯田良平「図書館時代の鷗外さん」。

それぞれ興味ぶかいが、重複する部分もあり、その重複するという事実が、それらの証言の客観的な正しさを保証してくれる。そして、結局のところ、これらすべてを総合し、当時の鷗外の姿を簡潔に、しかも密度の高い内容でまとめたものは、渋川驍氏の「森鷗外と図書寮」（『読書春秋』昭30・10）ということになろうか。また、その後に発表された、秋山光夫氏の「博物館総長時代」（『文芸』昭37・8）も、短文ながら詳密である。従ってここでは、渋川氏と秋山氏の文章から、鷗外のなした業績を拾って個条書にしてみたい。

(イ)館の組織・制度を改革した。

(ロ)従来の館員を罷免することはせず、配置転換をすることによって適材適所主義を貫こうとし、更に新人を採用して作業能率を高めた。

(ハ)博物館内の図書を整理し、未完ではあったが、『帝室博物館書目解題』『帝室博物館蔵書人名抄』を残した。

㈡図書寮蔵の洋書を整理し、『帝室洋書目録』を刊行した。

㈭図書寮で、みずから『帝謚考《ていしこう》』を執筆刊行した。

㈬図書寮で、同様に、『元号考』も執筆したが、未完に終わった。

㈦図書寮で、増員された寮員と協力し、『天皇皇族実録』を編纂、それは次代で完成した。

㈧図書寮で、『六国史』の校訂の事業に着手したが、惜しくも未完に終わった。

㈷大正七年以後、博物館の陳列を、歴史的時代別に改めた。

㈸動物園・上野公園の樹木が枯れかけたので、梅・松・桜など二千株を植樹した。

鷗外の業績を、さきの米峰の進言と対照すると、鷗外の㈠㈡は米峰の㈤に、㈧㈡は㈡に、㈷は㈢に、㈸は動物園に対する進言に、それぞれ対応するものであろう。鷗外在職中に博物館は、必ずしも米峰の進言通りにはならなかったが、わずか四年数ヵ月間の業績と考えるならば、やはりすばらしい業績であったと言うべきである。博物館の陳列を体系化したことについて秋山氏は、「ここに博物館が画期的な脱皮をして近代化が始った。この方法は今でこそ博物館経営の常識となってどこでも行われているが、日本最初の範を示されたのは先生である。」と鷗外を讃えているし、渋川氏も、

「在職期間僅か四年半、それに比較して彼の図書寮に寄与したものがいかに大きかったかは、その業績を点検することでいやでもうなずかざるをえないであろう。」と、同じように讃美している。

また、正倉院の拝観者資格は、鷗外が任官するまでは、位階官等で制限されていた。そのため真実拝観を望んでいる民間の研究者たちがかえって疎外され、さして御物に関心のない者ばかりが徒《いたず》らに拝観するという矛盾があった。この資格制限を拡張したのも鷗外の功績である（前掲、芝氏の文章による）。

それに、前二氏の文章にあらわれてこないが、前掲、神谷氏の文章によると、それまでの総長は、奈良へ着任すると堂々たる旅館などに逗留したり、歓送迎にもいろいろと格式ばったことを当然のように要求していたらしい。しかし、万事、「軍隊式」というよりは、実戦部隊の兵士式の生活をしていた鷗外は、そうした官僚的な縟礼を一切拒否し、最低限度の身のまわりの品物だけを持参し、博物館官舎に寝とまりしたのである。(注)日常生活の簡素なことは、日清日露従軍当時の鷗外を見ても知れることで、博物館総長になって慌しく改めた習慣でもない。この点は、だから、鷗外にとっては早くから身に備わっていたことではあるが、それがおのずから、さきの高嶋米峰の要請㈣への解答にもなっているのである。

神谷氏も秋山氏も期せずして同じように書いていることだが、鷗外は早起きだったので、一般の職員の出勤時間よりもはるかに早く館（あるいは寮）に着いてしまう。その時間を調節するために、煙草を吸いながらベンチに腰かけて待っていたという。これも実に鷗外らしい姿である。

以上を総合して考えると、どうも鷗外は、やはりさきにふれた米峰の文章を意識しつつ、可能な限りの改革をなしとげたのではないかと思われるのである。

注

「奈良出張用品控」として、以下の品物が全集に記録されている。

机小、膳一、茶碗一、皿二枚、小丼一、飯鉢一、杓子一、塗箸、火鉢陶、火箸、茶、醬油上、鰹節一本上、炭一俵、米、奈良漬、梅干、角砂糖上、卵二十、土瓶一、湯呑一、小刀鰹節用、市の図

三 「奈良五十首」

「奈良五十首」は、大正十一年一月の『明星』に、M・Rの署名で一挙に掲載されたものである。ちょっと見ると、京都経由で奈良へ来た作者が、正倉院を初めとしてあちこちの寺を経めぐり、最後に汽車で奈良を去るといった構成に配列されているようにみえる。しかし、一首ごとに成立事情を検討してゆくと、これらは何年かにわたってばらばらによみためられていたもので、右のような順序で一気に作られたものではないことは明らかである。正確にいうと、大正七年十一月から十年十一月へかけての四年間である。

右のような点にも留意しつつ、これから、一首一首について、やや立ち入った注解を試みたい。そして、それらを終えたあとで、鷗外が、いかなる意味のもとに「奈良五十首」を発表したか、という点についてのべてみたい。

＊

(1)京はわが先づ車よりおり立ちて古本《ふるほん》あさり日をくらす街《まち》

〔今後引用する歌の冒頭に記す(1)〜(50)という記号は、勿論原文にはないものであるが、叙述の便宜上私がかりに付したものである。以下文中にも、「第十二首」などと書くかわりに、簡単に、(12)首と表記する。また、歌に付されているルビは私が付したものではなく、鷗外自身がもともと付して発表したものである。〕

鷗外が宮内省帝室博物館総長兼図書頭に就任したのは、大正六年十二月二十五日である。その頃、正倉院の曝涼《ばくりょう》は、毎年十一月に行なわれていたので、その年の曝涼には、もちろん鷗外は行っていない。その翌年、大正七年から十年まで、鷗外は毎年汽車で奈良へ出張、約一カ月滞在し、帰京している。大正十一年には、「英皇儲」(すなわち、ウィンザー公)のために、特に五月に開封しているが、これは異例であり、しかも、「奈良五十首」が発表されたあとのことであるから、考慮に入れる必要はない。結局、鷗外の奈良出張のうち、「奈良五十首」に関連があるのは、さきにのべた四年間に限られる。

その四年間に、鷗外がどのような経路で奈良に達したかを「日記」(筆者注——今後、「日記」としてことわりなく引用するのは、すべて鷗外の日記委蛇録のことである。)によってさぐると、次のようになる。

大正七年十一月三日　朝発東京。……抵京都下車。則日既暮矣。再上車。過伏見、桃山、達奈良。……卸行李於博物館官舎。時午後十一点。

大正八年十一月一日　朝至京都下車。閲於彙文堂。午殆于木津屋。午後至奈良。

大正九年十一月一日　抵京都下車。訪彙文堂。過四条小橋買餹果。午時入寧楽。

大正十年十一月一日　至京都下車。閲於市。午時入奈良官舎。

このように、最初の年は朝汽車で発ったため、京都着が日没となり、下車はせずに直接奈良へ向かっているが、あとの三年は必ず夜汽車に乗り、翌朝京都で一旦下車し、市中に時を過ごしてから改めて奈良へ向かっている。そして、その主目的は「古本あさり」にあった。

(1)首を予備知識なしによむと、いかにも有閑人の体験をよんだ歌であるかのごとき趣きがうかがわれる。しかし、現実には、お役目である正倉院行きの途次、寸暇を惜しんで怱々の間に果たしている「古本あさり」であるから、それを(1)首のように表現したのは、鷗外らしいダンディズムであろう。ただ、見方を変えて、「わが先づ車よりおり立ちて」というところに注目すれば、別の味わい方もできる。つまり、京都でわざわざ下車をするのは、物見遊山のためでもなく、土産物を買うためでもなく、

「先づ」古本屋へ行くためであったという、本を愛し学問を愛した、本来の鷗外らしさが、そのやや切迫した言葉づかいの中によく表わされているのである。さて、この(1)首は、次の(2)首と密接な関連をもっている。

*

(2)識れりける文屋《ふみや》のあるじ気狂《きくる》ひて電車のみ見てあれば甲斐なし

この「文屋のあるじ」とは、当時の鷗外の「日記」・書簡に散見する、彙文堂《いぶんどう》の主人のことである。最初の年（大正七年）には往路立ち寄れなかったため、十一月二十八日に行っている。大正八年と九年には、往路寄っている。

そして、大正十年十一月一日付シゲ宛書簡には、「京都ノ本屋ハ赤ン坊ノヤウニナツテワカリマセン」とある。この頃、彙文堂主人は既に発狂していたらしい。今日風に言うと、認知症であったかもしれない。更に、同年十一月七日付シゲ宛書簡には、次のようにある。

書物ハ京都デ少シ買ツテ来タ彙文堂ト云フ本屋ノ主人ガダン／＼頭ガ悪クナツテ今年ハトウ／＼赤ン坊ト同ジニナツテ居タ只電車バカリナガメテ居テ油断ヲスル

トソレニ乗ツテ行方不明ニナル若イ番頭ガヤツト店ノ事ヲシテヰル（傍点筆者）

⑵首は、右の事実をそのまま三十一文字にしたものである。従って、大正十年十一月以前にはよめるはずのない歌である。そのことと関連していうと、⑴首は、正確に言えば、大正八年か九年によまれた歌であるということになる。

大正十一年五月二日付シゲ宛書簡には、さらに、「一日朝京都におりようかとおもふと彙文堂といふ書店の主人発狂した事ゆゑ話相手のない事をおもひ出してやめにしてすぐ奈良にのりかへた」とある。このように、勿論「古本あさり」自体も大切な目的ではあったが、ほかにも古本屋があったにもかかわらず、彙文堂主人が発狂してしまうと京都へ下車しようともしていないというのは、鷗外にとって、その主人と話をするということもかなり楽しみであったらしい。

この彙文堂については、森潤三郎の『鷗外森林太郎』に、次のような記述がある。

その（筆者注―「奈良五十首」の）第二首に／識れりける文屋のあるじ気狂ひて電車のみ見てあれば甲斐なし／は京都寺町丸太通りに、漢籍を主として商ふ彙文堂の主人大島友直で、初め東京で書物のセドリをしてゐたが、京都へ往つて河原町荒神口辺に小さな本屋を開き、次第に成功して上記の所へ移転し、京都帝国大学の狩野直喜、内藤虎次郎両博士等に愛顧されたが、脳を病んで京都市中を電車で

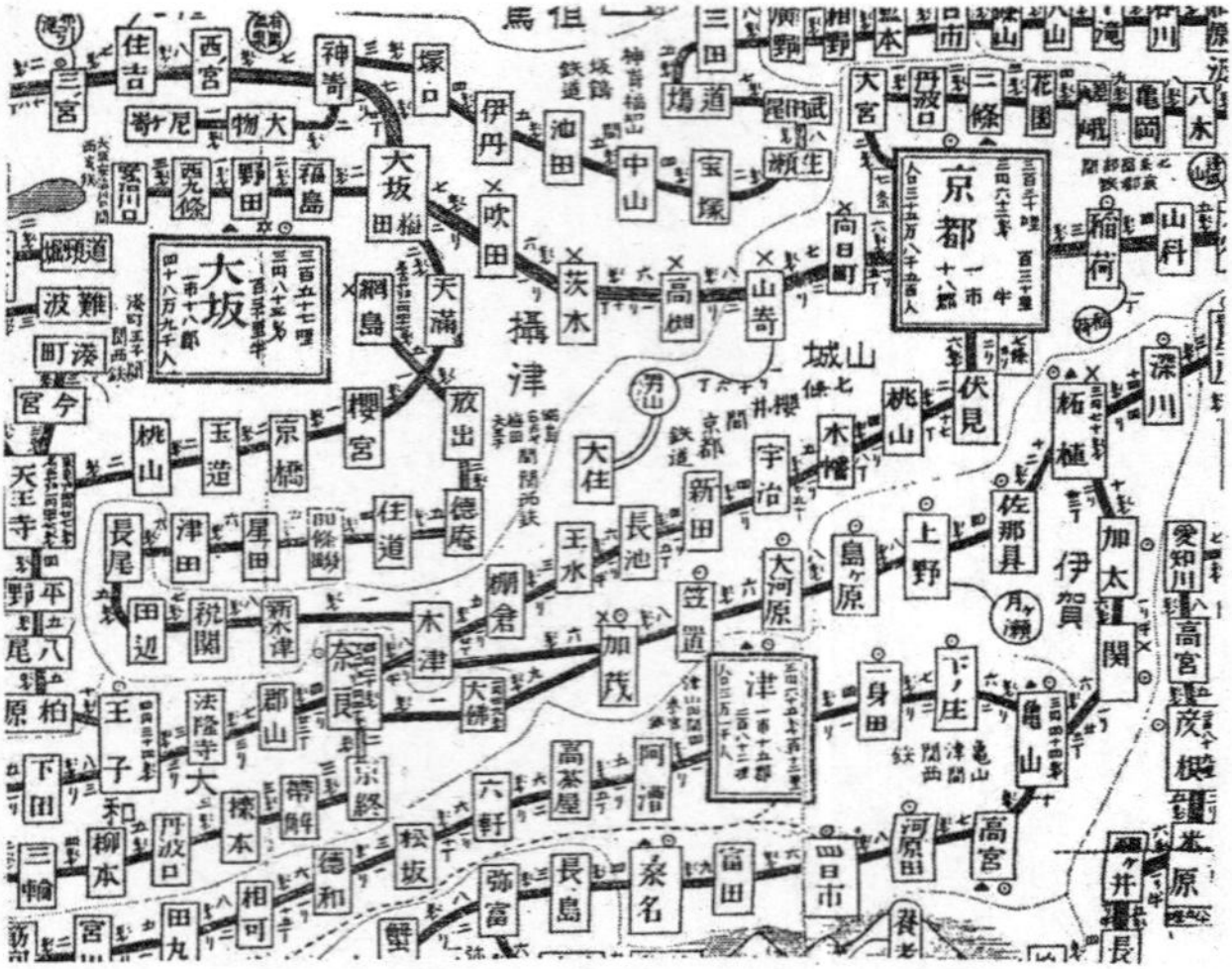

鉄道路線及賃銭里程表

乗廻したり、種々奇行を演じて二三年後に没した。わたくしとは東京の時から心易く、京都から古書の他に瓦経、古鏡等を送ってくれた。それより兄からも種々注文し、正倉院に往く時は必ず京都に下車して、最先に同店を訪ふことにしてゐた。

彙文堂についての説明としては、これほど適切な文章はないだろう。

*

(3)夕靄《ゆふもや》は宇治をつつみぬ児《ちご》あまた並居《なみゐ》る如き茶の木を消して

(4)木津過ぎて網棚《あみだな》の物おろしつ

つ窓より覗く奈良のともし火

この二首は、京都から奈良への車中詠である。最初の年（大正七年）は京都で日没となっているので、おそらくこの時の歌であろう。しかし、鷗外は、例の四年間の各十一月中の奈良滞在中に、奈良から京都へ五回出かけている。京都の博物館での公用を済ませるのが主な目的である。それらの帰りが何時になったかは「日記」に記されていないので、可能性から言えば、その五回の京都行の体験も考えに入れてよいかもしれない。

東京大学図書館の鷗外文庫にある「鉄道線路及賃銭里程表」（明34・11発行）を見ると、京都から奈良までの途中駅は、伏見—桃山—木幡—宇治—新田—長池—玉水—棚倉—木津の九駅である。

⑶首は、宇治の茶畑をよんだ歌で、「児あまた並居る如き」という形容が面白く、上品な歌である。木津駅の次はもう奈良である。右の里程表によると、木津から奈良までは「一り半」とある。車中の鷗外が網棚から荷物をおろし下車の仕度をしていると、車窓に奈良の街の灯が見えてくるというのが⑷首である。

＊

(5)奈良山《ならやま》の常磐木《ときはぎ》はよし秋の風木の間木の間を縫ひて吹くなり
(6)奈良人《ならびと》は秋の寂しさ見せじとや社《やしろ》も寺も丹塗《にぬり》にはせし
(7)蔦かづら絡《から》む築泥《ついぢ》の崩口《くえくち》の土もかわきていさぎよき奈良
(8)猿の来《こ》し官舎の裏《うら》の大杉は折れて迹なし常なき世なり

(5)首から(8)首までは、奈良の博物館付近の光景をよんだ歌である。いずれも素朴平明な歌で注釈の必要もないが、この素朴さは、いわば万葉的な素朴さといったもので、決して無味乾燥なものではない。

(5)首は、「奈良山の常磐木はよし」と、珍しく二句切になっている。「木の間木の間を縫ひて吹くなり」の快いリズムは捨てがたい。(8)首の「折れて迹なし常なき世なり」は、和歌の長い歴史から見れば、およそ陳腐な措辞《そじ》であろう。だが、何度目かの奈良行きにふと気づくと、その年まではいつも猿が来て遊んでいた官舎裏の大杉がなくなっていたという発見は、事実でもあったろうし、その感動はやはり新鮮である。鷗外が当時所持していた地図によると、鷗外自筆の書きこみでわかるように、博物館

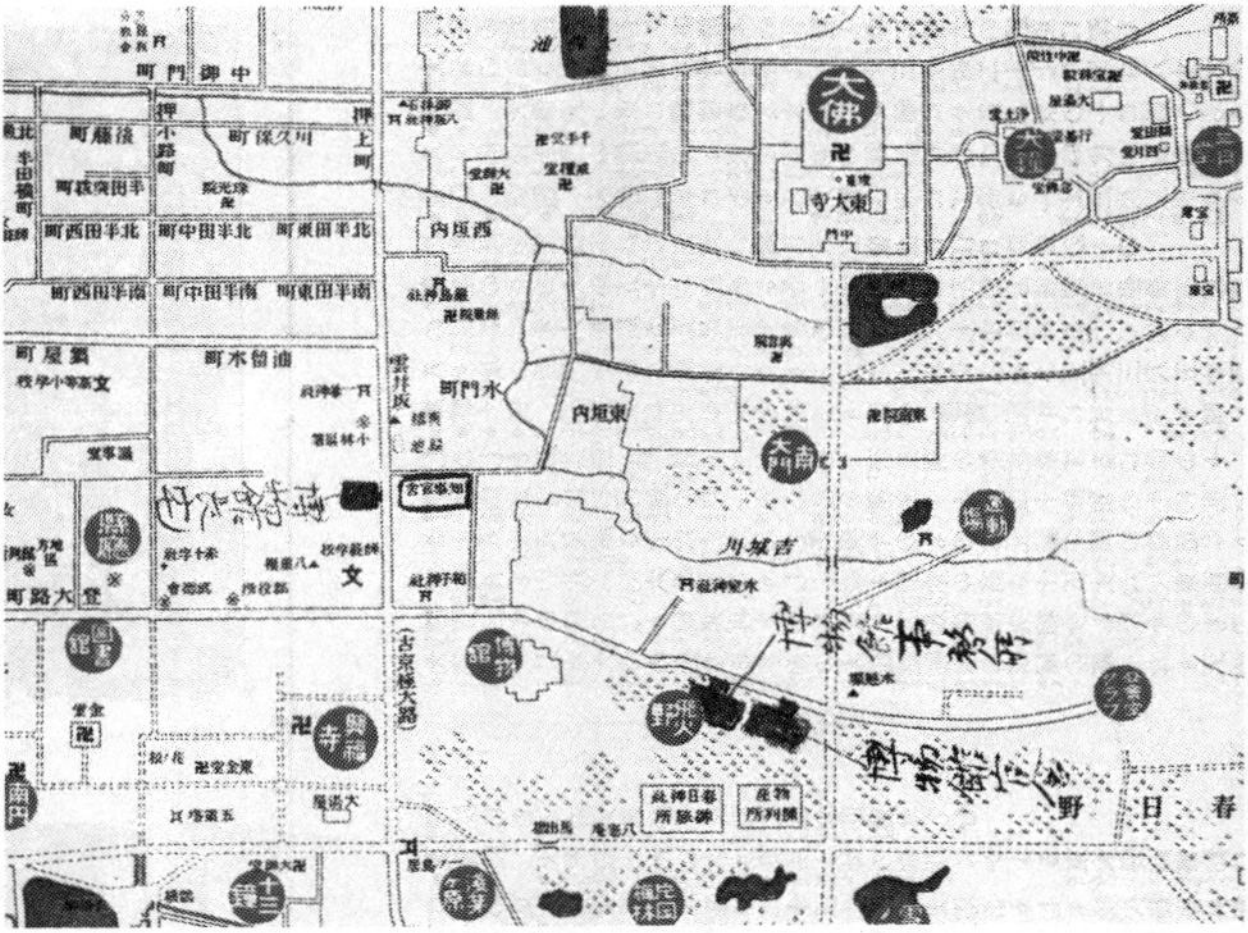

実地踏測奈良市街全図＝寧楽図（鷗外文庫蔵）

長宅は、現在の県庁東隣りの県営駐車場のあたりに、博物館事務所と博物館官舎は、現在の奈良文化財研究所の北上のバス道路に沿ったあたりに、それぞれあったらしい。

(7)首に、「土もかわきていさぎよき奈良」とある。築泥の崩口の土の乾いていることが、なぜ「いさぎよき」ことになるのか、この歌だけからはいささか判断に苦しむところである。だが、「奈良五十首」全体のトーンを理解した上でよみ直すと、なぜ鷗外が「いさぎよき」と思ったかは頗る明瞭である。これからもおいおい解明してゆくことであるから、ここではあまりくだくだしい説明はぬきにして、⑺首をとりあえず解釈すると、次のようになる。「古い奈良の建造物は、どこへ行ってみても崩壊しかかっている。官舎の近くにある築泥も崩れてしまい、漆喰の中の赤土が露出し、そこへ蔦かずらがからみついている。このまま放置すれば、いつかは築泥そのものが崩れ去り、消失してしまうだろう。古い奈良が次々と消え失せてしまうのは残念なことである。しかし、それはそれでよいのだ。奈良の本当の美しさ、貴重さを知りもしない成金たちに買われてゆく位なら、いっそ古い奈良は崩れ去ってしまえばよいのだ。そう思ってみると、築泥の崩口の露出した土も、痛々しくはあるが、かえっていさぎよく見えるではないか。」

この解釈が決して牽強付会ではないということは、次第に理解していただけることと思う。

＊

さて、⑼首から⒇首までの十二首には、「正倉院」という詞書がある。

⑼勅封《ちよくふう》の笋《たかんな》の皮切りほどく剪刀《かみそり》(注)の音の寒きあかつき

次の引用文をまず読んでもらいたい。

現在宝庫の扉をとざす鉄製の海老錠《えびじょう》の長さは四〇センチほどもあろう。恒例としては「正倉院の御曝涼」が終って「御閉封」ともなれば、扉をとざすこの錠に麻縄を斜《はす》十文字に三回巻きつけて、結んだ縄の末に「勅封」がつけられる。勅封（封紙）は勅を奉じた勅使が奉じきたったもので、幅一〇センチ、長さ三〇センチほどの紙の中央に、天皇の御署名がある。これを美濃紙に包んで縄で巻く。その上を竹の皮で包む。そして外側に勅使の封が加えられる。この勅封は次の「御開封」（宝庫を開くこと）のときに、解き開かれ、勅使がその異状がないのをたしかめて帯帰するのである。（『正倉院』昭29・11、毎日新聞社、この条の執筆者は和田軍一）

勅封は右のごときものであるが、安藤更生の『正倉院小史』（昭47・10）によると、その濫觴《らんしょう》はおそらく延暦年間のことであろうとされ、また、開閉封に立ちあうものは、「古くは大少監物、造東大寺長官」などであり、明治以後は、「博物館総長」となったということである。鷗外の場合、大正七年、大正八年は、開閉封ともに、勅使は清水谷侍従であったが、大正九年、大正十年の「日記」には、勅使の名の記載はない。大正十一年五月には、当時の摂政殿下、つまり昭和天皇がみずから開封をされたようである。

「日記」大正七年十一月五日の条には、次のような詳細な観察記事が記されている。

五日。火曜日。陰。朝赴正倉院。入事務所。勅使清水谷侍従尋至。開北中南三倉。倉之東辺。豫架縁棚。懸階梯。開封自北倉始。次中倉。次南倉。将開北倉時。鑰筐内有守宮一隻。及撤筐走出。吏云。年々如此。御筆華押。横折奉書紙。書于中央。裏以竪奉書紙。纏絡以麻縄。縄端挟封紙。更包以犛皮。巻以麻糸。吏把剪刀。截取縄端。呈侍従。自傍断糸。層々剝去。至見封紙。侍従撿御署。而後蔵之。

「吏把剪刀。截取縄端。」という部分が、歌の「敕封の笋の皮切りほどく剪刀」に相当する。その開封の際、北倉の鑰筐《やくきょう》の中から、やもりが一匹飛び出して逃げた。「毎年こうなんですよ」と吏が言ったと右の「日記」に記してある。厳粛な儀式にユーモラスなアクセントをつけていて、なかなか面白い。

勅封を開き、また閉じるということは、一口に言ってしまえば形式的なセレモニーである。

しかし、いくたびの推移があったにせよ、八世紀後半から営々と継続されてきた重要な儀式である。その儀式があり、それを支える人々の努力があったからこそ、世界に誇るべき正倉院の御物が、今日まで伝わったのである。

次の⑽首の項でものべるが、戦乱や火災や盗難の危機に何度も見まわれながらも、二十世紀の今日まで無傷で伝承されたということは、ほとんど奇蹟に近い。戦後間もない頃、浮浪者が数人正倉院の縁の下で焚火をして、その火で校倉の床の裏側が焦げているのが発見され、危うく退去させたというニュースを読んだ記憶がある。

その御物に、今まさに対面しようとする瞬間の、厳粛な、張りつめた雰囲気が、「笋」を「切りほどく」「剪刀の音」という部分に象徴されており、それは同時に、寒々とした十一月初旬の奈良の空気とも響きあっている。いくつかの体言を「の」で結びつけた息づまるような調べは、その瞬間の鷗外の感動を余すことなく伝えている。⑼首は、「奈良五十首」の中でも最も調子の高い、優れた歌である。こうした感動は二度三度と重ねると次第に薄れるものであるから、おそらく、大正七年十一月五日によまれたものであろう。

注

勅封《ちよくふう》の笋《たかんな》の皮切りほどく剪刀の音の寒きあかつき

この歌の「剪刀」に、旧著では「かみそり」とルビを振っておいた。しかし、これは「はさみ」と訓むのが正しい。なぜ私が誤ったかといえば、テキストに選んだのが『鷗外全集　著作編』第一巻（昭13・2、岩波書店）で、その本には「かみそり」とルビが振ってあったからである。岩波書店で発行した鷗外全集であるから信用しても無理はなかろう。ところが、このような誤りが生じた過程には、複雑な事情が存在していたらしい。その事情についての解説は、澤柳大五郎の「剪刀」（『鷗外』昭61・1）に譲るが、それを読んだあとでも、誤りがなかなか訂正されなかった過程の説明には、あまりすっきりした印象を持てない。

かの高名な塚本邦雄がこの歌を、「筍を素材とした詩歌の中で類を絶した秀作であらう。すつくと伸びたみづみづしい筍の、露を弾くあの皮を「勅封」とは言ひも言つたり。剃刀《かみそり》でその皮を裂き開くことが、現実にあるかないかはともあれ、春寒の芳しい空気が、一瞬鼻先をさつと過ぎるここちがする」と解釈していることを、小池光「カミソリとハサミ」（季刊『現代短歌・雁』平6・10）で知って驚いたことがある。もちろん、この解釈は全くの誤りである。塚本も「かみそり」とルビを振ったテキストで読んだのである。数年前に古書店で、『鷗外全集』第六巻（昭4・10、鷗外全集刊行会）を端本で安く購入したが、この本には「はさみ」と正しくルビが振ってあった。

（「鷗外の「奈良五十首」「うた日記」―追考と補正―」〈『国文学踏査』平27・3〉）

＊

(10)夢の国燃ゆべきものの燃えぬ国木の校倉《あぜくら》のとはに立つ国

鷗外が初めて開封に立ちあった年（一九一八年）から遡って数えてみても、正倉院の建物はすでに千年以上の風雪に耐えて存在していたのである。その千年以上の歳月の間に、正倉院はどれだけの危険にさらされてきたか。安藤更生撰の「正倉院年譜」の中から、建物自体に加えられた損害の記録を拾い、それに、東大寺全体にふりかかった災禍の記録を加え、正倉院災禍年譜とでもいうべきものを作ってみた。

長元二年（一〇二九）　動用倉顚倒する。
長暦元年（一〇三七）三月　盗人が勅封蔵を焼穿って宝物を盗む。
嘉保二年（一〇九五）　正倉院南別蔵焼ける。
治承四年（一一八〇）十二月　平重衡東大寺を焼く。
建長六年（一二五四）六月　正倉院に落雷、扉と柱六本を破損する。
文安三年（一四四六）一月　東大寺戒壇院焼ける。
永正五年（一五〇八）三月　東大寺焼ける。

永禄十年（一五六七）　十月　松永久秀大仏を焼く。

ここには、宝物の盗難のみの記録は拾っていない。ともかく、あの大仏が紅蓮の炎につつまれ、熔解してしまうような大きな災禍に二度も逢会しているのに、正倉院は焼けなかった。大仏殿から正倉院までの距離は、直線にして二二〇メートル位しかないのである。その正倉院が、今日もほとんど建造当時の姿で存在するという事実は、やはり想像を絶することである。鷗外のこの歌には、そうした事実に対する感動が素直によまれており、これも好感のもてる歌である。

もっとも、述部を極端に省略して単語の羅列で一首の歌を形成するという技巧は、明星調の露骨な模倣といえばいえる。たとえば、次のような歌である。

われ男の子意気の子名の子つるぎの子詩の子恋の子あゝもだえの子（鉄幹）

雨みゆるうき葉しら蓮絵師の君に傘まゐらする三尺の船（晶子）

ほととぎす治承寿永のおん国母三十にして経よます寺（晶子）

鷗外は一時期、こうした明星調の歌を意識的に模倣し、かなりたくさんの歌をよんでいる（「一殺那」「舞扇」「潮の音」など）。だから、その意味から言えば、(10)首はむしろ極めて技巧的な歌といってよい。だが、それは表現上の問題である。こうした技巧的な歌の場合、表現が先行したか、内容が先行したかをきめる手がかりはつかみにくい。それでも、この歌をよんだ時点での鷗外の気持は大変素直なものであって、その素直な感動が期せずして明星調の技巧を伴って歌となったのだと私は考える。それは、この一首だけからの判断ではなくて、やはり「奈良五十首」全体のトーンからくる結論なのである。

＊

(11)戸あくれば朝日さすなり一とせを素絹《そけん》の下《した》に寝つる器《うつは》に
(12)唐櫃《からびつ》の蓋《ふた》とれば立つ絁《あしぎぬ》の塵もなかなかなつかしきかな

儀式が終わっていよいよ扉が開けられると、一年間暗黒に鎖されていた倉内に朝日が射しこむ。「素絹」（薄い紗のような絹の布）に覆われていた「器」にも光が届く。そのとき、「器」がきらりと光ったかもしれない。そうした光景をよんだのが(11)首である。

「日記」大正七年十一月五日の条に、次のようにある。

予与侍従入倉。久保田鼎随焉。歴覧階下階上。吏排棚前玻瓈扉。撤器上布覆。

「撤器上布覆」という部分がこの歌にあたる。ここによまれた「器」は、あるいは白瑠璃碗とよばれている、ペルシャ、ササン朝のカットグラスであったかもしれない。あるいは、唐三彩の鉢であったかもしれない。いずれにしても、鷗外がそこで見た「器」は、遠くシルクロードを経て中国から日本へはるばると伝えられた、異国文化の匂いのぷんぷんする「器」であったに違いない。

鷗外の奈良行き当時のメモに、「南都小記」というものがある。その中に、次のような記述がある。

芸術

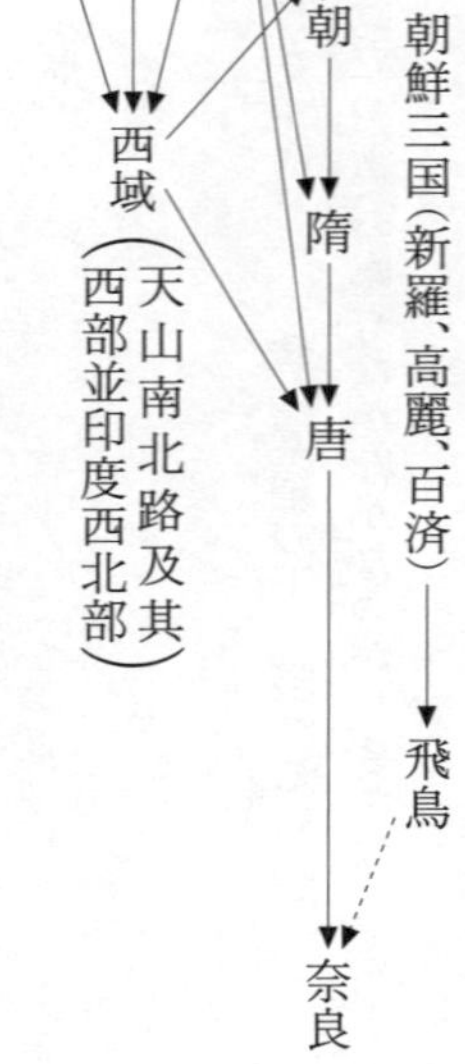

つまり、奈良時代の文化の源流をたどった系統図であるが、ここに、明らかにシルクロードの影響がメモされている。「（波斯《ペルシャ》）薩珊《ササン》」とあるのは、ペルシャ、ササン朝

のことである。鷗外には特にそのようなことを記した文章はないが、正倉院の御物が東西文化の接点であるということは正確に知った上で、このような歌をよんでいたのである。

　また、「日記」大正七年十一月七日の条には、次のようにある。

　入中倉。撿古文書四櫃。又入仮倉。撿布帛断裂数箱。断裂中有天寿国曼荼羅銘四字。

⑿首は、あるいはこの部分のような場面をとらえてよんだものかもしれない。しかし、特にこの「日記」にこだわる必要はない。「塵もなかなかなつかしきかな」という下の二句に注意したい。一年間だれの眼にもふれずに、ひっそりと眠っていた御物だが、いよいよ開封となり、唐櫃の蓋がとられる。その瞬間、おそらく、かすかな黴の匂いとともに、唐櫃の中にあった塵が、さしこむ朝日の光の中に舞い立ったのである。そこを把えて、「塵もなかなかなつかしきかな」と鷗外はよんだ。なぜ、「なつかしい」のか。それは言うまでもないことであるが、その「塵」の中に、鷗外は、聖武天皇の現し身や光明皇后の息づかいを感じとっていたからであり、その上、それ以来千年にわたる歳月の間に、その櫃に手をふれた多くの人々の姿を思い浮かべていたからである。実際、現在となってみると、正倉院の「塵」は、「塵」自体としても貴重

なものであり、「塵」を分析調査することによっても、多くの事実が発見されているという。

このように考えてくると、この歌は、感覚的な繊細さを備えているだけでなく、歴史を大切に扱っていた鷗外の、知的な奥床しさがよく表わされていて、なかなか捨てがたい歌である。「絁」は、太い絹糸で織った粗製の布であるが、こうした上代語を巧みによみこんだ歌という例としても面白い。

＊

⒀見るごとにあらたなる節ありといふ古文書《こもんじよ》生ける人にかも似る

この歌から⒃首までの四首は、正倉院文書と聖語蔵《しようごぞう》経巻にまつわる歌である。いわゆる正倉院文書というものは、部分的には世間へ流出したものもあるが、その大部分である一万数千点は、その他の品物とともに、正倉院御物として、一千年の間無事に保存された。明治以前に正倉院文書を初めて整理した穂井田忠友については、次の歌の項でふれるとして、ここでは、その正倉院文書の出版にふれておく。

正倉院文書の編集・出版は、東京帝国大学の史料編纂所で行われた。それは、『大日本古文書』として、正編にあたる巻一から巻六までが、明治三十四年七月から明治三十七年二月にかけて刊行された。その後、追加として、巻七から巻二十三までが、明治四十年十月から昭和十二年十二月にかけて刊行され、さらに、補遺として巻二十四、巻二十五が、昭和十四年九月と昭和十五年六月に、それぞれ刊行された。全二十五巻刊行しおえるまでに、実に四十年間の歳月を要した大事業であった。

『大日本古文書』巻一の正倉院文書解題によると、「昨年（明治三十三年、筆者注）十月、正倉院御物ノ曝涼ニ際シ、特ニ文書ノ拝観ヲ許サル、是ニ於テ、原本ニ就キテ、本学図書館本ヲ校正シ、併セテ新タニ、以上ノ諸本ニ漏レタルモノヲ写シ、ガ、未ダ全ク其功ヲ竣ヘザルニ、既ニ御閉封ノ期トナレリ、故ニ、未ダ原本トノ対校ヲ了セズシテ、其儘印刷ニ付シタルモノアリ、此等ハ、他日若シ誤謬ヲ発見セバ、直チニ訂正ヲ加フベキナリ」とある。これによれば、一年に一度、それも期間にして二十数日というう、極めて限られた開封の期間に、東大本と原文とを校合していたが、とうてい時日が足りなかったという、当時の事情がよくわかる。

鷗外が開封に立ちあった四年間に原稿が作られ、発行にいたった『大日本古文書』の巻数を、ちなみに記すならば、次の通りである。

巻十三（追加七）　大正九年三月刊

巻十四（追加八）　大正十年三月刊
巻十五（追加九）　大正十一年三月刊

「日記」大正七年十一月六日の条に、

黒板勝美、三成重敬、松平年一来。対挍古文書。是日為始。

とある。そのほかの日の「日記」の記事に、黒板勝美の名がしばしば記されてあるわけではないが、毎年一度は黒板勝美の名が十一月中の「日記」にみえているのは、おそらく正倉院文書の校合に関係があるはずである。

その黒板勝美だけに限定するわけではないが、そのようにして、毎年の曝涼の際に正倉院に来て、正倉院文書を調査していた学者を詠んだのが、この⒀首である。その学者たちの一人が、毎日正倉院文書をよみながら、いや今日も新しい発見をしました、この文書は以前にもよくわかっているはずなのに、見落としというものはあるものですね、それにしても、古文書というものは、見れば見るほど魅力のあるものだ、などと問わず語りに言ったりしているのを把《とら》えて、鷗外がこの歌をよんだのである。「古文書」が「生ける人」に似ているといういい方は、実に鋭い観察であり、また、生々とした形容である。

この歌が、「古文書」を「見るごとに」、そこに何か新しい点を発見して喜んでいる、そうした全く地味な作業に没頭している学者の姿をよんでいる、というところに注目してほしい。この歌も、次の⑭首も、ひとつおいて⑯首も、すべてそうした学者をよんだ歌である。鷗外は、これらの学者たちを尊重し、高く評価していた。それは、これら四首の次に並べてある四首（⑰⑱⑲⑳の各首）との関連でも実に明瞭にわかる。鷗外は、正倉院に来る人間を二種類に分けた。一方は、正倉院の真価を充分に知り、そのすばらしさを少しでも明らかにしようと地道な努力をつづけている学者たちである。もう一方は、正倉院のなんたるかにほとんど顧慮せず、単に拝観資格が与えられたというだけのために来る、無礼な人々である。八首のうち四首を前者の讃美にあて、四首を後者の罵倒にあてている。鷗外の意図は頗る明白である。

晩年の鷗外は殊に史伝の考証に没頭していた。大正六年から九年という、丁度この「奈良五十首」がよまれた時期と重なる期間に、鷗外最後の史伝小説「北条霞亭」と「霞亭生涯の末一年」が書きつがれていた。鷗外が、そうした史伝小説を書きついでゆくときの姿勢と、正倉院文書の研究に心を尽していた学者たちの姿勢とは、ある意味でほとんど同じといってもよい。埋もれた資料を発掘したときの喜びというものは、鷗外にはわかりすぎるほど解っていただろう。「古文書」が「生ける人」に似るという見方も、学者と作家が見事に一身に調和したと思われるような鷗外を考えてみると、もっとよく理解のゆく表現である。

最後にもう一言つけ加えておく。この歌の末尾の「人にかも似る」という言い方は、鷗外がしばしば試みた、万葉調の一例である。

あな醜く賢《さかし》らをすと酒飲まぬ人をよく見ば猿にかも似る（巻三・三四四）

このあまりにも有名な旅人の讃酒歌の一首の末尾を、鷗外はこの歌で摸している。「奈良五十首」中、万葉集の影響はこの歌だけではない。その点については、先へ行ってまたふれたい。

＊

⒁少女をば奉行の妾《せふ》に遣りぬとか客《かく》よ黙《もだ》あれあはれ忠友《たゞとも》

「忠友」は、穂井田忠友のことである。寛政四年（一七九二）に生まれ、弘化四年（一八四七）に死んだ、幕末の学者である。忠友は、天保四年（一八三三）の正倉院開封の際に正倉院文書を整理し、『正倉院文書』四十五巻を作り、その模本も作った。正倉院に関して明治以前に最大の業績を残したのは忠友である。忠友の著書『観古雑帖』には、正倉院蔵の玉箒《たまははき》・辛鋤《からすき》・百万塔・天寿国曼陀羅繡帳などが、正確な図入で考証を施されている。また、同じく、忠友の著書である『埋麝発香《まいじゃはっこう》』は、正倉院文書から、当時使用されていた国印その他の印章を収集したものである。

「少女をば奉行の妾に遣りぬとか」とは、『国学者伝記集成』によれば、「或人の説に、娘一人ありしが、奈良奉行梶野某の妾となりきと云ふ。梶野某とは、忠友の消息に見えたる梶野土佐守なるべし。」とあるが、このことを指すのであろう。

「日記」によると、忠友のことは、二個所に出てくる。

（大正十一年十一月二十一日）中村雅真持穂井田忠友摹古尺来示予。

（同　年　同　月二十七日）観水木要太郎蔵穂井田忠友印。竹印野猪鈕。文穂忠友印。欵曰穂井田大人弄玩具。榛間青牛子刀。

二十七日の条には、そのあとに。その竹印の図が挿入されている。

おそらく、その二日のうちいずれかの日に、忠友の人物について説明を加えた人間が、鷗外に向かい、忠友はその娘を奉行の妾にしたそうだとか伝えたのであろう。そのように伝えた「客」が、中村雅真氏か水木要太郎氏か、あるいは同席した別人であったか、それは定かではない。しかし、それはだれであっても構わない。ともかく、その「客」人の伝え方が、一種猥褻な、あるいは、野卑なニュアンスを伴っていて、その話題によって、むしろ忠友自身の人格をおとしめるような口ぶりであったのであ

忠友の印

ろう。それに対し鷗外は、実際に口に出して反撥はしなかったのだろうが、内心はひどく憤りを発しこの歌をよんだものと思われる。「客よ黙あれ」という激しい語調は、鷗外のそうした憤りを生々しく伝えている。しかも、「あはれ忠友」という言い方は、それに対して、いかに鷗外が忠友を弁護したく思っていたかという心情を、これまた強くむきつけに表現している。

正倉院研究史の中ですばらしい業績を残した忠友である。その忠友にいかなる事情があったかは知らないが、たとえその娘が奉行の妾になろうと、それはどうでもいいではないか。そのようなことを得々としてのべる者は、みずからその品性の下劣さを表明しているだけではないか。そのように大声で「客」をどなりつけたかった鷗外の気持が、この歌には露骨にあらわれている。

忠友の歌集（『観古雑帖・埋麝発香』〔日本古典全集〕）の中に、正倉院をよんだものがないかと探してみたが、残念ながらそこには見出せなかった。かろうじて次の一首を発見した。

東大寺の油倉
油ぐら名のみになりて今さらに消えなむとする法《のり》のともし火
忠友はむしろ皮肉で滑稽な歌に長じていた人で、その種の歌はいくつもある。鷗外の作品にちなんで、「追儺《ついな》」の歌をひとつ引用しておく。

女がなやらひするさまかきたる絵に
さるかたに心のおにははふらして手まめに年の数やかぞふる

忠友の墓は、現在も無事に、京都新京極三条下るの誓願寺墓地にある。周囲は殷賑《いんしん》を極める繁華街であるが、安楽庵策伝やお半長右衛門などとともに、忠友はひっそりと眠っていた。探しあぐねた末、墓守に尋ねると、すぐに案内してくれたが、そのあとすぐにその墓守は、これはどんなことをした人なのですかと訊いた。忠友の墓も大切にしないと、そのうちに、どこかの垣根にされてしまうかもしれない。正面には、ただ「穂井田忠友之墓」とあり、裏面に、「弘化四丁未九月十九日死」とだけ刻まれた簡素な墓である。

もうひとつつけ加えておきたいことがある。それは、この歌に用いられている「黙《もだ》」という言葉も、おそらくその前の歌にひかされて、同じ万葉集の旅人の讃酒歌から取られた言葉であろうということである。旅人の歌は次のような歌である。

穂井田忠友の墓（筆者撮影）

黙《もだ》をりて賢《さかし》らするは酒飲みて酔ひ泣きするに尚《なほ》しかずけり
（巻三・三五〇）

＊

⒂恋を知る没日《いりひ》の国の主《ぬし》の世に写しつる経《きやう》今も残れり

この歌と次の歌は、聖語蔵経巻にまつわる歌である。宮内庁蔵版の『正倉院の御物』（昭40・3）に掲げられている正倉院年表によれば、「明治四三年（一九一〇）六月　聖語蔵経巻修理を始む」とある。聖語蔵については、次の文章が簡潔に物語ってくれるだろう。

奈良の正倉院にある聖語蔵は、専ら古経巻を納めてある経蔵である。もと東大寺塔中尊勝院のものであつたが、永禄の兵火に院の焼亡した際、この経蔵だけが残つたので、以後東大寺の管理する所であつたのを、維新後経蔵・経巻共に帝室に献納したので、宮内省はこれを正倉院の構内に移したのである。この経蔵には、写経・版経及び少数の雑書を加へて、すべて七八三点、四九六〇巻を蔵してゐる。その内写経七一五点、四〇六三巻があるが、隋・唐の将来経を始め、我が天平十二年及び神護景雲二年の願経より、奈良・平安両朝に亘る写経が、その主要部分をなしてゐる。（春日政治「正倉院聖語蔵点本の調査」）

「日記」には、まず、大正七年十一月五日の開封の日の条に「次開聖語蔵。」とあり、その翌日十一月六日の条に、

開仮倉二扉。仮倉宮内大臣所封。中蔵残欠物数十箱。又丁巳移経巻乎此。以修繕聖語蔵故也。

とある。これによると、聖語蔵修繕のために、当時は「仮倉」が設けてあり、そこに、中蔵から移された「残欠物数十箱」と、丁巳（大正六年）に聖語蔵から移された経巻とが納められていたらしい。

この年（大正七年）は聖語蔵についての記事が「日記」には多く見られる。

七日。（略）通閲正倉院蔵物目録、聖語蔵経巻目録。

八日。（略）入仮倉。観隋代写経、華氈、大幡等。

十三日。（略）納経於聖語蔵。自是日始。蔵四壁。設棚七層。蓄経者五層。上二層在戸楅上。今不用之。

十三日の記事を見ると、聖語蔵の修繕が終わったらしく、経巻が元へもどされている。

七日の記事によると、鷗外は聖語蔵経巻目録を通閲している。これは、おそらく正倉院内にあった手控えのノートであろう。今日われわれが眼にすることのできる、『正倉院聖語蔵経巻目録』は、そのノートを基にして活字化されたものであろう。昭和五年九月の日付が凡例の末尾にあるその目録をみると、さきの春日政治氏の文章を補う面も見られるので、その部分だけ引用しておこう。

聖語蔵設後ハ宮内省宝器主管ニ於テ之ヲ管理シ首トシテ経巻ノ紛雑ヲ正シ整理稍々緒ニ就カントスルノ際明治四十一年帝室博物館制ノ改正ニ因リテ宝庫ト共ニ帝室博物館ノ管理ニ帰シタリ是ニ於テ同四十二年及翌四十三年ノ両度帝室博物館総長股野琢同館美術部長今泉雄作ヲ伴ヒテ東京ヨリ至リ奈良帝室博物館及同館学芸委員数名ト共ニ聖語蔵ニ就キテ経巻ヲ整理シ専ラ其類別ニ従事セリ

その経巻の大略の内容については、さきに引用した春日政治氏の文章の通りであるが、ここでは、隋経と唐経について、もう少々詳しくのべておこう。これらは、どちらも中国本土で書かれた写経である。隋経は、八点二十二巻、唐経は、三十点二百二十一巻ある。隋経には、賢劫経、大智度論などが含まれ、唐経には、大乗大集地蔵経、大毗婆沙論、成唯識論などが含まれている。唐経には、巻末に識語のみられるものがあり、その年号を記すと、永徽二年、永徽六年、顕慶四年などである。

さて、鷗外の歌にもどって考えてみたいのだが、この歌はなかなか解読のむずかしい歌である。それは、「恋を知る没日の国の主」という言葉のさす対象がきめにくいというところからくる困難さである。まず、「没日の国」という部分を考えたい。ここは簡単に解ける。すなわち、隋書倭国伝の大業三年＝推古天皇十五年（六〇七）の条に、次のような有名なくだりがある。

> 大業三年、其の王多利思比孤《たりしひこ》（推古天皇）、使（小野妹子《おののいもこ》）を遣わして朝貢す。（略）其国書に曰《いは》く、「日出ずる処の天子、書を日没する処の天子に致《いた》す、恙《つつが》無きや、云々」と。帝（煬帝《ようだい》）、之を覧《み》て悦《よろこ》ばず、鴻臚卿《こうろけい》に謂《い》って曰く、「蛮夷の書、無礼なる者有り、復《ま》た以って聞する勿れ」と。〔岩波文庫本の書き下し文による。なお、文中（　）内の文字は筆者が加えたものである。〕

この事件は、日本側の史料には記録されていない。ただ、妹子が帰国後に、隋の国書を百済人に奪われたと申し立てた（推古紀）のは、おそらく、あまりにも激越な調子で書かれた煬帝の返書を、妹子としては推古天皇に示すことをはばかり、偽りの中告をしたのであろう。当時の国際情勢からすれば、推古天皇の国書は狂気の沙汰としか考えられない。煬帝が激怒して当然である。この挿話は、当時の日本人がいかに国際感覚に乏しかったかを物語っている。

ところが、明治以後、極端な国粋主義による中国蔑視の思想が教育界をも支配したために、この隋書のエピソードは、日本国が小国ながらも大国隋に対して、いかに毅然たる態度をとったか、という点にのみ力点をおかれ、日本の皇室ならびに国家の尊厳を強調するために専ら利用された。戦前の義務教育の段階では、当然そのような意味をこめて教育されていた。

東大図書館の鷗外文庫の目録をみると、松下見林の『異称日本伝』の名もみられる。中国本土の史書を博捜し、中国側の史料に日本がどう映っていたかを調べ、明治以後の歴史家たちにも高く評価されている本である。もっとも、このような書物をもち出すまでもなく、鷗外はこの挿話を承知していただろう。だが、今のべたような世間一般の国粋思想に、鷗外が軽々に同調し、ことさら中国をよぶのに「没日の国」という表現を用いたとは思えない。ただ、この歌をよむときに、鷗外の頭の中に、「日出づる処の天子、書を日没する処の天子に致す、恙無きや」という文章が浮かんでいたことだけは確かである。

さて、それならば、「恋を知る没日の国の主」とは、一体だれを指すのだろうか。

「没日の国」という言葉が隋書からとられた文句であるから、隋の帝王を指すと考えるのは自然な考え方である。ところが、隋の帝王に、「恋を知る」という形容にふさわしい帝王がいただろうか。

隋は三代である。一代目の文帝（楊堅）はどうか。文帝は中国史上においても他に例を見ないと言われるほど、女性関係のエピソードに乏しい皇帝である。ほかの帝王は例外なく後宮に何千という美女を蓄えたが、文帝の六人の子供はすべて献皇后の子である。これは文帝の性格によるものかもしれないが、献皇后があまりにも嫉妬ぶかかったためであるらしい。ただ、皇后の死後文帝はようやく自由をえて、陳夫人を溺愛した。もしこれを「恋を知る」というならば言えないこともない。ところが、例の「没日の国云々」の国書は、二代目の煬帝へ向けて送られたもので、文帝では時代が合わないという難点がある。

二代目煬帝は、人も知る大規模な土木工事と大遠征をしばしばくりかえした、典型的な専制君主であるから、その酒色に溺れた豪奢な生活の中には、女は無数にいたであろうが、それは「恋を知る」といった言葉のニュアンスとは違う。従って、煬帝にはあてはまらない。

三代目の恭帝は、のちの唐の高祖（李淵）に擁立された、わずか十三歳の幼帝で、間もなく廃帝となるわけであるから、これは問題にならない。

それでは唐代はどうであろうか。一代目の高祖の頃は、国家統一のための戦乱につぐ戦乱ばかりで、「恋を知る」といった感じのエピソードはない。二代目の太宗は、二百九十年間の大帝国の基礎を築いた英邁な君主であるが、それだけに、やはりそうしたエピソードには恵まれていない。高宗はどうであろうか。太宗の後宮に一旦はいり、太宗の死後尼となっていた武氏（のちの則天武后）を、高宗は見染めた。だが、武氏を高宗のもとへ引き寄せたのは高宗自身ではなく、みずからのライバルを牽制しようとして、王皇后がなしたことである。結果的にみれば、王皇后の策略などは、武氏のたくらみに比べればものの数ではなかった。武氏は、王皇后どころではなく、みずからの政治的野心の障害となる人物は次々と殺し遠ざけ、生前から高宗の政治権力を手中に入れ、その死後、ついに女帝として帝位に即いた。このようななりゆきを考えると、高宗が武氏を見染めたというのも、「恋を知る」とは言いがたい。則天武后は生涯に何人もの男性と関係をもったが、その関係は、「恋を知る」というような生まやさしいものではない。それは、一時寵愛された僧懐義や李義府の末路を見ても知れることである。

このようにみてくると、隋代にも唐代の初期にも、鷗外の歌にふさわしい帝王はなかなか見あたらない。聖語蔵にある唐代の経に記されている巻末識語中にみられる年号を、さきに記しておいたが、それについて、ここでもう一度考え直してみよう。その三つの年号は次の通りである。

永徽二年（六五一）―孝徳天皇白雉二年

永徽六年（六五五）―斉明天皇元年

顕慶四年（六五九）―斉明天皇五年

これらは、いずれも唐高宗の時代の年号である。高宗にそれらしきエピソードがあったとすれば、それは、武氏を父の五周忌の際に見染めたということだけで、あとは則天武后（武氏）の思いのままに蹂躙された不幸な生涯があっただけであるから、やはりこれらの年号が鷗外の歌に関係があるとは言えないだろう。

さて、「没日の国」という言葉にこだわらず、隋・唐を通じて「恋を知る」という形容に最もふさわしい帝王はだれだろうか。それは論ずるまでもなく、玄宗皇帝である。「長恨歌」にうたわれた玄宗と楊貴妃の物語は、もはやここで取り立ててのべる必要もないだろう。楊貴妃が自分の恋一筋に生きた女だったと言えば事実に反するが、しかし、少なくとも楊貴妃は、則天武后のような政治と権勢への欲望の塊りといった女性ではなかった。それに、鷗外の歌に即していえば、楊貴妃の気持以上に玄宗の愛し方が問題になる。一国の帝王としては真にだらしのない後半生を送ったと非難できるが、それだけに、玄宗の楊貴妃に対する恋は真剣だったといえる。まさに国を傾けてなお悔いがなかったといってよい。従って、鷗外の歌の「恋を知る」に最もふさわしい人物は、隋・唐を通じて玄宗しかいないということになる。

しかし、ここまで考えてきても、どうもしっくりとした答えは出ないのである。時代が少々合わないが、「没日の国」は隋と考えれば、文帝の陳夫人に対する愛情もあてはまらないわけではない。また、「没日の国」を単に中国のことと考えれば、「恋を知る没日の国の主」とは、玄宗以外のだれでもないということになる。これ以上のきめ手は、現在のところ考えられないので、この解釈は不明ということにしておきたい。

もっとも、今問題にしているのは、わずか三十一文字の短歌である。少なくとも、一応の知識ある人には理解してもらえるはずだと考えて鷗外がよんだと仮定するなら、「恋を知る没日の国の主」は唐の玄宗と考えるのが穏当であろう。その場合、「没日の国」という表現は、一般的な意味での中国と考えるほかはない。しかし、中国を「没日の国」とわざわざ呼んだ鷗外の裏側には、さきに引用した隋書倭国伝の言葉があり、それが隋代の写経が聖語蔵にもあるという事実と響きあっているのかもしれない。

どうも徒らに長々しい考証の筆をはしらせてしまったが、それは、「恋を知る没日の国の主」という鷗外の措辞に少々無理があるためであろう。その無理は無理として、この措辞が、かりに玄宗を指すとすると、われわれは、この圧縮された言葉の中に、隋書倭国伝のエピソードと「長恨歌」の物語とが封じこめられていることをまず知る。そして、それは更に、それらの時代に中国本土で写された経巻が、遣隋使や遣唐使たちの想像を絶するほど苦難にみちた航海によって我国にもたらされたという事実に気づかせてくれる。そして、それらの経巻は、一千年以上の僥倖にみちた歳月を隔てて、大正初年度の当時、鷗外の眼の前に厳然と存在していたのだということに思いいたらしめてくれる。その感動が、結句の「今も残れり」である。

この⒂首は、あまり空想をはたらかせずによむと、比較的空疎な歌に思えるかもしれない。しかし、聖語蔵経巻の由来というものを知ってよむと、「今も残れり」という結句に、鷗外の万感が籠められていることが、次第にわかってくるのである。

＊

⒃はやぶさの目して胡粉《ごふん》の註を読む大矢透《おほやとほる》が芒《すゝき》なす髪

これも聖語蔵にまつわる歌である。さきに引用した、春日政治氏の「正倉院聖語蔵点本の調査」には、次のように書かれている。

博士（大矢透）が許されて聖語蔵に入り、その調査（訓点資料の調査）を始めたのは、大正四年若しくは五年の秋正倉院曝涼の際からであつたと記憶する。以来六年及び七年の秋も同様継続したが、同八年に啓明会の研究費補助を得て、同八月より十二年八月まで出入五年間、奈良に移住して、毎日博物館修理所に於て、修理の為に出庫する古経巻について調査を進めたのであつた。（（　）内は筆者注、傍点も筆者）

さらに、「大矢透博士年譜」（『国語と国文学』昭3・7）によると、

大正八年　七〇歳　八月二十七日、博物館総長森林太郎博士の勧めにより仮名研究の為奈良に移住す（傍点筆者）

という事情がわかる。

以上を総合してみると、大矢透が奈良に定住して訓点資料の研究を行なうにあたっては、実に鷗外の「勧め」があり、鷗外がいろいろと便宜をはかっていたであろうということがわかる。大矢透は、「毎日博物館修理所」へ出かけてゆき、孜々《しし》として研究をつづけていたのであるから、鷗外が大矢透に顔をあわせようと思えば、毎日でも、それは可能だったのである。

最初「日記」だけを頼りに調べていたが、四年間の奈良滞在中の部分には、大矢透の名はほとんど現われず、「日記」の文面で鷗外が確実に大矢透と逢ったと思われる記事は唯ひとつだけであった。しかし、その記事の所見を素材として、鷗外が右の歌を詠んだとはどうしても信じられなかった。さらに、「日記」の十一月以外の部分を調べてゆくと、鷗外が一日おきに出勤していた東京の帝室博物館へは、しばしば大矢透が現われていることがわかった。鷗外の⒃首は、奈良正倉院での大矢透像ではなくて、むしろ東京帝室博物館でのそれであろうと、一時は危うく推定するところであった。ところが、その後、右に引用した文章に出逢うことができて、正確な解釈に到達しえたのである。日記というものが本来内包している不完全さのもつ陥穽に留意しなければならないとつくづく思ったことである。

さて、この歌の眼目である、「胡粉の註を読む」の部分の説明から始めたい。この点については、「大矢透自伝」（『国語と国文学』昭3・7）が、雄弁に物語ってくれる。

> さて自分が仮名の研究に一生を委《ゆだ》ねよ

大矢透

うと考へたことは、正にこの時（明治三十五年四月）に端緒を得たもので、これについては面白い話がある。（—中略—大矢透は高嶺氏から元石山寺蔵の経巻を借りて帰る。）帰ってから一通り見てこれを差置いた。ふと見れば不思議にも朱墨二点と丶もに数多の白点を交へてあることを発見し、驚いて明処に向つて見れば白点は見えず、机辺に置けば白点が見える。さてはと思ひ、注意して見れば、白色は全く明処に向ってはかへって見えないものだといふことを覚知した。（略）自分が偶然にもこれを発見したときは実に嬉しく、殆ど手の舞ひ足の踏むところを知らざる位のものであつた。〔（ ）内は筆者注〕

つまり、経巻には、白と赭《しゃ》と朱の三種類の訓点が施されていたが、明るいところでは、赭と朱の二色しか見えない。ところが、経巻をやや斜めにすると、白点が見えてきたのだ。しかも、その白点は、奈良時代に付された、三種の訓点中最も古い時代の訓点で、それを発見したことによって、奈良時代の仮名字体が確認されたわけである。大矢透自身は、その発見の喜びを、「殆ど手の舞ひ足の踏むところ知らず」と、古風な表現でのべているが、その表現が、あるいは事実であったかもしれないと想像できるほど、この発見はすばらしい成果をもたらした。鷗外は以上のことをふまえて、「胡粉の註を読む」の一句をよみこんだのである。

光線は北の一方、林間から僅かに入るばかりの聖語蔵の薄暗い床の上に端坐し、老眼を皿の如くして、あてもなき訓点の発見を楽しみに傍目もふらず、古経巻を伸べては巻き、巻きては又収め、倦むことなく疲れを知らざるものの如くでありました。（浅田重教「岳父大矢透の片影」、『国語と国文学』昭3・7）

鷗外の歌は、右の追憶とまさにぴったり一致するようである。浅田氏は大矢透の女婿にあたる方で、大矢透が奈良滞在中は、その家で大矢透の一切を妻とともに世話された人である。絵を描くこと位が趣味といえばいえるだけで、あとは七十九年の生涯を終えるまで、明けても暮れても訓点資料ととり組み、国語研究史上に偉大な足跡を残した大矢透を、鷗外も尊敬し、この歌を残したのであろう。「はやぶさの目」「芒なす髪」は、残された写真に見られる通りである。

大正七年に、大矢透はもう六十九歳で、鷗外より十二歳年長であった。大正十年には七十二歳になっていた。このころまでに大矢透は、『仮名遣及仮名字体沿革史料』『仮名源流考』『仮名の研究』『周代古音考』など、あらましの仕事はしとげており、大正七年八月には、『音図及手習詞歌考』も出版されている。大正八年ごろには、大矢透は『有林福田方』の研究をしていた。「日記」大正八年七月十一日の条に、「大矢透来抄福田方。」とあるのは、それにあたる。この書物は、日本古典全集の解題によると、元多紀氏の旧蔵本で、一旦、幕府の所蔵となり、維新後、東京帝室博物館の所蔵となったものである。

*

(17)み倉守《も》るわが目の前をまじり行く心ある人心なき人

この歌から(20)首までの四首は、「正倉院の拝観者たち」とでも題すべき一群の歌である。さきにものべたように、これ以前の四首と対比的におかれた四首で、前者が讃美だとするなら、これからの四首は罵倒である。

開封中に押しかけてくる人々が、時にはあまりに多いので、鷗外は閉口もし、苦々しくも思っていた。その率直な感想が、書簡中にもらされている。大正七年十一月十八日付森潤三郎宛書簡には、

昨日喜田貞吉京都ヨリ来リ面談イタシ候学者ラシキ人ニテ只今迄ニ正倉院ニ来シハ同人ト近重直澄トノミニ候昨日ナドハ八十余名来シニ知名ノ士ハ嶋文次郎ト京都府知事トノミニ候。

とあり、また、大正八年十一月十一日付森シゲ宛書簡には、

宮内省と軍人とを案内するに人選に困り且多人数になりては費用も多くなり可申
とひかへ候

とある。

「み倉守る」のは、帝室博物館総長としてのお役目だから致し方はない。だが、多くの拝観者たちは、拝観者の資格を有しているというだけのことで、ほとんど正倉院のなんたるかも理解せずに、「わが目の前を」素通りしてゆくのだと、鷗外は憤《いきどお》りを発しているのである。鷗外にとっての「心ある人」とは、次の歌にもあるように、せめて正倉院に来る以上は、その宝物の大部分が、光明皇后以来の伝世品であること、しかも、それらが、「木の校倉」の中にありながら、一千年間「燃え」なかったという事実に、敬意を払って見る人である。そうした人が、たとえ学者ではなくても、そのような敬意はおのずから人の立居振舞にあらわれるものである。鷗外の「目の前を」すぎてゆく人々の中には、そうした意味での「心なき人」が、あまりにも多すぎたのであろう。

＊

⒅主《ぬし》は誰そ聖武のみかど光《くわう》明《みやう》子《し》帽《ばう》だにぬがで見られんものか

これは、前の歌によまれた、「心なき人」に対するあからさまな非難の歌である。拝観に来たのなら、帽子ぐらいは脱いだらどうなのだ、この正倉院に納められている御物の、そもそもの御主人は、聖武天皇と光明皇后なのだぞという、面罵に近い、激しい語気の歌である。正倉院御物の大部分が、光明皇后によって父不比等追善のために納入されたものであり、聖武天皇は光明皇后と叔母甥の間柄でしかも夫婦であったということなどについて、ここで事新しくのべるまでもなかろう。

*

⑲三毒におぼるる民等法《のり》の手に国をゆだねし王を笑ふや

「三毒」というのは仏教語で、貪毒《とんどく》・瞋毒《しんどく》・痴毒《ちどく》の三つを指す。「智度論三十一」に、「三毒為㆓一切煩悩根本㆒」とあり、「涅槃経」に、「毒中之毒無㆑過㆓三毒㆒」とあるそうである（織田得能『織田仏教大辞典』）。

原義は右の通りであるが、鷗外は、この「奈良五十首」の中では、主に「貪毒」の意味に限定して用いているようである。のちの㊼首にも、この「三毒」という言葉が使われており、そこでの意味は、もっぱら金銭欲という意味である。そして、その歌を受けて、次の(48)首に、「貪欲」という言葉を用いている。もちろん、鷗外が「三毒」という言葉の原義を知らなかったはずはないが、以上のような例を初めとして、この「奈良五十首」全体を貫いているテーマから考えると、鷗外がここで「三毒」という言葉を用いたのは、人間の金銭欲を示したかったのではないかと考えられる。のちに次第に明らかになるはずであるが、「奈良五十首」全体のテーマから考えると、この「三毒」という言葉はひとつのキイ・ワードといってもよいほど重要な言葉である。ここでの「三毒におぼるる民等」という表現を先走りして具体的に言うと、成金たちを筆頭として、世を挙げて金儲けに狂奔する大正初年の日本人たちということになろう。第一次大戦後に続々と出現した大正の成金たち、当時世間をわがもの顔にのし歩いていた成金たち、それらのうちの何人かは、正倉院の拝観にもきていたのであろう。かれらの礼儀をしらぬ無智横暴な態度に、鷗外はひとり憤りを発しているのである。

「法の手に国をゆだねし王」とは、聖武天皇のことである。天平勝宝元年四月一日、盧舎那仏鍍金のための黄金が不足して困っていたところ、陸奥の国に発見されたという知らせに、聖武天皇は驚喜し、群臣を率いて盧舎那仏の前にぬかずき、宣命を下す。

その宣命の中で、天皇はみずから「三宝の奴《やっこ》」と称するのである（続紀）。現在となってみると、大仏造営前後の聖武天皇の行動には不審な点が多く、あるいはノイローゼ気味であったのではないかと考える人もいる。また、いかに仏教全盛の時代とはいえ、あれほどの莫大な国費をつぎこんで東大寺を建立することは無謀ではなかったか、といった批判をすることは、今日では容易に行なえる。ことに、敗戦後天皇制批判のしきりだった時分には、そうした意味からの専制君主攻撃の論議が多かった。こうした問題については、またのちにもふれるつもりであるので、ここでは一応おいておきたい。

ともかく、ここでは「大正成金」に対立するものとして、天平の聖武天皇、あるいはその聖武天皇の造営した東大寺の大仏を、鷗外がひきあいに出しているという点に注意しておきたい。成金たちよ、お前たちは、訳もわからずに聖武天皇を嘲笑するような態度をとっているが、一体お前たちに聖武天皇を嘲る資格があるのか、というのがこの歌である。

＊

⒇蒙古王来《き》ぬとは聞けど冠《かがふり》のふさはしからむ顔は見ざりき

「蒙古王」とは、蒙古の王ではなくて、佐佐木蒙古王という異名の持主の、佐佐木安五郎のことである。彼は、照山と号し、明治五年に山口県豊浦郡に生まれ、最初は鉱山業に従事していた。台湾総督府に奉職したが、退いて野に下り、雑誌『高山国』を発刊、台湾民報主筆ともなり総督府の非政を攻撃した。明治三十七年、土倉鶴松の依嘱により内蒙古を探険し、蒙古王を懐柔して帰国した。それ以来「蒙古王」の異名を受け著名となる。その後中国で政治活動をしていたが、明治四十一年以後、衆議院議員に当選すること三回、野党味ゆたかな政界の名物男であった。昭和九年に没した。（平凡社『大人名辞典』による）

大正期の政治・社会運動史をながめていると、この佐佐木安五郎という人物があちこちに出没している。大正七年に、大阪朝日新聞社長の村山竜平が右翼に襲撃された直後、浪人会は「非国民『大阪朝日新聞』膺懲《ようちょう》、国体擁護運動」をはじめた。そのメンバーの中に、頭山満《とうやまみつる》、内田良平らとともに、佐佐木安五郎が加わっているのはよくわかる。だが、大正三年に再興された普選同盟会のメンバーの中にも、彼が加わっているのはどういうことであろうか。

「日記」大正十年十一月十三日の条に、

佐佐木安五郎、柳宗悦夫妻、志賀直哉入倉。

とある。佐佐木「蒙古王」が正倉院に来たのはこの日である。柳宗悦、志賀直哉とのとりあわせも妙である。ともかく、佐佐木安五郎は、「成金」ではないが、鷗外の好むタイプの人物ではなかったことは確かである。さすがに現存する著名人であったから、

佐佐木安五郎

鷗外はあからさまに誹謗の言葉は用いていないが、「顔は見ざりき」とことさらよみこんでいるのは、単なる事実ではなくて、その裏に、「見たくはなかった」という感情が隠されていると考えてよいだろう。彼の容貌は、写真に見る通りに、たしかに、「冠のふさはしからむ顔」ではあった。

＊

(21)晴るる日はみ倉守るわれ傘さして巡りてぞ見る雨の寺寺

この歌から(23)首までの三首は、鷗外自身の古寺巡礼の歌の序ともいうべき歌である。奈良滞在中の鷗外の日々の生活は、まさにこの(21)首の通りであった。雨の降らない

日の鷗外は、役目柄、いやでも終日正倉院事務所にいて、多くの客との応対をしなればならなかった。ところが、雨が降ると、その日の仕事は休みになるので、鷗外は嬉々として雨の中奈良見物に出かけてゆく。嬉々としてというのは私が勝手に想像してつけ加えた言葉だが、当時の書簡や「日記」によると、その想像は誤ってはいない。

今日ハ雨中ニ昔ノ奈良ノ都ノ跡ヲ観ニユキオ尻端折《ハシヨリ》ニテ田圃道ヲ歩キ羽織ガ泥ダラケニナリ松島ノ女房ガ雑布ニテフキ居候雨デナケレバ正倉院ニ詰メテ居ナクテハナラヌユヱドコカ見ニ往クトキハ必ズ雨中ニ候出テ見レバ雨ハ別ニ邪魔ニモナラヌ物ニ候也（大正七年十一月九日付、森シゲ子宛書簡）

奈良ハ見タキモノ限ナク有之候処正倉院開扉中ハ詰切故雨ニナリ閉扉セラル、毎ニポツ〳〵見テ廻リ候（同年同月十二日付、浜野知三郎宛書簡）

土曜日曜ハ正倉院ノ来観人最多キ日ニテ終日詰切ニ候ソレ故雨ノ日ノミガマウケモノニ候今日（十四日）朝ヨリ雨ユヱ足駄ヲ買ヒ尻ハシヨリニテパンヲ持チ出カケ候奈良ノ昔ノ都ノ右京《ウキヤウ》ト云フトコロヲ縦横ニ五里程歩キ郡山ニ出デソコヨリ滊車ニテ奈良ヘ夜ニ入リ帰着イタシ候ソノ代リ面白キ旧迹ハ大抵見尽シ候（同年同月十四日付、森シゲ子宛書簡）

最後の書簡に「五里程歩キ」とあるが、その行程を「日記」で確めると、西大寺―菅原宅址―喜光寺―垂仁陵―唐招提寺―薬師寺―郡山城址―矢田村発志院となっていて、その健脚ぶりに驚かされる。

逆に天気がよいと、子供宛の書簡の文面も簡単になり、いかにも面白くなさそうである。

コドモノテガミハミナオモシロカッタガ、パパノハウニハオモシロイコトガナイカラシカタガナイ。コトシハマイニチアサ天キガイイノデオクラニバカシイッテヰナクテハナラナイ。（大正八年十一月十六日付、森類宛書簡）

このようにして、鷗外が非常な早さで見てまわった奈良の寺々は、かなりな数にのぼるが、それらすべてが雨中の寺であったというのは面白い。

＊

(22)とこしへに奈良は汚さんものぞ無き雨さへ沙に沁みて消ゆれば

奈良盆地一帯の道は、実際に歩いてみるとよくわかるが、赤っぽい粘土に花崗岩の砕けた白く光る大きな粒が混じった土で、表面がざらざらしていて水はけがよい。東京近辺の土のように、雨になると一瞬に泥土と化すような道ではない。鷗外のこの歌は、そうした奈良の土の性質をまずとらえている。

奈良の博物館事務室で、山田孝雄と正宗敦夫を前にして、鷗外は次のように語っている。

「奈良地方は雨が降っても砂地だから道が泥海とならぬので気持が好い。雨の日は休みだから近辺の古跡を傘をさしてぼつぼつ見物するが、奈良の一ヶ月は誠に僕に取っての好い休養日だ」（正宗敦夫「高湛先生と私」（下）、『鷗外全集』月報40、昭29・10）

この談話を二つにわけて二首の歌によめば、(21)首と(22)首になるわけである。それはともかくとして、(22)首の主題はもちろん別にある。降る雨さえ土にしみて消えてしまうほどであるから、永遠に奈良を汚すものはないのだと、妙に肩ひじ怒らせた言い方で鷗外はむきになっている。なぜこのような歌を、わざわざよまなければならなかったのだろうか。

鷗外としては、正倉院を含めて、過去の奈良の都の遺産を、なんとかして「とこしへに」伝えたいと切望している。だが、のちに詳しくふれるように、現実の奈良には、「三毒におぼるる民等」の魔手が、次々と襲いかかりつつあった。そうした実情を痛感したからこそ、鷗外はこのような歌をよんだのである。いうまでもないが、「汚さんものぞ無き」というのは、現状をふまえた上での鷗外の悲願なのであって、事実ではない。

＊

(23)黄金《わうごん》の像は眩《まばゆ》し古寺《ふるでら》は外《と》に立ちてこそ見るべかりけれ

この歌が、実際にどこの仏像を頭におきながらよまれたかはさだかではない。だが、これがどの寺の仏像であるにせよ、あまりにも黄金の光の強すぎる仏像を前にすると、この歌ももっともだと考えさせられないでもない。

掃く人もなき古里の庭の面は花散りてこそ見るべかりけれ（詞花集、春、源俊頼）

秋はなほ木の下陰も暗かりき月は冬こそ見るべかりけれ（同、冬、読人しらず）

これらの歌の調べに、この鷗外の歌は似ている。

＊

(24)別荘の南大門の東西《とうざい》に立つを憎むは狭しわが胸

この歌から(26)首までの三首には、「東大寺」という詞書がある。

博物館から東大寺へ向かった傍道へはいると、堅固な石垣や高い塀に囲まれた豪壮な邸宅が、現在でも立ち並んでいる。私などは、いつも羨望のまなざしで眺めつつ、そのあたりを通りすぎるのであるが、鷗外は一旦それらを「憎」み、憎んだ自分を度量が「狭し」と反省しているのである。ここで鷗外が一旦憎んだ気持というものは、やはりこの「奈良五十首」全体を流れているメイン・テーマから来ているのである。ここにも「南大門」―過去の奈良―と、「別荘」―過去の奈良を犯すものとしての現在の人間―とが対立的にとらえられている。

＊

(25)盧舎那仏《るしやなぶつ》仰ぎて見ればあまたたび継がれし首の安げなるかな

鷗外の「南都小記」の東大寺の条に、

金堂ノ盧舎那仏五丈三尺五寸続日本紀ニ天平十五年十月十五日造ルト云フ天平勝宝三年成ル文徳天皇斉衡二年五月頭落ツ文山之ヲ修ム高倉ノ治承四年十二月二十

八日頭又落ツ建久六年堂新ニ成ル重源勧進ス正親町ノ永禄十年十月十日頭三タビ落ツ山田道安之ヲ修ム此ヨリ露仏タリ元禄十四年ヨリ宝永五年ニ至リ堂新ニ成ル
重源公慶元禄ノ重修者ノ像アリ

とある。

東大寺の大仏が、一度は自然にであるが、その後は二度の兵火にかかって焼けたということは右の略伝でも指摘されている通りであるが、鷗外の歌(25)首も、右の「南都小記」の記述も、少々誤解されやすい面をもっている。それは、歌でも「南都小記」でも、鷗外が「頭三タビ落ツ」「あまたたび継がれし首」といっている点である。最初の破損は、確かに自然の事故で、首が落ちてそれを継いだという事実に誤まりはない。だが、あと二度の兵火による損害は、首だけが落ちたというような生やさしいものではない。

聖武皇帝、手親《てづか》ら琢《みが》き立給ひし金銅十六丈の盧舎那仏、烏瑟《うしつ》（頭の上の高く盛り上がったところ）高く顕《あらは》れて、半天の雲にかくれ白毫《びやくがう》（眉間にある白く長い毛）新たに拝まれし満月の尊容も、御頭は焼落て大地に有り、御身は鎔合《わきあひ》て山の如し、

以上は平重衡の焼打ちによる被害を『平家物語』が記している部分である。勿論首も落ちたであろうが、それよりも、本体の方が鎔《と》けてしまったのである。二度目の松

永久秀による焼打ちの場合も同様で、本体が湯水のように鎔けてしまっている。首自体も鎔けてしまっただろう。とにかく、今日、盧舎那仏の仏体の中で、創建当時の部分が残されているのは、蓮弁のごく一部だけである。首だけが創建当時のままで、再建するごとに鋳継がれたというのではない。しかし、鷗外の歌をよんでみても、「南都小記」をよんでみても、どうも、首だけはいつも安泰で、転がりはするものの、二度三度と鋳継がれたというふうに取れるのである。言葉の足りないせいでもあろうが、少々気になる点である。

＊

(26)大鐘《おほがね》をヤンキイ衝《つ》けりその音はをかしかれども大きなる音

「日記」奈良滞在中の部分には、何人かの外国人の氏名が見える。イギリス人、フランス人、ノルウェイ人、デンマーク人と、なかなか多彩である。その中で、鷗外がはっきりとアメリカ人と記しているのは、大正八年十一月五日の条に見える、Sherill 夫妻だけである。だからといって、この歌によまれた「ヤンキイ」が、その Sherill 夫妻であると断定することはできない。もっとも、「ヤンキイ」がだれであろうと、あまり重要な問題ではない。

平明な歌で注釈を加える必要もないが、ユーモラスな味わいがあって楽しい歌である。

＊

⑵首から⑶首までの六首には、「興福寺慈恩会」という詞書が付されている。「慈恩会」はジオンネとよむのが正しい。「慈恩会」がいかなるものであるかを知らなければ、この六首を解することは不可能に近い。私がこの「奈良五十首」に関心を抱いてからも、長い間、この部分は最も難解で、私自身白紙の状態であった。あるきっかけから、私は興福寺の多川俊映師の知遇をえた。その後、私が曲りなりにも慈恩会についての正確な知識をえ、これら六首を読み解くことができたのは、ひとえに多川俊映師の御協力の賜物である。

さて、右のようにして、私にも朧《おぼろ》げながら慈恩会の実体がわかりかけはしたものの、やはり、現実の慈恩会を実際に見ないかぎりは、どうしても鷗外の歌が解けないということを感じ、昭和四十七年十一月十三日奈良へ行き、その夜薬師寺で行われた慈恩会を、最初から最後まで拝観した。

偶然の一致といえばそれまでだが、実は奇妙なめぐりあわせがある。私が出かけたその慈恩会の会堂《えどう》に、同じような目的を抱いて石川淳氏が来ておられたのである。その時の体験を、石川淳氏は、すでに文章（『鷗外全集』月報15、昭48・1）にしておられる。「ともし火暗き堂」のうちであるから、周囲の人々の顔もしかとは見定められなかったので、私はついに石川淳氏に気づくことができなかった。もっとも、鷗外がしたように石川淳氏は、最後まで拝観せず、「俗用の都合があって」「途中ひそかに堂から抜け出した」そうであるから、余計にその姿をつきとめ

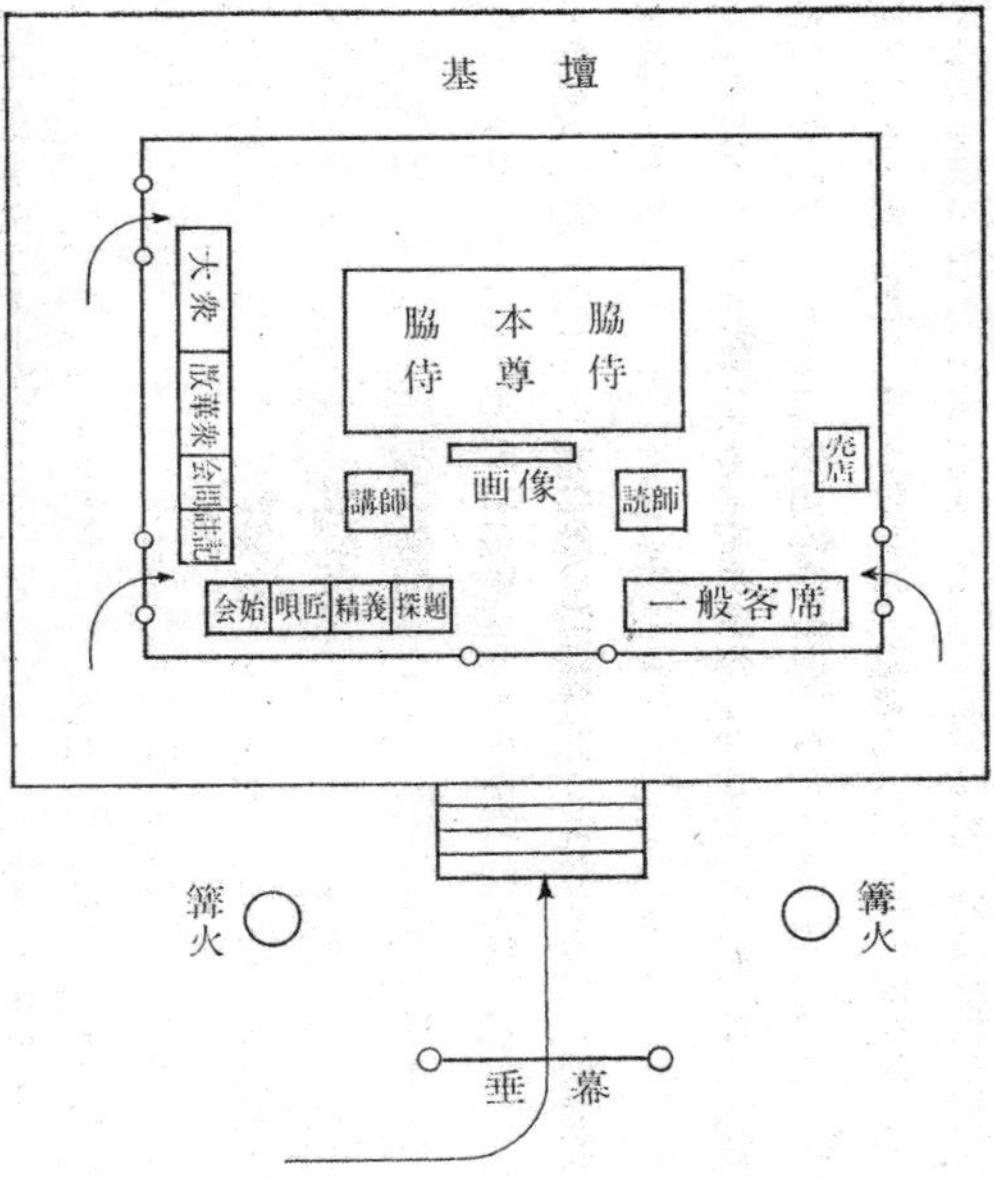

昭和47年度慈恩会会堂見取図（薬師寺）

にくかったのであろう。

＊

この六首にかぎり、各首の注解にはいる前に、慈恩会というものについての説明を多少細かくのべておきたいと思う。

慈恩会とは、法相宗の祖師である慈恩大師の徳をたたえるために、毎年大師の忌日である十一月十三日に、興福寺と薬師寺で隔年交代に行なわれる法会である。

慈恩大師（六三二―六八二）は、諱を基または窺基《きき》といった人で、若い頃からその学才を認められて玄奘《げんじょう》の弟子となり、大慈恩寺にはいった。終生を経典の翻訳と註疏に捧げ、百本疏主とよばれた。三車法師の異名もある。玄奘のあとを受けて法相宗を盛んにしたので、法相宗の祖師としてあがめられている。唐の永淳元年大慈恩寺の翻経院で没した。没年は五十一歳（又は三）。

慈恩会の細かい説明にうつる前に、会堂《えどう》（慈恩会の行なわれる堂）内部の図を掲げておく。この図は、国立劇場第四回声明公演のパンフレット（昭和四十四年一月十四日、十五日）の挿図を参照しつつ、私自身の知識も加えて作製したものである。

ともかく、少々煩雑になるが、昭和四十七年度の慈恩会を最初から最後まで描いておきたい。

〔入道《にゅうどう》〕〔昭和四十七年十一月十三日慈恩会次第〕場所・薬師寺本坊から法会の行なわれる会堂《えどう》（この場合は講堂）へ、僧侶が入場してくることをいう。（㉗首の項参照）

〔総礼《そうらい》〕僧侶が全員そろうと、註記が「総礼」といい、全員が三度礼拝する。

〔講読師《こうどくし》登高座〕柄香炉《えごうろ》を持った講師・読師が左右の高座に登る。（㉘首の項参照）

〔唄《ばい》〕長老の僧（唄匠）が荘重な声で歌うように唱える。この「唄」から、次の「散華」「梵音」「錫杖」までを「四箇《しか》の法要」という。いわゆる「声明」と呼ばれるものである。仏法僧の三宝を讃嘆するのが目的である。（㉚首の項参照）

〔散華《さんげ》〕五人の散華衆が正面で散華する。その後、全員が経を唱えつつ本尊の周囲をめぐる。これを〔行道《ぎょうどう》〕という。上・中・下三段にわかれた〔散華〕が終わると、全員席にもどる。（㉛首の項参照）

〔梵音《ぼんのう》〕梵音の頭《とう》の発声に従って、全員による声明がつづく。

〔錫杖〕錫杖の頭《とう》が正面に出る。このあたりも声明がつづく。

〔表白《ひょうびゃく》〕講師が巻物をひろげて読む。今日は慈恩大師の忌日であるから、大師報恩のための法会を開くといい、大師の略伝などを読む。
〔神分《じんぶん》〕　引きつづき講師がのべる。本地垂迹説によっているのだろうが、まず八百万の神々に祈るのである。その後、諸仏の加護も願う。これを〔勧請《かんじょう》〕という。
〔経釈〕〔論釈〕〔経題〕　講師は、さらに〔経釈〕〔論釈〕をのべ、読師は〔経題〕をのべる。
〔探題入道〕　探題が入道すると、侍が梅枝と探題筥を持ってくる。
〔会問《えもん》〕　高座上の講師と大衆の中の問者《もんじゃ》との間で、経典・論典の解釈をめぐって問答がくりかえされる。この学問論争は、慈恩会中最も重要な部分である。講師に対し、精義がさらに重要な質問をする。これを〔精義重難《じゅうなん》〕という。
〔講読師降高座〕　講下鐘《こうおろしがね》が三打され、講師・読師が高座を降りる。
〔読経〕〔行香《ぎょうこう》〕　僧全員による般若心経の読経、引きつづき唯識三十頌《じゅ》の読経がある。このあたりが〔行香〕である。〔読経〕のおわりに磬《けい》が三打される。
〔番論義〕　まだ修行中の僧が、いかに経論に習熟したかを示すため、公開の席上で論争しあうのである。(32)首の項参照)
〔竪者《りっしゃ》入道〕〔算題〕〔竪義《りゅうぎ》〕〔竪義〕の行なわれる年には、この部分で行なわれる。
〔竪義〕は、僧侶にとっての一種の卒業試問のようなもので、それを受けるために二十一日間の無言の行をした竪者に、厳しい質問が集中する。しかし、昭和四十七年には行なわれなかった。
〔総礼〕〔退道場〕「行事の小綱《しょうごう》花参らせ」という言葉があり、講師・読師が正面に立ち、〔総礼〕があり、一同間もなく退場する。それが〔退道場〕である。

それでは、鷗外が実際に見聞した慈恩会はどのようなものであったか。まず「日記」を見てみよう。

（大正十年十一月）十三日。日。晴。佐佐木安五郎、柳宗悦夫妻、志賀直哉入倉。夜泚興福寺慈恩会。

例の「蒙古王」（⒇首）が正倉院へ来た日の晩である。なお、大正十年十一月十四日付森茂子宛書簡には、次のように記されている。

○昨晩は興《コウ》福寺の慈恩会《ジオンヱ》（このルビは鷗外自身がふったもの―筆者注）といふものへいつて見た。唐《タウ》の慈恩大師といふ坊さんをまつるのだ。松明《タイマツ》をとぼして来て薄暗いお堂の中で問答をする。十一時頃まであるさうだが寒いから八時半に帰つた。

その、鷗外が「泚《のぞ》」んだ興福寺における慈恩会の記録が、今も残されている。それは「奉唱」と墨書された紙の中に納められた二通の書面で、一通には当時の役割分担が、もう一通には番論義の組合せが書かれている。この年、竪義は行なわれなかったが、番論義は五双行なわれている。

さて、参考までに記すと、昭和四十七年秋の薬師寺における慈恩会は、私のメモによると次のような経過をたどって行なわれた。

七時一五分頃　入道
七時二〇分―三〇分　総礼　唄
七時三〇分―八時二〇分　散華　梵音　錫杖
八時二〇分―九時頃　表白　神分　経釈　経題
九時頃―九時四〇分　会問　読経
九時四〇分―十時すぎ　番論義　総礼　退道場

約三時間を要している。また、昭和四十五年には竪義が行なわれたため、六時半から十時までほぼ三時間半を要している。

鷗外は、「十一時頃まであるさうだが寒いから八時半に帰つた。」（傍点筆者）と書いている。かりに昭和四十七年の慈恩会にあてはめてみると、鷗外は「入道」から「錫杖」までいて。「表白」以降は見なかったということになる。にもかかわらず、鷗外は、「番論義」の歌(32首)もよんでいるのである。これはどういうわけであろうか。

俊映師の綿密な推定によると、大正十年の慈恩会は、七時半から十一時半頃までかかったようである。この推定の考証の経過は一切省略するが、とにかくこの推定はかなり確実なものと思われる。それを根拠にすると、当時の鷗外は、「表白」のごく最初のところか、「神分」にさしかかったあたりで退場したことになる。それにしても、結局、鷗外は現実の「番論義」を見ずに、(32)首をよんだことになる。

「日記」や書簡を信ずるかぎりでは、鷗外は大正十年以外の年に慈恩会を見ていない。さきに引用した書簡の文章の調子から判断しても、初めて見聞する行事に対する好奇心がうかがわれ、明らかにこれが最初の体験であったと思われる。そして、翌十一年七月には没しているのであるから、鷗外の慈恩会体験は、これが最初にして最後であったことになる。ところが、いかに鷗外が博学であったとしても、ただ一度の、しかも僅か一時間ばかりの見聞を材料にしただけでは、これら六首は到底よみえなかったであろうと思われる節がある。細部については、のちに個々の歌の注釈の部分でのべるが、鷗外は、慈恩会というものについてかなり詳しい知識をもった上で、法会に臨み、かつ歌をよんだとしか考えられないのである。しかも、それらの知識を、すべて書物からえたとは、私には信じられないのである。おそらくは、当時の博物館の館員か、あるいは南都の僧侶のうちだれかから、書物以外の知識をえたのであろう。この点に関しても多川俊映師を煩わしたが、現在のところその点は不明とするより仕方がなさそうである。

なぜこのようなことに私がこだわるかという理由を、ひとつだけ示しておきたい。昭和四十七年の慈恩会に、私は一通りの知識は頭に入れた上で臨んだ。それにもかかわらず、現実は雲をつかむようなありさまであった。想像していた以上に会堂は暗く、声明の声は朗々として堂を圧するばかりであったが、僧の動作は漸く眼が慣れたあともほぼ判別がつく程度で、何ひとつ定《さだ》かにはとらえられなかったのである。法会の次第についても一応の知識はあったが、一体どこからどこまでが「唄」であり「散華」であり「梵音」であるのか、一向にわからなかった。たどたどしく暗闇の中でメモをとってはみたが、それもあとで俊映師に確めると誤まりだらけであった。

もちろん、鷗外は極めて頭脳明晰な人であったから、私のようなものの体験をひきあいに出すのは間違っているかもしれない、それでもなお私は、鷗外がなんらの予備知識もなく、のちにその体験を補強するだけの情報もなしに、これら六首の歌をよみえたとは考えられないのである。鷗外の歌は、のちにのべるように、極めて事実に密着し、しかも通りいっぺんの知識ではよみえないほどの、かなり専門的な知識に基づいた歌なのである。

＊

(27)いまだ消えぬ初度《しよど》の案内《あない》の続火《ついまつ》の火屑《ほくづ》を踏みて金堂《こんだう》に入る

興福寺では中金堂が会堂《えどう》であって、その少し離れたところにある本坊で出仕の僧が法服・七条袈裟を着けて、案内のあるまで待っている。会堂では、註記・会始《えはじめ》など用意おこたりなきかを点検して僧に出仕を請うべく案内を出すが、これが大衆・講読・精義各々三度まで出される。

「大衆初度の案内」
「大衆二度、講読・精義初度の案内」
「大衆三度、講読・精義二度の案内」

この三回目の案内で講読・精義以外は列を組んで会堂に入り、所定のところに立つ。それをみとどけて注記は、「講読・精義三度」の案内を出し、その入道場をうながすのだが、その初度の案内が松明に導かれて会堂から本坊へ向かうそのあとが、「いまだ消えぬ」の状景である。

私の場合、大分早くから会堂へ向かってしまったので、「初度の案内の」「火屑」を踏むという体験はしなかったが、下道の際に似たような経験はした。十一月の薬師寺の庭は寒くそして暗い。時たま通り過ぎる近鉄の電車の音がなければ、実に森閑としている。すでにほの暗い堂内に坐して待っている一般客の片隅に、私も坐してじっと「入道」を待っていた。ほとんど会話の声もない。

鷗外のこの歌は、そうした「入道」前に、その場合は興福寺だが、その中金堂へはいっていった、鷗外自身の動作をよんでいるのである。このあと行列をつくって「入道」してくる僧の姿をよんだのではない。この点には特に注意しておきたい。

松明は松独特の匂いのする煙をあげ、ぱちぱちとはぜながらよく燃える。はぜた「火屑」が地面に落ち、そこでもなお赤々といぶっている。その匂いをかぎながら、暗闇の中を、赤々とした「火屑」を踏み中金堂へはいっていった鷗外の姿が眼に見えるようである。私自身のささやかな体験をのべれば、「初度の案内」という言葉も知らなかったし、またあらかじめ知っていたとしても、どれが「初度の案内」なのか、ほとんど区別もつけられなかったであろう。鷗外は、それを正確に知っていたのである。

「いまだ消えぬ」と、初句が字余りになっていて荘重でやや切迫した感じを出している。それにつづく、「初度の案内の続火の火屑」という一連の言葉は、考えてみると、ひどくごたごたとしたまとまりのつかない言葉である。しかし、「いまだ消えぬ」が重々しいためか、かえってこれらの単語は、一気によみ下すと実質を伴って生彩を帯びてくる。その末が、「金堂に入る」とおさまるわけだから、一首全体が重々しいながらも張りつめていて、いかにもこれから始まる法会の前のはりつめた雰囲気をよくとらえている。

このあと「入道」が始まるのだが、昭和四十七年秋、私と同じ一般席におられた石川淳氏は、次のように書いている。

やがて、庭のかなたから、闇に松明あかあかと、行列がちかづいて来る。かの幕を挑げて、法衣のひとびと、「小さき僧」もまじって、五人、十人、ざっと二十人あまり、手に手に松明をもち、燃えさかる篝の中を一列に踏みわたって、粛々と講堂に入る。（『鷗外全集』月報15、昭48・1）

「手に手に松明をもち」とあるが、松明をもって来るのは、奉仕の人々が仮装している白丁であって、僧ではない。また、「燃えさかる篝の中」というと、いかにもたくさんの篝火が並んでいたかのごとく感じられるが、篝火は講堂の入口の左右に一つずつ置かれていただけである。

＊

(28)観音の千手《せんじゅ》と我とむかひ居て講読《かうどく》が焚《た》く香《かう》に咽《むせ》びぬ

明治の廃仏棄釈の嵐は、当然奈良の寺々をも襲った。その状況については、のちに(34)首の項でのべるが、とにかく、興福寺の食堂《じきどう》は、明治八年に取りこわされた。その本尊であった千手観音像は、その後長い間、中金堂内に安置されていた。昭和三十四年に収蔵庫として食堂が復元されたので、観音像はようやくそこへ戻ることができた。だから、大正十年に中金堂で慈恩会が行なわれたとき、堂内にはその千手観音像が安置されていたわけで、鷗外はその「千手」と対面したことになる。

昭和四十七年秋、中金堂に案内されたとき、そこにその「千手」が安置されていた頃の状景をいささか想像してもみた。中金堂は、本来ならば興福寺で最も大切な伽藍のひとつであろう。しかし、現在の建物は文政二年の再建であるばかりでなく、痛ましいほど荒れ果てている。そのあと、収蔵庫にも案内され、「千手」の雄大な姿を実際に拝んできた。『奈良六大寺大観』第八巻の解説によると、この国宝・千手観音菩薩立像は、木造漆箔で、安貞・寛喜年間（十三世紀初め）に完成したものだろうとある。像高は五メートル二〇センチであるから、相当大きな像である。

堂内見取り図でわかるように、本尊に向かって右側が一般席である。「千手」は、本尊に向かって右側に安置されていたために、大正十年当夜の鷗外の正面に立っていたのである。それが、「観音の千手と我とむかひ居て」である。

「講読」は、「講師」と「読師」の略である。さきに大凡説明を加えたが、本尊に向かって左右に高座が設けてある。「総礼」のあと、「講師」は向かって左の、「読師」は向かって右の、それぞれの高座に昇る。そのとき、どちらも手に柄香炉を捧げて昇り、座してからそれを前に置く。「講読が焚く香」とは、その柄香炉の中で焚く香のことである。「講師」「読師」は、そもそもの最初に高座へ昇ったきり、「番論義」の始まるすこし前までは降りないのであるから、途中で退場した鷗外も、確かにその姿は見ているはずである。

私は、「講師」「読師」の前の香炉で香を焚いていたことには気づいていたが、香の焚き方が少なかったせいか、私のいる所まではかすかにしか匂ってこなかった。従って、「香に咽びぬ」という工合ではなかったのは残念である。

＊

(29)本尊をかくす画像の尉遅基《うつちき》は我れよりわかく死にける男

「本尊」は、現在も中金堂に安置されている釈迦如来座像を指す。「かくす画像」という意味は、慈恩会の際には慈恩大師をまつることが主になるので、本尊の前に慈恩大師の画像(注)を掲げる。この画像は、興福寺には重要文化財になっている二幅があり、そのうちのひとつ、大乗院伝来のものは縦二四二・二センチ、横一二四・二センチもある、相当大きなものである。一乗院伝来の方も、縦一七九・五センチ。横八〇・六センチとあって、これもかなり大きい。その画像が本尊の前に掲げられると、丁度本尊がかくれてしまう。そこで、「かくす画像」といったのである。

さて、ここで問題となるのは、「尉遅基」という名前である。これは、慈恩大師の姓名である。「尉遅」が姓で、「基」が名である。「尉遅」というように、二字重なった姓を複姓というのだそうである。『大漢和辞典』を引くと、「尉遅」の姓をもつ人物が何人かあげてある。尉遅跋質那《ばっちな》、尉遅乙僧《いっそう》、尉遅屈密、尉遅伏師戦などである。これらは、すべて唐代の人で、于闐《うてん》国すなわち、コータン(Khōtan)の人である。最初の二人は画家、あとの二人は于闐国王である。このような例をみると、「尉遅」という姓はコータンの姓であったのかもしれない。ともかく、それだけの人名が挙げられているにもかかわらず、『大漢和辞典』には、「尉遅基」という人名は見あたらない。次に、戦前版の『大百科事典』(平凡社)を引いてみる。そこには、見出し語としては、

「窺基《きき》」が採用されているが、「尉遅」という姓についてはどこにもふれていない。次に、『世界大百科事典』(昭40・12、平凡社)を引いてみる。ここでは、戦前版にはあった「慈恩会」の項目は削除され、「窺基」の項目はあるが、戦前版に比べるとはるかに簡略となり、しかも、ここにも「尉遅」は出てこない。次に、『大日本百科事典』(昭44・4、小学館)を引いてみる。ここにも「慈恩会」の項目はない。そして、「窺基」の項目をみると、「姓は尉遅、字は洪道。ふつう窺基といわれるが、正しくは基といい、慈恩大師と号する。」とあり、ここで初めて詳細な説明に出あうことができる。

もちろん、辞典類の解説は、多くの場合、枚数の制限が厳しくて、執筆者も最小限度の内容しか示すことができない、という事情は充分承知しているが、それにしても、慈恩大師の姓名が「尉遅基」であると、ほとんどの辞典に書かれていないのは不思議である。

右のようなことをわざわざ書き並べたのは、別に辞典の比較をするつもりではない。私がここで言いたかったのは、慈恩大師の姓名が「尉遅基」であるという事実を、今日でも簡便には知りがたいことだという点である。まして、以上のような簡便な辞典類もなかった頃の鷗外は、どのようにして、この姓名を知りえたのであろうか。

この問題を追求してゆく過程で、『奈良六大寺大観』に出あったとき、一時は一挙に謎が解けたと思い、ひそかに快哉を叫んだことであった。同書第六巻の解説には、次のように書かれている。

画像の上部の色紙形に賛文が記されているが、一乗院伝来像（興福寺蔵）の画賛を下段に併記して、比較対照の便に供した。（・印は欠失部）

（薬師寺本）
法師俗姓蔚遅氏諱基
字洪道代郡人也族貴

（興福寺本）
法師俗姓蔚遅氏諱基字
洪道代郡人也族貴五陵
（以下略）

右にみられるように、薬師寺本は冒頭の数行が欠失していてわからないが、ほぼ同文である興福寺本から復元しうるのである。鷗外が見た慈恩大師画像は興福寺本の方であるから、冒頭に欠失はない。だから、鷗外は、堂内に掲げられていた画像上部の画賛の文章、つまり右に一部引用したものを読み、それによって「尉遅」という姓を知り、それを歌によみこんだのであろう。右の解説に接したとき、私はそのように思い、これで万事解決したと安堵したのである。

ところが、その段階の私は、現実の慈恩会を知らなかった。いざ現実の慈恩会へ出かけてみると、右の私の推測は見事にくつがえされたのである。前にものべたように、慈恩会の堂内は実に暗いのである。大正初年当時は、もっと暗かったようである。ともかく、一般席へ坐ってから、私は、鷗外になったつもりで、本尊の前の画像を見てみた。薄暗いといっても、かなり大きな画像であるから、慈恩大師の姿は明瞭である。ところが、画賛の文字は、到底判読できなかった。もし、画像の上部に画賛が記されてあるという知識がなければ、画賛があるということにさえ気づかない人が多いであろう。ちなみに、私の視力は、現在でもよい方である。

それで、なお確かめるために、「退道場」が始まり、拝観の人々も立ち去りかけたとき、席を離れて画像のごく近くまで立ち寄ってみた。そこでは読めるのである。だから、もし、鷗外が、画像それ自体から直接に「尉遅」という姓を知ったとするならば、鷗外は堂内で画像のごく近くまで接近しなければならなかったという結論になる。では、鷗外は実際にそうしたのであろうか。答えは否である。まず、鷗外は法会の中途で退場している。法会の中途で画像に近寄るということは考えられないから、近寄ったとすれば、法会の寸前である。だが、私の体験から考えると、それもありえないことである。拝観客の中には学生も多かったが、その現在の学生たちですら、ほとんど身じろぎもせず、無言で法会の始まるのを待っていた。ほかの拝観客も同様であった。まして、鷗外が、無遠慮につかつかと画像の前に立ちふさがったなどとは、全く考えられないことである。

また、さきの画賛の引用に注意すればわかるように、画賛の中では、「蔚遅」と、「尉」の字にクサカンムリがついている。ところが、鷗外の歌にはクサカンムリのない「尉」の字が用いてある。そこもおかしい。

このように考えてくると、鷗外は、画賛の文章を実際によんで、それによって「尉遅」という姓を知ったのではないということが明白となり、私は再び五里霧中となってしまったのである。

これから先は、私宛の多川俊映師の書簡に語ってもらおう。

　堂内で賛文が読めるかということですが、堂内はまず暗いですし、それに画像上の色紙形に書かれた賛文は、全般的にいって前もって知識をもっていないと完全に読み取れない状態になっております。つまり、字の不鮮明な部分が多々あるわけでございます。また、画賛の第一行目「法師俗姓蔚遅氏諱基字」のいま問題の「蔚遅」二字に関していえば、不鮮明で、ことに「遅」字はちょっと読めません。現在（昭和四十七年七月、筆者注）、画像は修理中で寺を離れておりますので、実は修理前・修理中の写真を横において物言しているのですが、前述したことはまず誤りないと思われます。（また、大正頃は鮮明さを保っていて読めたが、いたんで現在は不鮮明で読めないということはありません。それほど乱暴には扱いませんから。）かりに堂内が明るくて賛文を読むことができたとしても、「蔚遅」、ことに「遅」字がきわめて不鮮明なのですから、それを「蔚遅」と読むには、あきらかにそれ以前にどこかで基公の俗姓についての知識を得ていたのだとしなければならないと思います。

このように、鷗外が堂内で「尉遅」という姓を知ったという可能性は、完全に否定されてしまうのである。そこで俊映師は、鷗外の作品「不思議な鏡」（明45・1）の中の、「続蔵経なんぞ、あれはいつまで出るのでせう。もう置場所にも困るのですが、際限がないのね。」という鷗外夫人らしき人物の言葉に注目し、この言葉は、おそらく鷗外の実生活でのシゲ夫人の言葉ではないかと、推測されたのである。

「続蔵経」とは、正確にいうと、『靖国記念大日本続蔵経』というもので、明治三十八年から大正元年までに、京都蔵書館から刊行された、七一四〇巻余りの、膨大な一切経の一種である。東大の鷗外文庫の目録を調べたところ、鷗外はたしかに「続蔵経」を全巻購入していた。俊映師の推定通りであった。ついでに、『鷗外文庫目録』中の、仏教に関する書物を摘記すると、次の通りである。

大日本続蔵経第一輯案　蔵経書院編　一冊
大日本校訂　大蔵経　蔵経書院編　三四七冊
大日本校訂　大蔵経音義部　弘教書院編　一〇冊
大蔵経報　図書出版株式会社編　二冊
靖国記念　大日本続蔵経　大日本京都蔵書院編　七五二冊

たまたま副本があって、鷗外自身のものを見ることはできなかったが、「続蔵経」は、なるほど膨大な書物であった。夫人が、「置場所にも困るのですが」と現実にも言ったであろうと、容易に想像ができる。

その「続蔵経」の中から、慈恩大師の賛文が収録されている巻を捜索すると、それは最終巻であった。そこに、「玄奘三蔵師資伝叢書」というものが収められており、それが慈恩大師に関係する文章である。

(1)大慈恩寺大法師基公塔銘并序
(2)大唐大慈恩寺法師基公碑
(3)唐太宗皇帝御製基公讃記
(4)大唐大慈恩寺大師画讃
(5)心経幽賛序

以上の五編がそれであるが、それらに、慈恩大師の姓名がどのように記されているか、その部分だけを抜書してみよう。

(1)師姓尉遅。諱基。字[illegible]道。

(2)法師諱基。字洪道。姓尉遅氏。

(3)疏主大師姓蔚遅。諱基。字洪道。

(4)慈恩大師尉遅氏。諱大乗基長安人。

(5)大乗基法師。即三蔵法師之入室也。俗姓遅氏。

すなわち、(1)(2)(4)―「尉遅」、(3)―「蔚遅」、(5)―「遅」ということになる。クサカンムリがあるにせよ、ないにせよ、「続蔵経」のこの部分を見れば、慈恩大師の俗姓が、「尉遅」または「蔚遅」であったことは一目瞭然である。「続蔵経」を全巻鷗外が購入していたことは明らかであるから、もし鷗外が書物からだけの知識でこの姓名を知ったとするならば、ここからであろうという憶測は一応なりたつ。

ところが、別に、「唐京兆大慈恩寺窺基伝」というものがある。『大正新修大蔵経』第五十巻の「宋高僧伝」中に収められている。この伝は、さきの「続蔵経」のいずれの伝よりもはるかに詳しい。その冒頭を引用しよう。

釈窺基。字洪道。姓尉遅氏。京兆長安人。

これを見ても「尉遅」という姓を知ることは可能なのである。もっとも、『大正新修大蔵経』自体は鷗外死後の出版であるから、そのものを鷗外が見たはずはないが、なんらかの経路で、鷗外がこの「宋高僧伝」を知っていたという可能性はないだろうか。以上長々しい憶測を重ねてはきたものの、現在の私には、いまだに決定的なことをのべる勇気はないのである。（しかし、長谷川泉氏からの御示教によると、鷗外は「宋高僧伝」を知っていたらしい。確かに、「寒山拾得」〔大5・1〕を執筆するにあたって鷗外は、「寒山子詩集」序ばかりでなく、「宋高僧伝」からえた材料をも用いている。だが、その「宋高僧伝」を鷗外がどのような形で目にしたかという点に関しては、いまのところ私には不明なのである。）

ともかく、現存の画像の賛文は、興福寺のも、薬師寺のも、小異はあってもほぼ同文である。そして、その文章は、さきにのべた「続蔵経」所収の(2)「大唐大慈恩寺法師基公碑」を抄出して前半とし、同じく(3)「唐太宗皇帝御製基公讃記」の詩をぬき出して後半とし、両者から「巧みに抜萃して合成した」（『奈良六大寺大観』第六巻解説）ものであるらしい。

慈恩大師は五十一歳（一説に五十三歳）で死んだ。大正十年当時、鷗外は六十歳であった。その事実を知って、「尉遅基は我よりわかく死にける男」と鷗外はよんだのである。この慈恩大師の没年を知るためにも、鷗外は、なんらかの賛文か伝をよんでいなければならないのである。

慈恩大師像の画賛には、「年五十三」とある。五十三歳にしても、やはり「我よりわかく」である。大正十年のこの頃、鷗外は下肢に浮腫が時々あらわれていた。そして、翌大正十一年四月になると病状が亢進し、七月九日に死去するのである。

そのように考えると、この歌は、一見なにげない歌ではあるけれども、徐々に肉体を蝕みつつあった病いに対する、かなり確実な危機感が、鷗外をしてこの歌をよましめたと考えてよいのだろうと思われる。画像にみる慈恩大師尉遅基は、眼光炯々とした、まさに活力に充ち溢れた男性である。その男も五十一歳（あるいは五十三歳）で死んだという。そのように考えて画像に向かったとき、やはり鷗外はかなり確実に、みずからの死を予感したのではないだろうか。

注

慈恩大師の画像は、中国本土においても製作されたが（『宗高僧伝』）、「日本においても、法相宗の伝来につれて、慈恩会の本尊として崇敬され、唐本を基につぎつぎと転写されたと想像されるが、画像についての古い史料は見当らない。」（『奈良六大寺大観』第七巻）というわけで、奈良時代以降、日本でもかなり多くの大師画像が製作されたようである。現在画像中最も有名な、興福寺の二幅も、薬師寺の一幅も、ともに平安後期のものと推定されている（同書）。なお、『成尋阿闍梨母集』で名高い成尋（一〇一一？―一〇八一？）が残した、『参天台五臺山記』中に、成尋が中国本土で慈恩大師の壁画を見たとの記録がある。延久四年（一〇七二）、入宋した成尋は、天台山国清寺、赤城寺などを経て、蘇州普門院で寂照（円通大師）の影を見て「悲涙感喜」する。その後、金山寺を経て、九月二十一日、普照王寺に達する。その大仏殿の壁面に、慈恩大師が描かれていたのである。「西壁外西有三蔵影。各長六尺許。（中略）東壁東面（中略）次窺基字洪道右手執念珠垂前。以左手把右手腕。二人（玄奘と二人という意味。筆者注）著花鞋。鼻如花。」とある（島津草子『成尋阿闍梨母集・参天台五臺山記の研究』）。『奈良六大寺大観』の解説には、右にふれて、「影長八尺」との引用があるが、どちらが正しいのであろうか。

＊

(30)梵唄《ぼんばい》は絶間絶間に谺響《こだま》してともし火暗き堂の寒さよ

「梵唄」は、さきにのべた「唄」のことである。「唄匠」が一人で唱える、音楽的に言えば独唱の部分である。「勝鬘経」をよむのだが、最初は低く発声し、徐々に高くしてゆく。そして、それには息の長い節がついている。「勝鬘経」は、聖徳太子が義疏を書かれた、例の経典である。「唄」で唱えられる部分を少し引用しておこう。

如来妙色身。世間無与等。無比不思議。是故今敬礼。如来色無尽。智慧亦復然。

一切法常住。是故我帰依。

義疏によれば、「初の一行は応身を歎じ、後の一行は全く真身を歎ず」（花山信勝訳）ということである。釈迦如来ははかりしれない尊さをお持ちである。故に我等はここに敬礼し帰依し奉る、といった意味らしい。

「絶間絶間に谺響して」は、ちょっと無理な表現ともいえる。つまり、「唄」の声が時々途切れるのだが、その瞬間静寂が支配する。けれども、次の一声が発せられると、その朗々たる音声がまた堂内に響きわたる、ということを、このように表現したのだろう。

「ともし火暗き」は、これまでに何度かのべた通りである。「堂の寒さよ」については、私も実感することができた。確かに寒いのである。もちろん、暖房もない、開け放したお堂の片隅であるから、コートを着たままでも、床から寒さがしんしんと伝わってくる。「寒いから八時半に帰った」と鷗外がいうのも、あながち無理とは言えない。

以上のような光景をよんだのがこの歌であるが、現実の慈恩会を知ってから味わってみると、あの堂内の雰囲気が、聴覚的・視覚的・皮膚感覚的に、かなり的確にとらえられていて、やはり実際に体験しなければよめない歌であろうと、つくづく感じるのである。ただ、体験のない人には、なかなか把えにくい歌であろうかとも思う。

＊

(31)なかなかにをかしかりけり闇のうちに散華《さんげ》の花の色の見えぬも

「唄」が始まると、間もなく五人の散華衆が画像の正面に出て散華をする。散華衆は、ひとりひとり花筥《けこ》（盆のようなもの）を持ち、その上に、花の部分だけをちぎった小菊をのせている。その花を、経を唱えながら、親指と人差指と中指の先で軽くつまみ、つまんだ右手をやや高く上げ指先を外側にはねるようにして撒くのである。しかし、それほどしばしばは撒かないし、第一、「ともし火暗き堂」の中のことで、実際には何を撒いているのか見えないといった方が正しい。だから、「散華の花の色の見えぬも」というのは、まさにその点をとらえて正確である。そこを、鷗外は「なかなかにをかしかりけり」と感じたのであろう。この歌も、その実景を知っていると、「なかなかにをかし」い歌であるし、その光景を「をかし」（趣きあり）ととらえた鷗外は、やはり詩人であったと思うのである。

歌に直接には関係はないが、このあとにつづく法会の模様を、しばらく描写しておきたい。このあと、堂内の僧は一斉に経を唱える。唱えつつ一同が立って、本尊の周囲を右廻りにめぐる。これが「行道」である。行道をする僧は、みな木の沓をはいている。沓は草色のものと朱色のものとがある。その沓で土間を歩くので、その音がこつこつと響く。「水取りやこもりの僧の沓の音」（芭蕉）という句を思う（『芭蕉翁絵詞伝』は「こもり」だが、『野ざらし紀行』では「氷」とある）。散華衆も正面から去り行道に加わる。中途で全員が立ちどまり、かなり大声での経がつづく。聞いていると、正面側の声と背面側の声とが、音程もずれ発声もずれているので、斉唱ではなくて二部合唱のように聞こえる。音楽的に興味深いことだとその場は感心していたが、あとになって訊くと、偶然ずれていただけで意図的なものではないようである。ともかく、このあたりは、縁なき衆生にとっても、大変すばらしく思われる法会の一段である。

＊

(32) 番論議《ばんろんぎ》拙きもよしいちはやき小さき僧をめでてありなむ

「番論議」は、その「番」を「つがい」ともよむように、二人一組になってする論義という意味である。その一つがいを「一双」「二双」というふうに数える。

　この論義は、おそらく、最も原初的な段階では、あらかじめ学問を研鑽してきた僧が、その場でいきなり相手に質問をあびせかけ、相手の僧もそれに応じ、丁々発止とわたりあうものであったに違いない。それが、寺の長老を初めとして、上位の僧たちの面前で行なわれるのであるから、彼らの修行の程度はすぐさま歴然としてしまう。ただ、それがかなり以前から形式化され、論義の一双の各々が、問うべき言葉・答えるべき言葉は固定化された。その問答の、いわば台本ともいうべきものは、二千種類もあり、「唯識論同学鈔第一、第二」（『大日本仏教全書』）といったところに収録されているそうである。慈恩会で行なわれる場合には、それがもう少し短くカットされている。番論議に出る僧たちは、それらをよく暗記してから登場するということになる。

　文章で読んでも、素人にはなかなか難解な論義である。それを勉強もせずに、ただ声音だけを聞いて理解しようというのは、所詮浅はかなことであろう。ただ、それが、本来は深遠な仏教哲理の論争であるにもかかわらず、今日の仏教に無縁な私どもが無責任な見方で眺めていても、結構楽しく見られるのは、これらの論義が長年月の間に取捨選択され、演劇的な一種のショウになっているからである。

たとえば、昭和四十七年度の第三双などは、頗るユーモラスであった。問題提出者が問いを発しても、解答者はいささか鈍く、問題の趣旨が理解できないらしい。「今一度申せ」と何度もくりかえす。そのうちに、問う方がいらいらしてきて、「何度言ふて聞かせうずるぞ」と怒ってしまう。これも、昭和四十七年度の僧の一方が、たまたま鈍い人であったわけではなくて、元来そのように問い、そのように答えるように、最初から台本が仕組んであるのである。しかも、このやりとり自体は、経論の本質的な部分ではない。かつていつの日にか、たまたまそうしたやりとりがあって、あまりにも愚鈍な僧の受け答えに、周囲がどっと笑ったのであろう。その笑いが、いつしか台本となって固定化されているのである。法会はさまざまな意味で芸能の一種と目されているが、ここにもその一面が見られる。

昭和四十七年度の第一双は、「児《ちご》論義」であった。おそらく小学生であろうと思われる可憐な僧が、本坊の控えの間で、お父さんの僧に手伝ってもらって、所定の法衣を下から順番に身につけるありさまを、私は傍らで見ていた。さて、論義が始まると、画像の左右に一人ずつ控えている「小さき僧」が、合図とともに中央にかけ寄り、正面で左右入れちがいになり、画像の前で両人とも蹲踞する。二人の論義は、高低緩急とりまぜた、非常にむずかしい節廻わしで行なわれる。語尾がひょっと高く上がる。「言へり」を（イェェェリィィイ）というふうに、ひどく引き延ばして唱えたりする。檜扇《ひせん》で床をこつんとたたき、相手の答えをうながす。それが「小さき僧」の場合には、非常にかん高い声でいうので、見ているものには実に微笑ましい。ときどき言葉がつかえたりすると、なお可愛らしい。そのあたりが、「拙きもよし」「めでてありなむ」であろう。一双が終わると、それぞれ両脇にひきとり、次の一双がまた同じ形式で行なわれる。

天正十七年の「興福寺住侶寺役宗神擁護和讃」（興福寺蔵）というものがある。連歌師紹巴の作ったものである。僧が辛い修行を重ねながら、次第に高位の僧にのぼってゆく過程が、かなり具体的な叙述を伴いながら、ほぼ七五調で書かれている。

明暮論義覚ヘテ　毎日講ヲツトメツツ　寺内入堂ヲコタラス　五日ニ一度大廻リ
七度ヒノ後夜《ゴヤ》入堂　翌ノ日ノネフタサヨ　ヤウヤウ卯月ニ成ヌレハ　観禅院ノ登
高座　一宗ハナス論義ニ　利鈍ノ稽古顕ハルル

とあるのは、「論義」にのぞむための修行の辛さと、その結果をのべているのだろう。「翌ノ日ノネフタサヨ」というところには実感がこもっている。「利鈍ノ稽古顕ハルル」というのが、いやおうなしに明らかになってしまう結果である。

御《ミ》八《ハ》講《コウ》ヤ維摩会　慈恩会ノ番論義　勲《ツト》メテ六方成リ上リ　学侶衆ニ入リツツ　諸屋ノ参籠数多シ

「御八講」（法華八講）や「維摩会」（法相宗では非常に大切な法会）や「慈恩会」の番論義をつとめると、「六方衆」となる。「六方衆」とは、興福寺内外の諸院坊に住む僧のうち、上﨟にあたる「学侶」を除いた僧、つまり、中﨟衆をいう。いろいろ大切な法会や番論義をつとめあげて初めて、下﨟衆から中﨟衆（六方衆）になれるのだと言っている。

大会《タイエ》ノ竪義《リユウギ》遂ケハ　已《イ》講ノ官ニ経シツツ　法会ノ導師ニ定ル　竪義遂ヌ得業《トクゴウ》モ年ヨレバ権律師　成リ上ルソ嬉シキ（中略）竪義トケヌ律師ハ　年ヨロヨロト成リヌレト　僧都テハツルアハレサヨ

「已講」は、維摩会・最勝会・御斎会（南都の三会）の講師をすでに終えた僧のことである。僧綱に任ぜられるのは、この「已講」の僧の中からであり、この段階を踏まなければ、将来の僧としての昇進はおぼつかない。「得業」は、興福寺では法華会・慈恩会の竪義をつとめた僧ということである。右の部分は、僧位の昇進にとって、さまざまな法会における竪義が、いかに大切なものであるかを、例をあげて説明してい

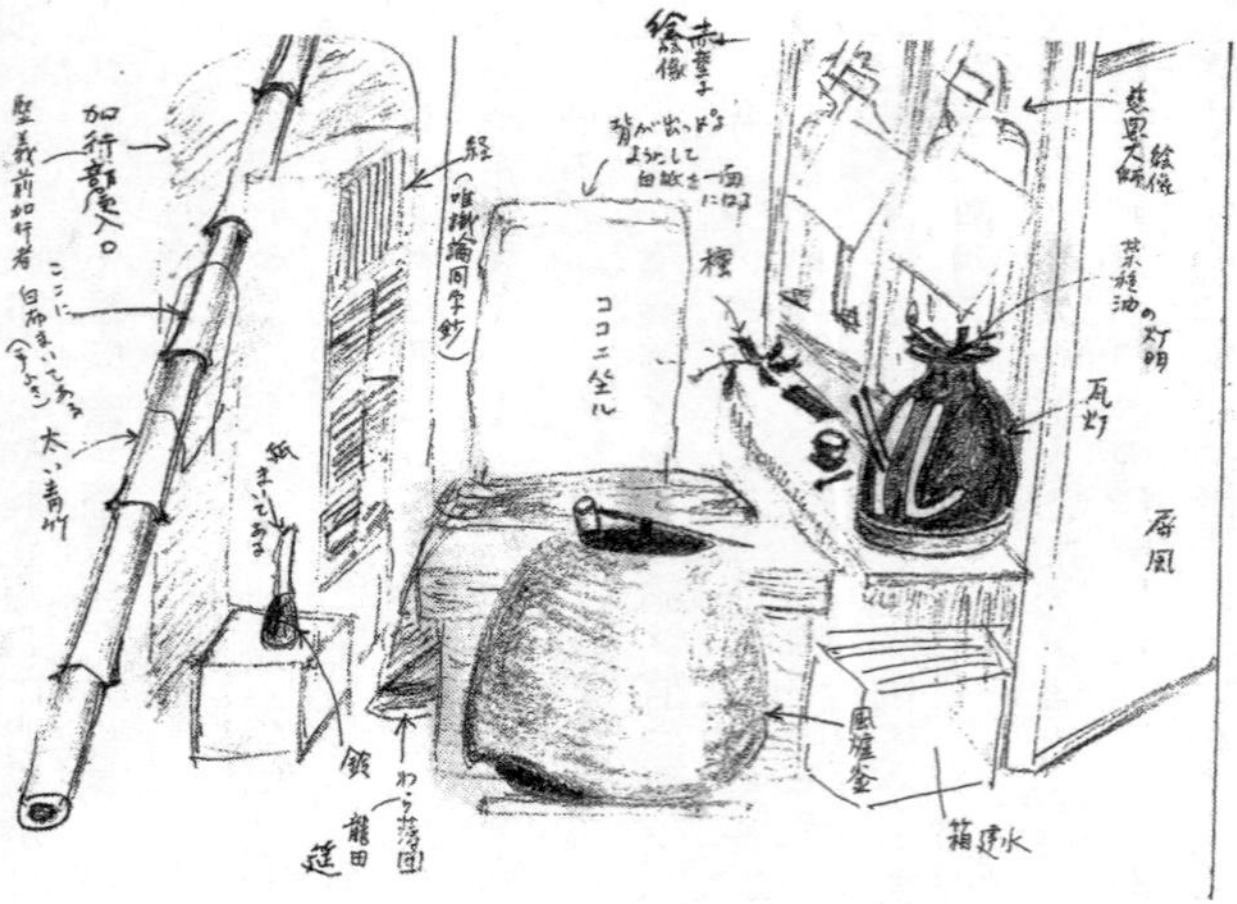

加行部屋のスケッチ

る部分である。竪義の関門を通っていない律師は、よぼよぼの年齢になっても精々僧都どまりで、権大僧都にもなれないし、ましてや大僧都などには到底なれないというのである。

このように、紹巴作のこの「和讃」は、興福寺の僧の修行の実態を、かなり詳しくのべていて興味ぶかいものであり、門外漢の私による説明の、足らざるところを補ってくれることと思う。

さて、さきに詳しく言及したように、鷗外は、実際の「番論議」は見ずに帰った。この(32)首は鷗外が「番論議」を見ずによんだ歌である。しかし、この歌の結びの句が、「めでてありなむ」と未来推量になっているので、鷗外は、見て来たような嘘を詠んだのではない。……であろうと、正直に推量の形でよんでいるのである。この事実は、逆にいうと、鷗外が確かに「番論議」を現実には見なかった、という証拠にもなるのである。「番論義は、ときどき言いよどんだりする稚拙なものもかえって愛敬があってよいものだ。児論義に出る利発そうな幼い僧を、みんなが賞讃することであろうな」——ほぼ、こんな歌であろうか。

〔昭和五十二年十一月十三日に、俊映師は一般の大学における卒業試験に相当する竪義《りゅうぎ》にのぞむために、加行《けぎょう》部屋で二十一日間の無言の前加行にはいった。その間は、他人はもちろんのこと、身内の者とも会話を交わしてはならないし、中央の座に足を折って座し、横になって睡眠をとることも禁じられている。当時、慰問の意味もあってその席を訪ねた私は、室内の様子をしっかりと頭におさめて、帰宅後スケッチをしておいた。何年か後にそのスケッチを俊映師に示したところ、二、三の物品の名称や位置を訂正しただけで、そのほかは事実通りであると、おほめの言葉をいただいた。スケッチに見られるように、ここにも慈恩大師の像が掲げてある。〕

注

慈恩会は、天暦五年（九五一）十一月二日、興福寺別当空晴《こうじょう》の発願（興福寺の伝による）で初めて行なわれた。この年始修ということについては、『諸寺縁起集菅家本』（藤田経世『校刊美術史料』寺院篇上巻）に、次のようにある。

興福寺別当坊懃行事

十一月十三日慈恩会、是慈恩大師仏事也、自天暦五年十一月二日始之、初者称庚申講也、又自延文五年、当会仁修番論義、准維摩会番論義由、被下 長者宣了、大供分配者、孝謙天皇御願也、自天平勝宝元年五月廿五日始之、天皇在御起請文、此法事無定日者也、修三十講、号寺□三十講、無定日者也、別当坊依時不定在所也、

また、同書に、

勅使坊　冣勝会之時、為勅使坊、慈恩会等於此所修之也云々　抑冣勝会之東則酒者、一夜ニ造之云々

とある。

始修については、『大乗院寺社雑事記』長禄二年十一月九日の条に、「会始行者天暦五年始之」とあり応仁元年四月十四日の条にも、同様の記事がある。

右の『諸寺縁起集菅家本』の引用文中にもあるように、最初慈恩会は庚申講といわれていたが、天禄二年（九七一）に慈恩会と改められた。

竪義の制が設けられたのは、天元四年（九八一）である。俊映師の御示教によると、光明院実暁の「習見聴諺集」第二（二条家文書、興福寺蔵）に、「天元四辛巳慈恩会竪義長者宣始被下了」とあるそうである。

『中右記』大治四年（一一二九）十一月十六日の条に、「十三日慈恩会絶了、昔定昭僧別当之時、円融院御時申下宣旨、初所被行之法会、其後及百八十年全無断絶、今日已不行、是法相宗滅亡之時歟、天之令然、可哀可歎」とある。この日の前後の記事を見ると、興福寺の僧が騒動を起こし、南京検非違使が出て、何人かの僧が「搦取」られたりしている。その騒動のため、慈恩会が中止されたのである。文中の「円融院御時」というのが、さきにのべた庚申講が慈恩会と改称された天禄二年にあたる。延文五年（一三六〇）には、慈恩会に番論義が加えられた（『大乗院寺社雑事記』長禄二年九月二十二日、十月九日の条）。

明治維新後中絶していたのを、佐伯定胤師が復興、明治二十九年（一八九六）、法隆寺で再開、以後今日に及んでいる。

＊

⑶いにしへの飛鳥《あすか》の寺を富人《とむひと》の買はむ日までと薄領《すゝき》せり

⑶首から⑸首までの三首には、「元興寺址」という詞書がある。

元興寺の前身は法興寺である。現在の飛鳥寺のある場所に、蘇我氏によって建立された日本最初の本格的な寺であった。平城京へ都が遷るとともに、それは元興寺と名を改めて移建された。それで、元興寺のことを、平城《なら》の飛鳥ともよぶのである。その後、元興寺は著しく寺域を拡張し、一時は南都七大寺のうちでも、東大寺につぐ大寺として、盛んに堂塔の建立を行なった。現在確認されている最盛時の寺域は、南北四八〇メートル、東西三六〇メートルに及ぶ広大なものである。ところが、平安期から次第に衰え、遂には見るかげもない状態になった。その衰退期に庶民の間から盛り上がった信仰が、辛じて極楽坊その他を維持し、細々として近代に至った。

戦後になって、それらの中世庶民信仰の遺物がおびただしく発見され、学界の注目を集めた結果、現在では寺の一隅に、元興寺仏教民俗資料研究所の建物と収蔵庫が建てられている。だが、それらの新建造物を別にすれば、その他の光景は、大正七年に鷗外がここを訪れたときも、現在とはさほど異なってはいなかったであろう。もっとも、本堂も僧坊（極楽坊）も、現在ではともに国宝に指定され、修理と管理がゆきとどいているから、非常に小ざっぱりとしているが、鷗外の行った頃には、もっとさびれた感じがしたであろうとは、容易に想像できる。

東大寺や興福寺にしても、最盛時の規模と比較すれば、現在は見るかげもないと言える。しかし、それでも両寺は、現在でも一通りの堂塔伽藍は残っており、往時とは比べものにならないとはいうものの、なお広大な寺域を占めてもいる。その東大寺や興福寺を見たあとで、そのすぐ近くの元興寺極楽坊へ行ってみると、そのあまりにも衰退のあとの著しいことに驚かされる。その驚きからくる感慨というものは、おそらく当時の鷗外も感じていたことだろう。

さて、「日記」大正七年十一月十日の条に、

午時雨至。閉院。更装訪十輪院。古之元興寺子院也。観所謂魚養冢。在堂東。封土二尺許。

とある。ここには十輪院の名のみ記されていて、極楽坊や東塔址の名は見えない。しかし、のちにのべるように、最初の二首は十輪院をよんだ歌ではない。東塔址をよんだものである。従って、「日記」には記されていないが、鷗外はこの日に、少くとも

東塔址には立ち寄ったものであろう。極楽坊・東塔址・十輪院それぞれの間の距離はさほど離れていない。元興寺・十輪院・魚養冢《うおかいづか》については、石川淳氏が詳しく書いておられるので、それを参照されたい。(『鷗外全集』月報16、昭48・2)。

私も、このあたりを、小雨の降るなか、独りでたどってみた。時期が十一月の平日だったためか、どこにも拝観客はなくて、鷗外の歌をしのぶには、実にふさわしい思いであった。それはともかくとして、石川淳氏が、さきにのべた文章で、これら三首に与えている説明は、私には納得のいかない点がある。石川淳氏はこうのべている。

あいにく今日の十輪院のあたりには尾花なんぞは影もかたちもない。ほこりの舞ふ軒つづきの町のまんなかである。近くにえらさうな家がまへも見えないが、これが予言された「富人」の占領といふことなのだらうか。このけしきでは「貴人」はおろか俗物でも化けて出るところがあるまい。義理にも「なつかしき」とは申しかねる。ただこの三首の歌に当時の作者のイメージをうかがへばよい。

たしかに、歌によっては「作者のイメージをうかがへばよい」場合もある。しかし、最初の二首が東塔址をよんだものと言えるわけであるから、十輪院の近くに「富人」の家を探しても、それは見当外れということになるし、そうした事実を無視して、これら三首を云々しては鷗外が気の毒である。ともかく、この最初の(33)首は、特に「イメージ」だけでは片づかない問題を含んだ歌なのである。

　さて、「いにしへの飛鳥の寺」とは、直接には元興寺を指す。だが、この歌では、かつての元興寺の一部であった東塔址を指しているのである。元興寺には、かつて東西両塔があった。西塔の方は、創建当初から小塔で、現在でも収蔵庫に、その愛すべき、しかも精緻な姿を見ることができる。しかし、東塔の方は通常の塔のごとく、屋外に基壇を築いて建てたものであった。それが、安政六年二月二十九日、その五層目から突然出火し、観音堂もろとも焼失してしまった。

　現在、極楽坊から程近い建てこんだ町並みの片隅に、「史蹟元興寺塔址」と刻んだ標石が立っている。その奥まったところに一区画があり、小寺院の体をなしている。その一角には、東塔の址が基壇と礎石のみを残して保存され、また別の一角には、小さな本堂と鐘楼などもある。

元興寺東塔址（筆者撮影）

　実は、そこへ行く前に極楽坊へ寄り、住職にうかがい、大凡のことは確かめて来たのであるが、幕末以後荒廃しきっていた東塔址を、水野某という人が買って整備したということであった。東塔址へ行ってから、私はそのまま住職にお逢いしたかったが、あいにく留守で、留守番の方と多少の会話をかわした。

東塔址を買ったという人は、水野圭真という人で、かつては紡績関係の仕事をしていた人であった。中年頃になり諸方で修行し、ここの荒れていることを知り、東大寺から東塔址の管理を任された。だから、現在は東大寺の末寺になっている。圭真がそこへ住んだのは昭和初年頃であろう。そして、昭和十五年になくなった、ということであった。

境内には、ある供養のために建てた石碑があり、そこにも水野圭真の名が刻まれているが、鐘楼へ行き、何げなくその鐘銘を見ると、銘文の最後に次のように記されていた。

昭和七年後彼岸会中日
元興寺釈圭真敬白

ここに「昭和七年」とあるが、本堂を整備しないうちに鐘を鋳造するというのは、常識的ではないから、昭和七年以前には、すでに本堂が出来ていたであろうし、もし水野圭真がこの土地を買い求めたのなら、それはもっと以前であろう。ともかく、私の追求はここまでで途絶えている。だから、これ以上は水野圭真については語れない。

しかし、圭真という人が、人生の半ばまでは専ら利殖の道を歩いていたが、中年過ぎる頃に、ふと宗教心に目覚め、私財を擲ってこの土地を購入し、東塔址を守るようになったということは、事実であるらしい。

鷗外がここを訪れた大正七年には、まだここに圭真は住んでいなかったし、ここを買っていたわけでもなかったであろう。だが、そろそろ圭真がこの土地を買うという話が進められていて、鷗外はその噂さでもきいたのであろう。「富人」という言葉は、⒆首の「三毒におぼるる民等」や、のちの⒄首などに見られる、それに類した表現とともに、この「奈良五十首」の中のキイ・ワードである。「富人」と対立するものは、この歌では、「いにしへの飛鳥の寺」であり、「薄」である。おそらく、鷗外は、水野圭真その人について、それほどの情報を持たなかったであろう。しかし、それはどうでもよいのであって、要するに、鷗外にとっては、荒廃した奈良の寺々が「善玉」であり、それらを買ったり無視したりするものは、すべて「悪玉」であった。だからたまたま、何某がこの東塔址を買って住職になるそうだという街の噂さがあり、それが紡績などをしていた人だとなれば、鷗外は、すぐさまその人物を「悪玉」の側に分類してしまったであろう。「奈良五十首」をよむ限りにおいて、この件に関しては、鷗外は極めて単純な分類を行ない、「悪玉」に分類されたものには必ず憤りを発しているのである。これはあくまでも鷗外の心の中の問題であって、たとえば、水野圭真という人の人柄とはなんら関係のないことなのである。だから、「富人の買はむ日までと薄領せり」という、いかにもさり気ない表現の背後には、次のような公憤が潜んでいると考えなければならない。――だれか知らないが、金儲けをした奴がいて、近々ここを買うらしい。薄よ、ここが買われる日までは、おまえの平和な時代だが、買われてしまってからはどうなるかわからない。寺が荒廃して薄なぞが生えているのは悲しいことだが、金持に買われるくらいなら、いっそ薄が生えている方がましではないか。

追記　昭和四十九年三月、私は元興寺東塔址を再訪した。今度は幸いにも住職にお逢いすることができ、何かとお話をうかがうことができた。しかし、結論を先にのべるなら、私が疑問のまま残した点つまり、水野圭真がこの寺を購入したことと、鷗外の歌(33)首との関係は、依然として明確にはならなかったのである。なにしろ古い時代の事実なので、記録でもないかぎり、すべては茫漠としてしまっている。ただ、貴重な品物なのでお借りすることはできなかったが、荒れ果てていたころの東塔址や圭真が建てて現存する本堂の落成式の写真を初めとして、紡績会社社員当時の主真、東大寺で修行当時の圭真、東塔址の写真等を拝見できたのが、せめてものなぐさめであった。

＊

(34)落つる日に尾花匂へりさすらへる貴人《うまびと》たちの光のごとく

これも(33)首と同じく、東塔址をよんだものである。(33)首が、「富人」と「寺」「薄」との対立をよんだものとすれば、この歌は、その「薄」＝「尾花」をてこにして、過ぎ去りし日、最盛期における元興寺の風景を空想した歌で、さながら鷗外の奈良朝に対する挽歌である。

その天平の最盛期に、どれほど多くの人々が苛斂誅求に悩まされ、厳しい苦役に従事したことか。現在われわれが目にし、かつては鷗外が目にした奈良の寺々は、そうした犠牲を下敷にして完成されたものである。当時、働かずして享楽的な生活を送っていた、奈良朝の「貴人《うまびと》たち」は、大正時代の「富人」＝「成金」たちの数どころではなく、ほんのひと握りの人々であった。現在のわれわれはその事実を知っているが、当時の鷗外がそこに気づこうともしなかったという点を、ここで非難できるであろうか。このような点をとらえて、すぐさま、だから鷗外は皇室擁護の権力側の人物だった、というような言い方をするのを私は好まない。

敗戦の日を迎えるまでは、少数の識者は別として、以上のような点に留意して奈良の寺々を考えた人は、さほど多くはなかったはずである。敗戦までの奈良の寺々に関する見方というのは、いかにすれば、荒廃し忘れ去られていた奈良の寺々を自分たちの共有の文化財産としうるか、という点にしぼられていたように思われる。もちろん、昭和十年代以降敗戦までの奈良ブームは、国粋思想に便乗した面がかなり強く、そうした意味で偏向的だったという反省は、今日ではできる。しかし、明治から大正初年頃までの奈良の荒廃ぶりをしかと見すえるならば、昭和の十年代から二十年までの奈良ブームが、それがたとえ国粋思想に便乗したとはいえ、奈良を救ったといえるわけで、その後の反省はともかくとして、歴史の複雑ないきさつを感じないではいられない。

幕末維新期の奈良がいかに荒廃していたかは、概略ではあるが、永島福太郎氏の『奈良』(昭38・11、吉川弘文館)を読めばよくわかる。

興福寺の大乗院門跡以下の坊舎はそれぞれ売却された。その撤去がはじまった。寺僧以下は多くは奈良を去った。かつて春日野を充満していた堂塔・坊舎は破壊され空地となってしまった。高畠・野田の両社家町も同様であった。春日社境内すら荒れた。荒野と廃墟、その背景は老樹叢の凄寥というさまになった。（中略）もちろん、興福寺境内の建物は官公衙として利用するのに恰好なものであった。金堂が警察署、食堂が壊《こぼ》たれて洋風建築の寧楽書院、東室（現在寺務所）が師範学校となるにいたった。五重塔を五〇円（五円とも）で払い下げをうけた者が、その金具のみを得ようとして焼こうとしたが、地許民が類火の危険を感じて反対したので、そのままになったという話さえ伝えられている。

こうした状況は明治十年代までつづく。とにかく、当時の人々にとっては、奈良の寺々など、どうでもよかったのである。その後いくらかの反省はあっただろうが、鷗外が奈良へ行くようになった大正初年代も、奈良は依然として荒廃と忘却の中にあった。

そのような中で、和辻哲郎の『古寺巡礼』が出版された。大正八年五月のことである。この書物は、戦前の若い人々に非常な影響を与え、若い人々の奈良めぐりの第一次ブームを作るもととなった。その後、亀井勝一郎の『大和古寺風物誌』（昭18・4）などが第何次かの奈良ブームをよぶことになるが、いわゆる奈良ブームの先鞭をつけたのは、やはり『古寺巡礼』であろう。和辻哲郎は二十代の後半に当時は見捨てられていた奈良の寺々をめぐり、これを書いたのである。時期的には、丁度この「奈良五十首」と重なりあっている。鷗外が慈恩会を見た日に志賀直哉が正倉院へ来ていることはさきにふれた。直哉が奈良に住むのはもう少しあと（大正十四年以後）であるが、直哉を含めた白樺派の人々の古美術に対する関心もこの頃からである。

大正年間というのはそうした時期なのである。つまり、放置しておけば、すべてが荒廃し烏有に帰してしまう寸前にきていた奈良の寺々に、心ある人々が、ようやくその眼を向けはじめた時期なのである。さきに引用した永島福太郎氏の『奈良』によれば、第一次奈良ブームのきっかけを作ったのは、(1)大正三年の大軌の開通、(2)識者の古寺巡礼、(3)『七大寺大観』、『古寺巡礼』の刊行、ということになる。

このような時代背景を考えてみると、鷗外が、滅びつつあった奈良に哀惜の情を抱いたというのは、かなり普遍性のあることであり、ある意味では流行の先鞭をつけたとも言えるのである。そのようなわけで、この歌を、鷗外なりの奈良朝に対する挽歌であるというのである。

＊

(35)なつかしき十輪院は青き鳥子等のたづぬる老人《おいびと》の庭

この歌はわかりにくい歌である。まず、「なつかしき」といっているが、どうして「なつかしき」なのか、そこがわからない。鷗外が、大正七年十一月以前に、一度でも十輪院を訪れていれば問題は簡単なのだが、どうもその形跡はない。「日記」によれば、鷗外は明治四十二年十二月三十一日に、軍隊の衛生視察のために、奈良へ来ている。そのとき鷗外は、奈良衛戍病院へ行き、歩兵第五十三聯隊へ行き、その後水源池視察のために、春日奥山へ行っている。「神社へ詣でて鹿を見る。」というのが唯一の遊覧的な記述で、法隆寺さへ車窓から望んだだけである。このときを除き、鷗外は大正七年以前には、奈良へ行っていない。だから、どうして十輪院が「なつかし」いのかわからないのである。

次に、「青き鳥」もわからない。これは、現実に羽の色の青い鳥という意味であるかもしれない。だが、もし、これが象徴的な意味での「青き鳥」だとすると、当然メーテルリンクの「青い鳥」と結びついてくる。その点についてしばらく考えてみたい。

鷗外は、メーテルリンクの作品を、かなりよく読んでいる。「マアテルリンクの脚本」（明35・6）、メーテルリンクの戯曲「奇蹟」の翻訳（明42・4〜5）、作品「青年」（明43・3〜44・8）中にみられる、メーテルリンクに関する言及三個所、作品

「妄想」(明44・3〜4)中にみられる、「青い鳥」に関する言及二個所、それに、『椋鳥通信』(明42〜大2)中にみられる、メーテルリンクに関する言及六個所などで知ることができる。

これらのうち、直接「青い鳥」という作品に関するものは二つである。ひとつは、「青年」の第十八節に、主人公小泉純一が、「青い鳥」を読んでいるらしい描写がある。

綺麗に片付けた机の上には、読みさして置いて出たマアテルリンクの青い鳥が一冊ある。

この主人公には、作中人物としては過重なほど、鷗外自身の投影がみられる。そのためにこの作品は失敗したともいえるのだが、今の場合、逆に言うと、主人公純一が「青い鳥」を読んでいるというのは、鷗外が読んでいたという証拠になるかもしれない。

もうひとつは、「妄想」の中にある。

自分は錫蘭《セイロン》で、赤い格子縞の布を、頭と腰とに巻き付けた男に、美しい、青い翼の鳥を買はせられた。籠を提げて舟に帰ると、フランス舟の乗組員が妙な手付きをして、「Il ne vivra pas!」と言った。美しい青い鳥は、果して舟の横浜に着くまでに死んでしまった。それも果敢ない土産であった。

すなわち、ここでの「青い鳥」は、メーテルリンクの作品そのものを指しているのではないがメーテルリンクの作品を頭に置かなければ、この「青い鳥」という言葉をこのように使うことはできないのも事実である。この個所は、『森鷗外全集』(2)（昭40・5、筑摩書房）の語注（執筆者は関良一氏）によると虚構であるそうである。[注] しかし、いま問題にしている点に関しては、この「妄想」の記述が事実であろうと虚構であろうと問題ではない。要するに、鷗外がドイツ留学から日本へ帰りつくまでに、鷗外の心の中の「青い鳥」が死んでしまったと、鷗外がのべている文学的真実が大切なのである。

この「妄想」の記述は、当然「舞姫」の冒頭を想起させる。「舞姫」の太田豊太郎がその怨念の文章を綴りはじめたのは、「セイゴンの港」に碇泊中の船の「中等室の卓《つくゑ》」の上であった。これが、「セイゴンの港」であるということに注意したい。なぜなら、「妄想」における鷗外は、その「セイゴンの港」へ来る少し前、つまり、船が太平洋にはいる前に、「青い鳥」を錫蘭《セイロン》で買う。しかし、その「青い鳥」は、日本へ着く前に死んでしまうのである。この「青い鳥」が虚構であればなおさら、当時の鷗外のある気持が、帰国途中で死んだという言い方に、明白に語られていると思わなければならない。

引用するのも気がひけるほど、すでに手垢に汚された部分だが、「Forschung といふ意味の簡短で明確な日本語は無い」（「妄想」）と鷗外はいい、そうした日本では、鷗外の理想とする学問はまだ育たないと感じ、絶望的になる、といった個所は、結局、言いかえてみれば、鷗外の心の中の「青い鳥」が、インド洋から太平洋へ来る過程で、もう死んでいたということになる。だが、鷗外は、「かう云ふ閲歴をして来ても、未来の幻影を逐ふて、現在の事実を蔑にする自分の心は、まだ元の儘である。」といい、「日の要求に応じて能事畢るとするには足ることを知らなくてはならない。足ることを知るといふことが、自分には出来ない。自分は永遠なる不平家である。どうしても自分のゐない筈の所に自分がゐるやうである。」といい、次のようにつづけている。

どうしても灰色の鳥を青い鳥に見ることが出来ないのである。道に迷つてゐるのである。夢を見てゐるのである。夢を見てゐて、青い鳥を夢の中に尋ねてゐるのである。

この「妄想」を書いてから、大正七年に十輪院へ訪れるまで、七年しかたっていない。五十歳から五十七歳までの経過である。この間に鷗外の心の中で、「妄想」的なものが別なものに変わったということは考えられない。つまり、三十年以前に絶望的な気持で日本へ帰ってからも、常に「永遠なる不平家」として努力をつみ重ね、「青い鳥を夢の中に尋ねてゐる」鷗外の姿は、「奈良五十首」をよんだころの鷗外の姿でもあったと言いたいのである。

メーテルリンクの「青い鳥」は、一九〇八年（明治四十一年）の作品である。大正二年十二月に、すでに若月紫蘭によって翻訳され、二度の改訳を経て岩波文庫におさめられている。いま、その岩波文庫本によって「青い鳥」を読み直してみる。

第二幕第三場に「思ひ出の国」という場面がある。チルチルとミチルが、妖婆ベリィリウンヌの魔法によって、死んでいるはずの祖父母に逢いにゆく場面である。そこへ行く少し前に、次のような会話がある。

チルチル　どうして遇へるの、お祖父ちやん達死んでるのに……

妖婆　どうして死んでるものかね、お前の思ひ出の中に生きて居て？……人間はこの秘密を知らないんだ、てんで物が分からないんだからねえ。

（そして「思ひ出の国」へ行き、二人は祖父母や弟妹にあう。）

祖母　いゝや、でもお前達は私等のことを思つたよ……

チルチル　あ、さうだ……

祖母　それごらん、何時でもお前達が私等のことを思ふと、私等は目が覚めて、またお前達に逢へるんだ……

チルチル　なあに、思ひ出すだけでいゝの？
祖母　さうともさ、お前にはそれが分つてる筈だが？
（チルチルとミチルは「青い鳥」を見つけ、それを籠の中に入れる。）
祖父　その鳥に気をおつけよ、私はそれがどうなつても知らないから……鳥はもう世の中の騒がしい生活《くらし》に慣れることが出来ないだらうから、いい風が吹くと直ぐ此処に戻つて来るかもしれないよ……
（時計が八時を知らせるので、チルチルたちは帰ろうとする。だが、ここは時計が不用の国である。）
祖母　私にはもう分らない……私は時間の習慣をなくしてしまつたんだ……八つ打つたから、世の中では皆が八時だつて云ふんだらうね。
（名残を惜しみながらチルチルたちはその国を去る。ところが、「青い鳥」は忽ち色が変わってしまう。）
チルチル　（籠の中の鳥を見ながら）やあ、鳥はもう青くなくなつちやつた！……黒くなつちやつた！
ここまで読んで来て、私は、鷗外のこの歌が、十輪院の庭そのものを、メーテルリンクの戯曲「青い鳥」の第二幕第三場になぞらえているのではないかと思えてきた。

十輪院は、現在でも一般観光コースから外れた寺である。大正初年には、ましてそうであったに違いない。私が昭和四十七年秋訪れたときも、ほかに全く外来者はなく、拝観の許しを乞うために何度大声をはり上げても答えはなく、二十分ばかり茫然と立ちつくしていたのである。

十輪院（筆者撮影）

鷗外の日常は、奈良にあっても極めて多忙であった。精励恪勤という言葉は鷗外のためにあるのかと思われるほどである。雨が降って正倉院の仕事から解放されると、むしろ待ちかまえていたかのように、奈良中の寺々を見てまわる。この寺巡りは、鷗外にとっては一種の気ばらしであったかもしれないが、気ばらしという表現がふさわしくはないほど、鷗外はこうしたことにも勤勉なのである。

そのような寺巡りの途中で、ふっと時間がとまってしまったような瞬間があったのではないか。「青い鳥」は、「時間の習慣をなくしてしまつた」世界では生きているが、「世の中の騒がしい生活」には慣れず、必ず「思ひ出の国」へ帰ってしまうのである。

鷗外が十輪院へ立ち寄ったとき、それはもう夕暮どきであったが、そこには現実の時間が流れていない、過去だけがひっそりと保存されている世界があると感じたにちがいがない。時間の止まってしまった世界——そうしたものにあこがれる浪漫的な心情を、鷗外はもっていた人だと私は思う。ただ、その静止した時の中に、鷗外は長くは留まっていなかったであろうが。

そこで、私はこの(35)首を、次のように解釈する。「十輪院は、たとえてみると、メーテルリンクの「青い鳥」の中で、「青い鳥」を探し求めるチルチルとミチルが、いまはなき祖父母に出あった思い出の国の、老人たちのいる庭のようだ。そこは現実世界とは隔絶された場所で、そこには時の流れはなく、過去がそのまま保存されている。私は、瞬時その静かな過去の中にひたって、日々の煩いを忘れていた。そのような十輪院を今になって思いかえすと、それはいかにも「なつかしき」寺である。」

このような解釈によると、さきに引用した「妄想」も、それから連想される「舞姫」も、直接にはこの歌に結びつかないことになる。だが、これは全くの空想だが、十輪院の庭にたたずんでいたとき、それはほんの瞬間のことであったかもしれないが、鷗外の脳裡に、ドイツ留学以来の生涯が、電光のように閃き、そして消え去っていったと考えたとしても、あながち見当外れとは言えまい。

注

関氏の注はあるものの、この時鷗外が、実際に生きた「青い鳥」を買ったのではないかという空想を私は捨てきれない。そこで、その後未練たらしく調べてみた結果を、次に記しておく。「航西日記」九月二十六日の条に、「土人来売貨物。駝鳥羽最美。」とある。これは、紅海の入口、アデンの港での所見である。勿論「還東日乗」は極めて簡略で、帰りのアデンでの行動の記述はない。ところが、小金井喜美子「鷗外の思ひ出」(昭31、八木書店)に、ドイツから帰朝した鷗外にふれて、「私への土産は、駝鳥の羽を赤と黒とに染めたのを、幾本か細いブリキの筒へ入れたのです。」と書いてある。この羽は、往路アデンで眼にとめた鷗外が、復路に覚えていて買い求めたのではないかと思われる。

「航西日記」によれば、セイロンではないが、シンガポールで、鷗外は「児童幾個膚漆。蛮語啾々売彩禽。」と詩に作っている。この「彩禽」の中に「青い鳥」がいなかったか、そして、その「彩禽」を復路に買い求めたのではなかったか、などと、はかない空想を走らせているのである。

＊

(36)般若寺は端《はし》ぢかき寺仇《あだ》の手をのがれわびけむ皇子《みこ》しおもほゆ

この歌には、「般若寺」という詞書がある。般若寺及びこの歌については、石川淳氏の文章に詳しい。

寧都訪古録、十一月八日の条に、退院後遊般若寺。観石塔婆。境内多棣棠。使人想見花時。帰途訪北山十八間戸。伝謂光明子澡浴場者即是とある。文中の棣棠はヤマブキである。大正七年当時こそ般若寺も四季のけしきをととのへてゐたのだらうが、今日の境内は荒廃といふにちかく、季節はづれの一月のことにしても、ヤマブキらしきもの、あるひは「花時ヲ想見」させるやうな植物はどうも見あたらない。楼門、十三重石塔、笠塔婆はわづかに鎌倉の風気を保つてはゐるものの、石塔の相輪は戦後の細工の石である。江戸の補修といふかつての青銅の相輪は、その青銅なるがゆゑをもつて、戦中に軍の掠奪の手にかかつたとやら、古い写真で見ると、十三重石塔の前に笠塔婆二基が立ち、石塔のうしろにあまたの石仏がならぶといふ配置になつてゐて、先生の見たけしきはさだめてそれにちがひない。

今ではこの三つの組合せが離ればなれに散つてゐる。奈良五十首のうち、般若寺は端《はし》ぢかき寺仇《あだ》の手をのがれわびけむ皇子《みこ》しおもほゆ（般若寺）。大塔宮の故事はどうでもよいが、塀の外にはトラックも通つて情緒くそくらへの後世のたたずまひの中に、この擬古調の歌を聞くと、地はたしかに「端ぢか」すぎて「のがれわびけむ皇子」のイメージがいささかマンガ的な逆効果を出してゐるやうである。年越えて、大正八年十一月十日の日記に、夕再遊般若寺としてある。正倉院からこの「端ぢかき寺」のほとりまで、そのころはおそらく退出後の遊歩に適した道であつたのだらう。（『鷗外全集』月報6、昭47・4）

とあり、更に補注もある。

* ここはむかしヤマブキ寺の名をもつてきこえたが、現存するヤマブキは約五十株のよし。それも冬季は池のほとりの枯蘆にまじつて見わけがたいといふ。（壬子二月調）

以上の通りであるが、注釈者としては、やはり、多少の蛇足をつけ加えておきたい。まず、『太平記』巻第五、大塔宮熊野落事を抄出しておく。

大塔二品親王ハ、笠置ノ城ノ安否ヲ被ㇾ聞食ㇾ為ニ、暫ク南都ノ般若寺ニ忍テ御座有ケルガ、（中略）一乗院ノ候人按察法眼好専、如何シテ聞タリケン、五百余騎ヲ率シテ、未明ニ般若寺ヘゾ寄タリケル。折節宮ニ奉レ付タル人独モ無リケレバ、(中略)事叶ハザラン期ニ臨デ、腹ヲ切ラン事ハ最可レ安。若ヤト隠レテ見バヤト思食返シテ、仏殿ノ方ヲ御覧ズルニ、人ノ読懸テ置タル大般若ノ唐櫃三アリ。二ノ櫃ハ未レ開レ蓋、一ノ櫃ハ御経ヲ半バスギ取出シテ蓋ヲモセザリケリ。此蓋ヲ開タル櫃ノ中へ、御身ヲ縮メテ臥サセ給ヒ、其上御経ヲ引カヅキテ、隠形ノ呪ヲ御心ノ中ニ唱テゾ坐シケル。(中略)「大般若ノ櫃ノ中ヲ能々捜シタレバ、大塔宮ハイラセ給ハデ、大唐ノ玄奘三蔵コソ坐シケレ。」ト戯レケレバ、兵皆一同ニ笑テ門外ヘゾ出ニケル。

私ほどの年齢の者は、こうした文章を写していると、小学生の頃によんだ絵本の挿絵が眼に浮かぶのである。ともかく、護良親王に関するエピソードとしては、この場面はかなり有名な場面であろう。

現在、境内に会津八一の歌碑があり、『南京新唱』中の一首で、「奈良坂にて」という詞書がある次の歌が刻まれている。

ならざか の いし の ほとけ の おとがひ に こさめ ながるる はる
は き に けり

ここによまれている「いし の ほとけ」は、『自註鹿鳴集』によると、般若寺内のものではないが、当地で、今は十三重石塔と「離ればなれに散つてゐる」石仏を見ながら、この歌を口にしていると、いかにも般若寺内の石仏にふさわしい気がしてくるから妙である。

この『南京新唱』が刊行されたのが大正十三年であり、ここには、明治四十一年から大正十三年に至る歌が収録されている。秋艸道人と奈良との関係は言うまでもないことだが、道人が奈良の寺々をめぐりつつ、初めての歌集となる数々の歌をよんでいた時期が、この鷗外の「奈良五十首」の時期とも重なるということは注目しておいてよい。さきに(34)首のところでのべたように、この時期は、まさに第一次奈良ブームにあたるのである。

＊

(37)殊勝なり喇叭の音に寝起《ねおき》する新薬師寺の古き仏等《ほとけら》

この歌には「新薬師寺」という詞書がついている。鷗外は大正七年十一月七日にここを訪れている。同日の「日記」にこう記されている。

退出後遊新薬師寺。帰途観円巃。所謂玄昉冢也。

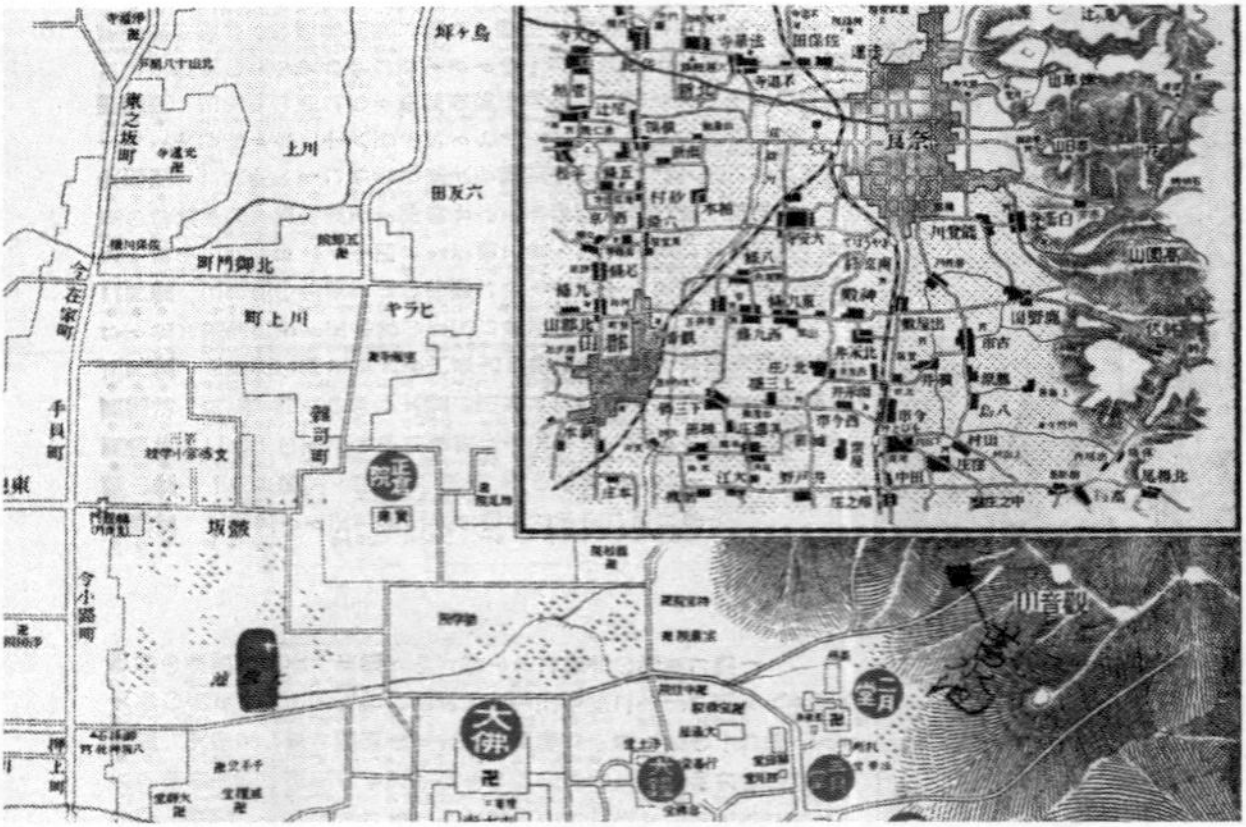

蓄水池　実地踏測奈良市街全図（鷗外文庫蔵）

「喇叭の音」については、石川淳氏が、「むかしはこの近くの歩兵聯隊といふ兵隊屋敷でラッパをぷかぷかやつてゐたさうな。」（『鷗外全集』月報16、昭48・2）と書いている通りである。

東大図書館の鷗外文庫に、「実地踏測奈良市街全図」というものがある。現在も地図専門の出版社である和楽路屋が、大正七年六月に発行したものである。つまり、鷗外は、博物館総長として奈良へ行った大正七年十一月に、当時最新刊の奈良の地図を、早速買い求めたのであろう。うれしいことに、この地図には、鷗外自身による墨書の書きこみがある。まず、知事官舎が四角く囲んであり、その西側に▲印があり、「博物館長宅」とある。そ

寧楽図表紙

のほかに、同様の印が二つあり、それぞれ「博物館事務所」「博物館官舎」とある。

この地図に書きこまれた┻印に、私は微笑をさそわれるのである。この印は、どう考えても、陸軍の作戦地図などに書きこまれる印である。鷗外が単なる宿舎の位置を記すのに、こうした印を何げなく用いているところに、かつての軍医総監鷗外の片鱗がうかがわれて興味ぶかいのである。（三二ページ及び前ページ挿図参照）

もうひとつ、不思議なことに、二月堂の北東にあたる観音山の中腹に、■印があり、「蓄水池」と記してある。(35)首の項ですでにのべたように、鷗外は、博物館総長になる前に、一度だけ奈良に来たことがある。その時、鷗外は、歩兵第五十三聯隊へ行き、その後、水源池の視察に行っている。しかし、その水源池は、この地図に記された場所よりもはるかに南方の月ケ瀬道を遡ったあたりである。だから、この「蓄水池」はそこではない。「日記」大正七年十一月十五日の条に、

　退院後再登若草山。観蓄水池。引水自木津川。以給奈良市民者。

とある。鷗外所持の地図に墨書された「蓄水池」は、若草山の北隣りの観音山にあるが、おそらく、

この「日記」の記事中の「蓄水池」を指しているのだろう。

鷗外は几帳面な人ではあるが、この地図を見ても、そのことがよくわかる。当時この地図がいくらしたかはわからないが、現在でもこの種の地図の値段はたかがしれている。その安価な地図に、鷗外はきちんと裏打ちをし、しかも、柿渋色の和紙でくるんだ厚紙で表紙を作り、その上に白い紙で題簽を帖り、それに、「寧楽図大正七年」と自筆で記している。

さて、この地図を見ると、新薬師寺の寺域に接するようにして、その南西の方角に、広大な区画を占めて、歩兵五十三聯隊兵営の敷地と練兵場がある。「喇叭の音」とは、勿論、石川淳氏が指摘されたように、そこで朝夕吹き鳴らされた軍隊のラッパの音であった。

後に、この奈良聯隊の敷地は、奈良教育大の敷地になり、練兵場あとは、国立病院・奈良市立伝染病棟・女子大附属高校などの敷地になっているが、それ以前は、戦後、進駐軍がいたそうである。昭和四十七年秋、新薬師寺へ行ったとき、堂守の人に、何気なく、ここから教育大のスピーカーの音が聞こえますかと訊いたところ、よく聞こえますという答えがすぐかえってきた。そのあと、教育大の正門の前を通りすぎ、しばらく行ったところに、古風な大正末期あたりに建てられたと思われる、小さな建物があった。その古びたコンクリートの門柱の上に、赤錆びた聯隊旗が雨ざらしになっており、確かそこは、自衛隊関係の建物のようであった。

さて、「喇叭の音」は、奈良聯隊のラッパの音として勿論かまわないが、別に、次のような事情もあったのである。

その当時、陸軍では、毎年十一月には、秋の大演習を行なっていた。その大演習は、関東と関西で同時に行なわれた。当時の新聞をみると、毎年大演習の記事には、かなり大きな紙面をさいている。しかも、大演習の行なわれる時期と正倉院の曝涼の時期は、いつも重なっているのである。たとえば、大正七年の大演習は、十一月七日から十日頃までくりひろげられている。鷗外が新薬師寺へ行った十一月七日は、大演習の始まった日である。当日の『大阪朝日新聞』奈良版の見出しを次に転記する。

●統監旗南部に樹つ
　＝第十六師団演習＝
　　旅団対抗戦始まる

当時の新聞がのどかであったというせいもあろうが、当時としては軍隊関係の報道は重んじられたことでもあり、国民も多大の関心を寄せていたことであろう。大演習の経過に関する記事は詳細を極めている。もう一個所引用しよう。大正七年十一月十一日の『大阪朝日新聞』奈良版の記事である。

◇時は移りて九時ともなるや中街道、上街道を前進し来る南軍の数は益多く黄熟せる稲田、村落の彼方此方に隠顕しつゝ刻々北軍に肉迫し来る、と見るや北古市西方にありたる北軍の機関銃は堪りかねてか火蓋を切る、其音豆を煎るが如く（後略）

このような状況であったから、鷗外が毎年奈良の寺々をめぐっていたときには、必ず、あたりに演習中の陸軍の兵隊が右往左往していて、かなり騒々しいこともあったと思われる。だから「新薬師寺の古き仏等」にしても、単純に朝の起床ラッパに起こされ、夕べの就寝ラッパに寝かされていたというだけではなくて、それにダブって、大演習にざわめく兵隊たちがここかしこに屯している中で、「寝起」していたと考えた方が、より当時の実情にかなっていると思われるのである。

奈良市の水不足は「同市の置かれている地理的条件から、適当な水道水源が市周辺になく、上水道の創設に際しては、県境を越えた京都府下の木津川から取水する計画が樹てられた」と冨崎逸夫の「奈良市水道と森鷗外」（『鷗外』38号）にある。同氏は私の著書（『鷗外「奈良五十首」の意味』）の記述に触発されて、『奈良市水道五十年史』（昭48、奈良市水道局）を参照して、次のように結論づけられた。

この3枚の現場工事写真は、いずれも鷗外が「コドモタチニ」書き送った手紙の中で「山ノ水タメ」と表現した配水池の築造中の写真である。創設奈良上水道の施設として、低地区と高地区の配水池が設けられ、市内に給水する計画となっていた。この2つの配水池のうち、鷗外がわざわざ現場まで見学に行ったのは、高地区配水池である。高地区配水池（高区配水池とも呼んだ）は標高87・87メートル以上の地区に配水する設計で、有効水量870立方メートルであった。手紙の文中「サカミチガケハシイノデアセガデマシタ」という表現がそのまま当てはまる若草山に連らなる山の中腹に所在している。鷗外日記で「蓄水池」とあり、また前掲書「『奈良五十首』の意味」で平山氏が紹介されながら確認を躊躇しておられる鷗外自筆記入による「蓄水池」（同書109頁）は、正しく高地区（高区）配水池であり、このことは、五十年史に挿入された「創設水道配水管分布図面——縮尺四千分一」（同書145頁）で明らかである。

右の文中に引用されている鷗外のコドモタチへの書簡（大正七年、八九六）の全文は次の通りである。

ケフハ又《マタ》スコシ山《ヤマ》ニノボリマシタ。ナラニハマダスヰダウガアリマセン。ソコデキツガハトイフカハカラ水《ミツ》ヲヒイテキテソレヲ山ノウヘニポンプデアゲテソコカラクダデマチヂユウニワケルノデス。ソノ山ノ水タメヲ見《ミ》ニイツタノデス。サカミチガケハシイノデサムイノニアセガデマシタ。十一月十五日　森林太郎　コドモタチニ

日記（委蛇録）には、「退院後再登若草山。観蓄水池。引水自木津川。以給奈良市民者。」とあり、「再」とあるのは、同委蛇録十一月十三日の条に「退院。登若艸山。至半腹。観大杉樹。」とあるためである。

＊

(38)大安寺今めく堂を見に来《こ》しは餓鬼のしりへにぬかづく恋か

この歌には、「大安寺」という詞書がある。鷗外が大安寺へ行ったのは、大正八年十一月十一日である。「日記」に、

遊大安寺村大字大安寺址。従京終上車而還。寺址今有大師堂。大師謂空海。

とある。同日付森杏奴宛端書には、

今日は午《ひる》ごろから雨がふつたのでおくらをしめて、大安寺《だいあんじ》といふ昔の寺へゆきました。途中《とちゅう》から日がさして来ました。十一日

とある。

大安寺は、かつては東大寺に匹敵するほどの大寺であった。その前身は、香具山のすぐ南方に位置した、大官大寺である。平城遷都とともに、大安寺（天平十年以前からそのように名を改めていたらしい）も平城京へ移った。その位置は、JR奈良駅のほぼ南西にあたる、関西本線と桜井線とに挟まれた部分である。七重塔である東西両塔のそびえ立つ塔院も含めると、南北約六〇〇メートル、東西約三六〇メートルに及ぶ宏壮な寺院であった。現在では東大寺にも残っていないが、奈良朝最盛期でさえも、七重の東西両塔を完備した寺は、東大寺と大安寺しかなかった。

しかし、「文安六年（一四四九）の地震によって多くの堂舎が倒壊し」「応仁の乱が始まったころには、衰微いちじるしく、ついに南都七大寺の列から離れ」「慶長元年（一五九六）の大地震によって、大安寺の堂舎はことごとく破壊した」（今城甚造『大安寺』、昭41・12、中央公論美術出版）と伝えられている。そして、同書には、最後に、「今の本堂は、大正八年に建てられたものである。」（傍点筆者）と書かれている。

鷗外が大安寺を訪ねたのも、大正八年である。つまり、「今めく堂」というのは、まさにその年に再建されたばかりの堂であった。

さて、万葉集巻四に、笠女郎が大伴家持に贈った二十四首がおさめられている。その中の一首（六〇八番）に、次のような歌がある。

相思はぬ人を思ふは大寺の餓鬼のしりへに額《ぬか》つくごとし

当時の鷗外のメモである「南都小記」に、

大安廃寺大安寺村笠ノ女郎ノ歌ガキノシリへ云々

とあるが、鷗外は大安寺とこの笠女郎の歌とを、どうして結びつけたのであろうか。ともかく、鷗外は右の笠女郎の歌をふまえながら、この⑶首をよんでいるわけであるから、笠女郎の歌の意味がわからなければ、この⑶首もわからないということになる。

笠女郎の歌は、大凡次のような意味の歌である。「自分が思っているほど自分を思ってくれない相手を恋いしたうのは、たとえてみれば、自分の恋しているのは本当は四天王なのに、その四天王が踏みつけている餓鬼に、しかも正面からではなくて背面から額ずくようなものだ。あゝ馬鹿らしい。」

この歌を参考にしながら、鷗外の⑶首は、このような意味に解されるであろう。即ち、「大安寺という寺は、かつては東大寺にも匹敵しうるほどの大寺だったと聞き、私はあこがれて来た。ところが、現実に来てみると、みすぼらしい今年建ったばかりのお堂があるだけである。そんな寺にあこがれて来た自分の気持は、たとえてみれば、昔笠女郎が家持に贈った歌のように、はかない片思いというべきであろう。」

＊

(39) 白毫《びやくがう》の寺かがやかし癡人《しれびと》の買ひていにける塔の礎《いしずゑ》

この歌には、「白毫寺」という詞書がある。鷗外がここへ来たのは、大正七年十一月二十日である。「日記」に、

遊白毫寺。頽敗甚矣。

とだけある。この、僅か四文字ではあるが、「頽敗甚矣。」という簡潔な記述とこの歌とを重ねあわせてみると、今の私には、鷗外がその時どのように感じていたかが手にとるようにわかるのである。

十一月二十日付、森茉莉、杏奴、類宛の書簡には次のようにある。

ケフハテンキガヨクテオヤクシヨガオソクマデアリマシタカラチカイ山《ヤマ》ニイキマシタ。高圓山《タカマド》(丸イコトヲマドカトイフ)トイフ山《ヤマ》デス。ソコニビヤクガウジ(白毫寺)トイフテラガアリマス。／ムカシハナダカイ(トー)テラデアリマシタガイマハヤネニアナガアイテキマス。チカゴロマデ五ヂウノタフガアツタノヲ大《オホ》サカノフヂタトイフカ

ネモチニウツテシマヒマシタ。

石川淳氏は、右の書簡を抄出したあとで(39)首を引用し、次のように書いている(『鷗外全集』月報16、昭48・2)。

この「塔の礎」が多宝塔址なのかどうか。ほかに五重塔址といふしるしはみあたらないが、これはちがふのかどうか。それがどうであらうと、わたしはむかし消えうせた塔の行方なんぞ今ごろ気にしない。しかし、当時のことにして、鷗外さんはだいぶ気にかけてゐたやうである。

私は、石川淳氏のように、それほど無意味とも考えなかったので、ひたすら塔の行方を捜索した。その間に、いろいろと興味ぶかい体験も多々あったが、それらは一切省略し、結論だけのべると、確かにその塔の行方はわかったのである。もっとも、その塔は、鷗外のいうように、「五ヂウノタフ」ではなくて、多宝塔ではあったが。

塔は元々は奈良郊外、高円山の麓にある寂れた寺、白毫寺にあった。藤田平太郎の記した「多宝塔由来」によると、白毫寺は天智天皇二年(六六三)に創建され、元明天皇はここ高円離宮を営んだ。その後道昭律師が唐から一切経を伝えてこの寺に蔵したので、一切寺とも称した。雷火によって焼失荒廃したが、建長年間に再建され、この塔も旧観に復した。その後も興廃常ならず、寛永年間に修復した。しかし、明治に

多宝塔（筆者撮影）

なって寺そのものが荒頽に瀕し、塔も破損したままになっていたのを、大正六年に藤田平太郎が解体、宝塚市切畑長尾山に移築したというのが塔の履歴である。

宝塚にある藤田家の山荘は、敷地内に最明寺川が流れ、高さ一五メートルの滝となって落ちている景勝の地にあり、総面積十万坪という広大な別荘であった。平太郎の没後、弟の彦三郎の所有となっていたが、敗戦後、三洋電機の元会長の井植歳男が購入、山荘自体も井植山荘と名前を変えていた。

鷗外の「奈良五十首」のこの歌を解釈しようと思い、白毫寺を尋ねたが、寺の住職は何か曖昧な返事をするばかりで塔の行方はわからずじまいであった。その後、おそらく大阪の藤田美術館を訪れたりした末、三洋電機の秘書室からの書簡によってその多宝塔が宝塚にあることを知り、昭和四十九年三月に山荘へおもむき、初めてその塔にあうことができた。その際、管理人に無理を言って藤田平太郎によって記された「多宝塔由来」という銅板も見せていただいた。その内容は、のちに記しておいたように、きわめて心配りのある本格的な移築であったことが知れるものであった。中西亨氏も移築の実際については何も知るところなく、ただ井植氏が藤田彦三郎から譲りうけたとあって、「多宝塔由来」は見ていない。

「この私有地の中を抜けてハイキングコースが設けられているので、時々心ないハイカーが多宝塔をいたずらして困る」と管理人が話していた。その管理人の心配が現実となったのだろうか。平成十四年三月十九日の昼、正午のテレビをなにげなく見ていたところ、この多宝塔全体が大きな炎に包まれて燃えているのである。ああ、あの美しい塔が燃えてしまったと思うと同時に、もったいなさと口惜しさが込み上げてきて涙が滲んだ。そのようなわけで、白毫寺の多宝塔は、移築されはしたが、山林火災のせいで焼失してしまったのである。

さきの歌を詠んだ鷗外自身も、塔移築の詳しい事実は知らなかったようである。ともかく、鷗外がこの寺を訪ねたのは、この手紙が出された当日であった。鷗外の詠んだ歌のみ見れば「癡人《しれびと》」が買って行ったのが「塔」そのものであるのか、それとも「塔」の〝礎石〟なのか判然としない憾《うら》みがある。しかし、白毫寺を尋ねれば、「礎」

は厳然として今も存在しているのであって、「大サカノフヂタ」が買って行ったのは多宝塔であり、〝礎石〟は残しておいたという事実は明瞭なのである。これほど心を籠めて移築した平太郎を、鷗外は「癡人」と罵倒しているのである。

ところが、岡井隆の『鷗外・茂吉・杢太郎「テエベス百門」の夕映え』（平20・10、書肆山田）を読むと、「「頽敗《ママ》甚し」と書いているから寺は荒れていたのだろう。それがこの歌の「癡人」が塔の礎石を買って行ったためだったかどうかはわからない。」とある。現実の白毫寺へ行けば〝礎石〟が残されているのはすぐに解ることであるから、岡井氏は白毫寺へは行っていないのである。

鷗外は、短歌を詠む場合にも、実にさまざまな試みをしている。「我百首」では、幻想と架空の世界を楽しんでいるが、「奈良五十首」では、そのほとんどが、奈良市内に現存する寺社その他へ、実際に訪れた時の印象をもとに詠まれているので、それらの歌を鑑賞するためには、それぞれの寺社や場所を尋ねて現実の印象を確かめなければならない。

まだ健在の頃の井植山荘の塔を訪ねると、塔の正面の階段は半ば破損して用をなさず、上層の屋根へ九輪からわたっている宝鐸（?）も、何個か欠けているようであった。そのほか、風雨による損害もかなり目立っていたが、全体から受ける印象は実に見事なもので、やさしい美しさをもったすばらしい塔であった。このような塔が、人しれず宝塚の山中にあるのは、ある意味では惜しまれることであった。

さて、かつて、三洋電機の秘書室から送られた、「井植山荘のしおり」によって、山荘には、この多宝塔移築の由来を記した銅板が所蔵されていることを知っていたので、私は管理人に無理を言って、それを見せていただいた。その銅板は、縦三〇センチ、横三五センチばかりのもので、同じ大きさのものが二枚あり、それぞれ違った内容の事柄が刻まれていた。わずらわしいようであるが、その内容は、今後の叙述に深いかかわりをもつので、いずれもそのまま次に転記しておきたい。

多宝塔由来

此レ白豪《(ママ)》寺ノ古塔ナリ寺ハ大和国添上郡東市村高圓山ニアリ天智天皇二年（一千二百五十五年前）岩淵寺ノ勤操僧正ノ創建ニ係ル元明天皇（一千二百余年前）離宮ヲコヽニ営マレ高圓離宮ト称セリ後道昭律師ノ唐ニ入テ一切経ヲ伝ヘ来ツテ此ノ寺ニ蔵セシヲ以テマタ一切寺トモ曰フ後ニ俗今尚ホ称シテ一切経トイヘリ嘗テ雷火ニ焚焼セラレテ荒廃ニ帰シタリシヲ建長年間（大凡六百七十年前）西大寺ノ興正菩薩之ヲ再建シ此塔モ亦舊観ニ復シタリ爾来興廃常ナラス徳川家康資田五拾石ヲ寄セ寛永ノ頃空慶空誉ノ二上人相尋テ之ヲ修築シ十七年（二百七十八年前）其

工ヲ完成セリ而シテ明治ニ至リテ其寺禄ヲ失ヒ再ヒ荒頽ニ属シ塔モ亦破蝕ニ任セタリシヲ余此古代ノ建造物ノ空シク朽廃スルヲ惜ミ請ヒ需メテ此処ニ遷シ修補工ヲ加ヘテ長ク之ヲ保護セシム

大正六年十月　　　　長尾山松籟菴主人誌

もう一枚の銅板には、次のように刻まれている。

多宝塔移築略記

取毀工事　大正六年三月廿一日　着手
　仝　　　年五月廿五日　終了
移築工事　仝　年五月廿九日　着手
　　　　　仝　年九月二十日　終了
残務整理　仝　年十月三十日　結了
　工事主任　藤田家秘書　林　栄助
　　　　　　仝　　執事　橋本　市松
　　　　　仝　　　　　朝比奈鈴太
工事顧問奈良県技師　　天沼　俊一
監督技手　　　　　　　園田　新造

大工棟梁　　　　　　唐木源次郎
大工　永田久太郎　　小林卯一郎
　　　　　　　　　　　外八名
作事　東川善右衛門　上村兼次郎　荒木藤九郎
手伝　吉田鉄造　　　岩永　力蔵
塗師　岡　黄仙　　　　外二名
鋳銅師　長谷川亀右衛門　外二名
檜皮師　橋詰岩次郎　　外二名
左　官　中村己（ママ）代吉　　外二名
白毫寺兼務住職　　　佐伯　悟龍
　　　　周旋人　　　池田　清助
　　　　仝　　　　　池田　清七

以上である。

まず、「多宝塔由来」の記事の吟味からはじめよう。この筆者、長尾山松籟菴主人とは、藤田平太郎（一八六九―一九四〇）という人である。平太郎の父伝三郎（一八四一―一九一二）は、長州萩の醬油醸造業から身を起こし、一代で巨万の富を築き、住友・久原・鈴木と並んで関西四大富豪と称された、藤田家の祖である。伝三郎は、幕末動乱期には、一時尊皇の志士と交わり国事に奔走したが、明治二年、早くも藤田組を創設、各種の事業に着手し、関西財界の復興に大いに力を尽した。伝三郎の関係した事業は枚挙にいとまがないが、主なものを挙げると、児島湾の干拓、大阪築港、小坂銅山の経営、阪堺鉄道・山陽鉄道の創立などである。伝三郎は従四位勲二等男爵として、明治四十五年、大阪網島町の本邸で没した。

藤田伝三郎

平太郎は、その伝三郎の長男である。ケンブリッジ大学に学び、のち、アイル・オヴ・マン鉱山で実地に鉱山学を修め、十年後に帰朝、伝三郎の業を継いで、ますますその事業を拡張した。台湾・マレー半島・フィリッピンを含む大規模な林業への着手、そして、資本金一千万円の藤田銀行の設立などが、平太郎が先代に加えた業績である。平太郎は、同じく一代で産をなした久原房之助の従弟にあたる。（以上は、『関西四大富豪と其事業史』大8・3、大阪万朝報社、を参考にした。）

久原房之助は、当初は藤田組の小坂銅山経営に協力していたが、のち独立して日立鉱山の経営に着手した。「大正元年に資本金一千万円で発足した久原

左から、藤田徳次郎、藤田平太郎、藤田彦三郎

鉱業株式会社は、五年には資本金三千万円に、翌六年には七千五百万円へと増資をつづけた。（中略）久原は前後二回の増資のプレミアムだけでも、二千万円以上もうけたという。大正七年には販売部門を資本金一千万円の久原商事として、翌八年には電気機械修理工場から発足した日立製作所を資本金一千万円の会社として独立させた。」（今井清一『日本の歴史』23、昭41・12、中央公論社）

これら四大富豪のうち、住友・藤田はそれ以前からであるが、久原・鈴木は、第一次世界大戦の戦争景気によって一躍億万長者となった、所謂戦争成金である。鷗外が博物館総長であった時代は、まさにこうした成金たちが、着々と事業を拡張しつつあった時代にあたっている。

さきに参考にした『関西四大富豪と其事業史』という書物は、それら四家の事業を顕彰し、その徳を賞讃するといった目的で書かれたものであるから、事業関係以外の部分には、多分に阿諛迎合の文飾が含まれているとみなければなるまい。そうした点

には注意を要するが、次のような部分は、本稿に幾分かかわりを有していると思われる。

翁（藤田伝三郎を指す—筆者注）亦た風流韻事に富み、殊に書画骨董に対する嗜好最も深く、茶道、謡曲亦た翁の大に楽める所なりき。／英国キッチナー将軍は、東洋美術に趣味を有し且つ相当の鑑識力あり。嘗て来朝の砌り藤田家を訪ふて、其の所蔵に係る美術の珍什を一覧し、実に是れ世界の宝庫の一に算ふべきものなりとして、大いに驚嘆せりと。実に藤田家の美術珍宝は、已に数万点の多きに達し、邸内七戸の宝庫に満てりと。

「実に是れ世界の宝庫の一に算ふべきもの」かどうかは別としても、現在、大阪網島町にある藤田美術館は、右の伝三郎の収集品に、長男平太郎、次男徳次郎の収集品を加えたものを基礎として開設されたものである。

白毫寺の多宝塔も、右のような戦争成金の財力と、藤田家代々の美術趣味によって、平太郎の代に購入されたものである。二枚目の銅板（「多宝塔移築略記」）の記事によれば、取毀工事が大正六年三月に着手されているから、少くともそれ以前に、購入の話はまとまっていたものと思われる。山荘それ自体の建築は大正三年であった（「井植山荘のしおり」）。山荘は、のち、伝三郎の三男彦三郎の所有となっていたが、敗戦後、三洋電機株式会社元会長井植歳男が購入、現在に至っているのである。「多宝塔移築略記」については、あまり詳細にはわからないが、いくらか蛇足的説明を加えておく。

まず、「工事顧問」の天沼俊一は、東京帝国大学工科建築学科出身の工学博士で、のち京都帝国大学工学部教授として活躍した人である。「各地の古建築を踏査し、日本建築の学問的体系の確立に畢生の努力を傾け、広く世人に建築を詳説、啓発した功績は大きい。」(『日本歴史大辞典』、平凡社)という評価があるように、『日本建築史図録』『日本古建築提要』などの著作になじみの深い戦前派も多いはずである。確か、東大寺に現在も保存されている創建当時の復元模型を製作したのは、この天沼俊一であったと思う。この移築の年(大正六年)には、まだ工学博士にはなっていなかったが、四十二歳の働きざかりであった。

「白毫寺兼務住職」の佐伯悟龍は、西大寺住職佐伯泓澄を師僧として西大寺で修行した僧で、般若寺住職を皮切りに、摂津東福寺・海龍王寺・岩船寺・西大寺などの住職を兼務し、昭和三年西大寺管長、長老となり、昭和十七年に遷化した。白毫寺の兼務住職となったのは、明治三十二年四月であった。(佐伯師の略歴については、多川俊映師の御示教による。)

さて、白毫寺の塔の行手が知れたので、もう一度鷗外の歌にもどりたい。歌の中の「癡人《しれびと》」は、鷗外流に言えば、「大サカノフヂタトイフカネモチ」であり、正確にいうと、藤田平太郎ということになる。昭和三年の『人事興信録』をみると、平太郎は大正七年当時、従四位勲二等男爵貴族院議員であった。「癡人」とは、馬鹿者という意味である。鷗外は、藤田平太郎個人を知っていて、わざわざ「癡人」と言ったのではない。要するに、お金持、もっとはっきり言えば、〝成金〟でありさえすれば、鷗外にとっては、おしなべて「癡人」なのであった。藤田平太郎は、少くとも、第一次大戦後の戦後成金ではない。伝三郎が鷗外のいう〝成金〟であったとすれば、その二代目である。しかし、鷗外にとっては、初代であろうと二代目であろうと、あまり頓着はなかったのであろう。この「癡人」という言い方は、人を罵倒するときの馬鹿者という程度の言い方である。⒆首の「三毒におぼるる民」も、⒇首の「南大門の東西に立つ」「別荘」の持主も、(33)首の「富人」も、そして、(47)首の「富む」人も、(48)首の「貪欲」の人も、鷗外に言わせれば、すべて「癡人」なのである。

このような解釈の仕方は、あまりにも単純すぎると思われるかもしれない。しかし、この「奈良五十首」に関するかぎりでは、鷗外は、成金イコール悪人または馬鹿者というように規定しようとする、単純な心の働きをしばしばみせており、金持というものにひどく神経をとがらせているのである。鷗外自身もその単純さにわれながら気がさしたのか、(24)首では、別荘の持主を憎んでいる心を、「憎むは狭しわが胸」と、やや反省しているではないか。

滅亡寸前にある奈良の寺々をめぐりながら、鷗外はそれらの文化的遺産の貴重さを、痛切に感じとっていたことであろう。当時、博物館総長であったばかりではなく、鷗外は、古社寺保存会史蹟名勝天然記念物保存協会にも関係していたので、そうした役職からくる意識が、人一倍鷗外の気持を左右していたであろうことは否めない。だが、そうした職業意識よりも、鷗外が本来もっている尚古の精神が、当時の鷗外を強く動かしていたのも事実であろう。

放置しておけば風雨にさらされて崩れ去るしかない状態にあった無数の寺々を見ながら、鷗外個人がいかに救いの手を伸ばそうとしても、それはいかんともしがたい。国家も、当時はなかなかそこまでは手がまわらなかった。まして一般の人々はほとんど無関心である。奈良の文化財が荒廃しようとしまいと、そのようなことはどうでもよいことで、国をあげて金儲けに専念しているようである。なかでも、船成金、鉄成金、糸成金が幅をきかしているようである。そのような成金が、仏像や塔を事もなげに買ってゆく。貧乏な寺は、咽喉から手が出るほど金が欲しい時であるから、声がかかればすぐにでも売り払ってしまう。ああ、なんという末世であろうか。そんな成金どもに、一体古美術の価値がわかるものだろうか。どうせ、金ばかりかけた、こけおどかしの屋敷の片隅において、これはどこそこの寺から買ったものですとか言って、来客にひけらかすのが落ちであろう。それでは日本の古い文化があまりにも気の毒ではないか。

鷗外の気持を代弁してみると、大体このようなことであったのではないか。そうでもなければ、藤田家という、当時関西ではトップ・クラスにあった金持を、鷗外が「癡人」と罵った気持は説明できない。にもかかわらず、それでは、なぜ「白毫の寺」は「かがやかし」いのであろうか。それは、鷗外の精一杯の痩せ我慢であったように私には思える。何で金を儲けたかは知らないが、成金が金の威力で、白毫寺から塔を奪い去ってしまった。真に残念なことだが、それはそれでいいではないか。寺には、雨もりがして今にも崩れそうではあるが、本堂もあるし、本堂の中には阿弥陀三尊も残っている。それに、塔の礎石だって残っているではないか。白毫寺よ、お前はこのままの姿でも、現在の俗悪な人間たちよりも光輝ある存在なのだ。鷗外はこう言いたかったのであろうと私は思う。

そして、大正七年から惜しくも焼失した平成十四年三月まで、八十四年の歳月が流

白毫寺（筆者撮影）

れた。現実の元白毫寺の塔が、一時はまったく湮滅寸前にあったものを、ともかくもその日まで伝承しえたのは、藤田家・井植家という二代にわたる所有者が、充分に保全に心をつくした結果によるものだろう。もう一度、さきに引用した、藤田平太郎による「多宝塔由来記」の末尾の文章をふりかえってみたい。「明治ニ至リテ其寺禄ヲ失ヒ再ヒ荒頽ニ属シ塔モ亦破蝕ニ任セタリシヲ余此古代ノ建造物ノ空シク朽廃スルヲ惜ミ請ヒ需メテ此処ニ遷シ修補工ヲ加ヘテ長ク之ヲ保護セシム」

まことに、ここに書かれている通りである。白毫寺という寺は、今日でも所謂観光コースから外れた寺で、いつ行ってもさびれた感じのする寺である。そうした荒廃に美を感ずるというのは、また別の問題である。大正初年当時、もし藤田家が多宝塔を買いとらなければ、塔は崩壊していたかもしれない、それが、たまたま買いとられたために、平成十四年三月までは辛じて保存されてきたのである。鷗外が今日まで生きていてこの事実を知ったならば、一体どのように思うであろうか。

だが、右のように考えるのは、あくまでも結果論であって、国民共有の財産でもあり、そもそもは信仰の対象である仏像や堂塔の類いを、個人の所有物とするのはけしからんという意見は、当然あってよい。だが、このような問題を考えるとき、私はいつも絶望的な諦めとともに、いつしかもっと広大な問題に誘いこまれてゆくのである。エジプトやローマや中国の壮大な建築物は、一体だれのために作られたのかということ、また、レオナルド・ダ・ヴィンチやミケランジェロやラファエロは、一体だれのためにに、あのすばらしい芸術を残したのかということ、また、ルーヴルやエルミタージュや、その他諸々の美術館に集められている美術品は一体だれが収集したのかという問題である。現在でこそ、これらの美術品・建造物は、それぞれの国民の所有物となってはいるが、かつてはすべて権力者のものであり、富める者の所有であった。日本に現在ある多くの美術館にしても、そのもとを尋ねれば、それはほとんど富裕な個人の所有物であった。いかなる時代、いかなる国においても、最も優れた造型美術の作品は、常に権力者のものであり、富豪の所有するところであった。それは、現代においても同様である。貧乏人のための造型美術の作品があったとしても、それはその時代の最も優れた造型美術品ではないのである。この問題を考えるごとに、私は、いつもいらだたしく腹立たしい思いにかられるが、絶望的に諦めの境地に落ちこむだけである。鷗外のように聡明な人が、それでもなお、白毫寺は「かがやかし」と痩我慢の言葉を吐いている気持を、充分に理解できるつもりだが、それは絶望的な痩我慢でしかないと私には思えるのである。

実は、藤田平太郎と山県有朋とは、不思議な因縁に結ばれているのである。山県有朋が造園築庭に贅を凝らしたことはよく知られているが、彼は生涯に六回それを行なった。椿山荘・無隣庵（鴨川）・無隣庵（南禅寺）・新々亭《さらさら》・古稀庵・新椿山荘がそれである（岡義武『山県有朋』昭33・5）。椿山荘は、山県四十歳の年（明治十年）に完成した。約二万坪の宏大な敷地である。山県は八十歳の年（大正六年）に、この椿山荘で盛大な宴を開いたのち、藤田平太郎に譲ったのである。現在この椿山荘は、大阪網島町の藤田本邸の後身である太閤園とともに、藤田観光グループの所有となっている。

明治の大半と大正初期へかけて、常に政治の中枢に座して巨大な権力を維持しつづけた山県有朋と、所謂維新後の成金であった藤田家との接点が椿山荘である。その山県の邸宅で行なわれていた歌会常磐会のメンバーの一人が鷗外であり、その鷗外が大正七年にこの(39)首をよんでいるのである。こうしたところに、人は、歴史のからくりの面白さを感じないだろうか。

野田宇太郎氏に、「白毫寺の鷗外」（『文学散歩』15号、昭37・10）という文章がある。

原稿用紙三枚程度の短い文章だが、この歌を的確にとらえている文章であった。「心ない金持は廃れてゆく文化を保護しようとしないで、自分の娯しみのために何でも買ってゆく。それは今も昔も変らない。鷗外はそれを「癡人」と呼び、この中できびしく叱ってゐる。」というのがその解釈である。

追記　この原稿を紀要に発表したあと、神田の古本屋街をさまよい歩いていると、中西亨『日本の塔総観―近畿地方編―』（昭48・12、文華堂書店）という本が目にはいった。そこには、この元、白毫寺の塔も写真入りで詳細な解説を付して掲載されていた。もし、元の原稿を書く前にこの書物を知っていたならば、私は、宝塚の長尾山まで行かなかったであろう。そして、おそらく、この書物の引用だけで済ませてしまったであろう。この書物を目にするたびに、私の努力は徒労であったと思うものの、それを知らなかったために、自分としては貴重な思い出が残ったとも思うのである。

ともあれ、元、白毫寺の塔ばかりでなく、全国限なく塔を求めた末に成立した、その中西氏の書物には、改めて脱帽したい気持である。

＊

(40)踊る影障子にうつり三味線の鳴る家の外《と》に鹿ぞ啼くなる

この歌から(42)首までの三首は、一連の鹿の歌である。そして、この三首が、実はその次の(43)首に響いているのだが、その点はおいおい説いてみたい。

奈良の歌を五十首もよみながら、鹿の歌はこの三首だけである。しかも、どの歌も非常につまらない。だが、鷗外は、奈良からの書簡には、しばしば鹿について書いておりむしろこの方が味があって面白い。

○……真個ノ鹿ヲ友トシテ居リ候……（大正七年十一月四日付、市河三陽宛）

○此頃ハ毎晩鹿ノ鳴クノヲ聴キマス。詩経ニハ「呦々」ト云ヒ俳句ニハ「ヒイト鳴ク」ト云ヒマスガ。私ニハ i-u- 又ハ hi-hu- と聞エマス。（同年同月七日付、森茉莉宛）

○……カスガジンシヤノソバニシカノネルトコロガアリマス。バンニナルトヒトガラツパヲフイテシカヲヨビアツメテソコヘツレテイキマス。シカシワガママナシカハソコヘイカズニカツテナトコロニネルサウデス。ナラニハテノトドクトコロニ馬酔木《バスキボク》トイフ木《キ》シカアリマセン。ウチノネルヘヤノマヘノニハニ水ノタマル石ガアツテソノ上ニカブサツテキルアノ木デス。アレハニガイカラシカガタベマセ

ン。ホカノ木ダトミナタベテシマヒマス。（同年同月同日付、森茉莉、森杏奴、森類宛）

二番目の書簡は非常に短いが、和漢にわたる鷗外の博識ぶりがうかがわれ、しかも一面科学者らしい精密な観察眼も感じられて興味ぶかい。三番目の書簡の「馬酔木」は、ツツジ科のアセビである。

私の著書に触れた奈良市在住の喜多野徳俊氏から、「森鷗外と奈良」（『奈良県医師新報』平13・8）が送付された。徳俊氏は、村井古道の『奈良坊目拙解』に口語訳と註を付けられた（昭52・10、綜芸舎）方である。それによって、鷗外には「大正七年十一月作二首」という漢詩があることを教えられた。ここには、「其一」の冒頭の二行を引用する。

南都有鳴鹿　呦々断人腸

この「鳴鹿」「呦々」は、詩経小雅の「鹿鳴」に由来するものである。「鹿鳴館」の命名もそこから来ている。鹿は今街中にも住んでいるが、大金持の商人が酔っぱらって芸者を抱きながら杖でひっぱたいたりする。商人や芸者たちは鹿の友達にはなれないのに、鹿たちよ、なんで山の方へ逃げて行かないのか、というのがその詩の内容である。ここでも鷗外は「大賈」（大金持）を憎んでいる。

「俳句ニハ「ヒイト鳴く」」とある句は有名な芭蕉の句であるが、たまたま書棚にあった『芭蕉全句集』（おうふう）を引くと、次のようにあった。

びいと啼《なく》尻声悲し夜《よ》ルの鹿（芭蕉書簡）

「書簡はこの年（元禄七年）九月十日付杉風宛。中七「尻声寒し」（芭蕉句選）とするは杜撰。」などとあった。「ひいと啼《な》く」とばかり記憶していたので驚いて、かつての同僚で俳諧の専門家の加藤定彦名誉教授に手紙を出してうかがったところ、即座に『芭蕉全図譜』に掲載されている芭蕉の書簡そのもののコピーを送付して下さった。そこにははっきりと、「びいと啼」という文字が写し出されていた。このことは鷗外も知らなかったのであろう。もっとも、『芭蕉翁発句集』（安永三年刊）、『俳諧一葉集』（一）（文政十年刊）などの刊本には「ひいと啼く」とある。鷗外の日記には、大正七年十一月四日「始聴鹿鳴」、大正八年十一月一日「鹿鳴頻」とある。

さてこの歌は、宴会の客が料亭あたりで騒いでいる、その外で鹿が鳴いている、という変哲もない歌であるが、次の歌に関連をもっている。

*

(41)酔ひしれて羽織かづきて匍ひよりて鹿に衝かれて果てにけるはや

酔った客が家の外に出て、ふざけて羽織をかぶって匍《は》い寄り、表ての鹿をおどした。ところが驚いた鹿にかえって逆に突かれ、とうとう一命を落としてしまったというのである。その客が、この前の(40)首の宴会の客だとすれば、(40)(41)首は関連のある歌となる。しかし、(40)首同様これもあまり面白い歌ではない。なぜこのように面白くもない歌を鷗外がわざわざ並べたのだろうか。そこにはなんらかの理由があるに違いない。そう考えた私は、昭和四十七年秋奈良を訪れたとき、奈良県立図書館へゆき、大正七年から十年にかけての新聞を、一枚ずつめくってみたのである。

奈良県立図書館には、当時の新聞のうち、『万朝報』『大阪日日新聞』なども保存されてあったが、奈良に関する地方記事は、『大阪朝日新聞』が最も詳しかったので、その三年間分（大正九年十一月は欠けていた）の、各々十一月の記事だけを、丹念に見ていった。その結果、次のような記事を発見した。

女、鹿に突き殺さる

問題は角伐りに漏れた鹿の処分

市公園掛茶屋八百松方雇人浦久保ひで（三十九）は客月二十三日午後風呂よりの帰途鹿に突かれて重傷を負ひ加養中の処二日午前死亡したので遺族は水谷川《みや》春日宮

司を相手取り五千円の損害賠償請求訴請を起さんと敦圉《いきま》いて居るが鹿は奈良を象徴するもので遊覧客に喜ばれて居るが年々秋季に鹿の為め負傷する者尠からず神鹿保護会では果して之に対して何れだけの設備をして居るものかと批難の声頗る高いが右につき村尾奈良署長は語る（後略）

このあとに警察署長の談話が長々とつづくが、それは省略する。大正十年十一月四日の『大阪朝日新聞』の第三面記事で、見出しは二段抜きであり、相当大きく扱われている。

結論を先にのべると、この事件を題材によんだのが鷗外の(41)首であると私は言いたいのである。ただ、この結論には弱点がいくつかある。①大正九年十一月の新聞が欠如していたために、大正九年十一月の記事を確認していない。②この死亡者は、「風呂よりの帰途」鹿に突かれたとあるだけで、別に酔っていたずらをしたとは書いていない。③それに、鷗外の歌では、殺された人間がいかにも男の客のようによんであるが、この新聞記事では女性と思われる。以上の弱点を補うべき材料を私はもっていない。

しかし、次にのべることによって、鷗外がこの事件を素材にしてこれらの歌をよんだと、かなり確実に言いうるのである。

①大正七、八、十年と、三年間にわたる各十一月の記事をよんでいると、毎年鹿の被害が問題となっており、この事件は、起こるべくして起こった当然の結果だと納得される。秋は鹿の交尾期である。交尾期には鹿は気が立っていて非常に危険である。今日でも勿論同様であって、昭和四十七年秋私が奈良公園を歩いていると、方々に大きな立看板が立っており、交尾期の鹿は危険であるから近寄らないようにと注意してあった。同じく、当時の『大阪朝日新聞』の記事を列挙しよう。

（大正七年十一月二十六日）

●野荒しの鹿収容　市内五箇所に拘禁せられたる例の野荒し神鹿数十頭は悉皆春日神鹿飼養場石柵内に収容し了りたれば丸尾万次郎氏は同所に四間許の桟敷を設けて遊覧客の餌を与ふるに便じたり

（大正八年十一月六日）

老鹿

人突の前科もの

　雌鹿の群を側に置い

　て暴クン然たる振舞

◇野荒しで絶えず問題となつてゐる奈良の鹿も袋を脱いで角を磨き（一行不明―

筆者）となつて気が荒く時に遊覧客を傷つけることがある。
◇本年も多少傷害罪を犯したが引ッ捕へて糾明する訳にも行かず春日さんの傷害平愈御祈禱位が落ちで泣寝入りとなる、その犯鹿は孰れも三十年以上の老鹿でその容貌も自ら獰猛である（一行不明―筆者）つて見るからに物凄い。がそれ丈け力強く多くの雌鹿を占有してヒヨロヒヨロした若い雄鹿なんどは傍へも寄せ付けない。
◇その雄鹿が角伐りの難を逃れ春日山中の茅萱の裡に隠れてゐるのを探し出し危険を冒して撮つたのが此の写真である（奈良）
（大正八年十一月十四日）

神鹿問題
　市と春日神社との交渉不調

（前略）▲区域縮小実行の為神鹿のその習慣を付くるまで鹿守二名を五名に増員せよ▲油阪、杉ヶ、川上、雑司、高畑等に設らへたる野荒し鹿収容所を撤廃する事（中略）などといふ条件を提出して神鹿飼養並に保護に関する一切の引受けをなすべく春日神社に交渉する所ありしが同神社にては市の条件を過大なりとして応諾せず（中略）神鹿問題の今後は従前同様幾多の苦情続出することゝなるべし

（奈良）

このように、毎年鹿に関する問題が起こり、被害者側と春日神社側との交渉が行なわれているが、なかなか解決されていない。

これほど毎年問題にされているのだから、もし、大正十年十一月までの間に鹿による殺人の事実があれば、どこかにそのように書かれてしかるべきであると思うが、そうした記事がないのは、やはり、鹿による殺人は、大正十年の例が初めてだと私は主張したいのである。

右の主張を補強するのは次の記事である。

（大正十年十一月十五日）

鹿たのない奴

秋になると年々鹿の為めに負傷するものが尠くない▲しかも今度はそれが為に一命を捨てたものがある（後略）

これは、さきに掲げた鹿による殺人事件の記事の十一日後に書かれた記事だが、鹿による傷害の例はこれまでもしばしばあったが、殺人の例はこれが初めてであるというニュアンスが、この記事から汲みとれるであろう。（昭和四十九年十月二十八日付の毎日新聞紙上にも、「シカが飼主を突き殺す」という記事が掲載されていた。場所は北海道だが、温泉旅館の経営者が、観光用に飼っていたオスのエゾシカに三十カ所も突かれて死んでいたというのである。もちろん発情期でシカの気が立っていたのである。)

②もうひとつの要素は、(43)首と関連する。その歌を扱う部分で再説するが、それは原敬の暗殺をよんだ歌なのである。その暗殺について、鷗外は、「獣《けもの》にあらぬ人に衝かると」とよんでいる。この「獣」は、明らかに「鹿」を指している。原敬の暗殺と鹿とはすこしも関係がない。にもかかわらず、鷗外はわざわざ「獣にあらぬ」とことわっているのである。それはなぜか。

原敬の暗殺は大正十年十一月四日である。しかし、鷗外がその事実を知ったのは、翌五日の朝刊をよんでからである。「○原サンノ事ガヤツト今朝ワカツタ。」と、十一月五日付森杏奴宛書簡に鷗外は書いている。

さて、ここでもう一度、この項の最初に引用した『大阪朝日新聞』の記事の日付を見ていただきたい。鹿による殺人事件の記事がのった新聞は、十一月四日である。つまり、原敬の暗殺の当日であるが、鷗外がそのことを知ったのは翌五日であるから、鷗外の意識の上では、鹿による殺人と、人による殺人とは、互いに踵を接して二日にわたる新聞の報道として印象づけられたわけである。

以上の二点から、私は鷗外が、この項の最初に引用した、鹿による殺人事件の記事を素材にして、この(41)首をよんだものと推定する。

あるいは、鷗外は、新聞記事だけを素材にしてこの歌をよんだのではないという推測も充分になりたつ。なぜなら、鹿に衝かれて重傷を負ったのは、奈良公園内の掛茶屋の雇人である。十月二十三日から加療中であったのだから、街では相当な噂さになっていたのであろう。そして、とうとう浦久保ひでは死んだのである。

それでは、風呂帰りの女性が鹿に突かれて死んだという事実を、なぜ鷗外はこのような内容の歌に創りかえたのであろうか。事実に関する材料が乏しいので、あるいは、鷗外がよんだのも事実であったかもしれないという可能性は、まだ残されているが、現在の私には、これ以上の事実はわからない。もし私の推定が正しいとすれば、鷗外のこの歌は、「奈良五十首」中では、珍しくフィクションがほどこされた歌ということになる。それでは、鷗外はなぜそのような虚構を施したのであろうか。

私としては、その答えはひとつしかない。つまり、これまでに何度もふれてきたように、「奈良五十首」においては、〝成金〟、あるいは金持、あるいは金儲けしか頭にない人々は、すべて悪者なのである。宴会の嫌いだった鷗外は、奈良でも、宴会で酔いつぶれている人たちに好感はもっていなかっただろう。そうした人々は、鷗外にしてみれば、やはり、「三毒におぼるる民」(19)首)であり、「貪欲」(48)首)の人々であった。ある意味では偏狭とさえ思われるそうした鷗外の意識が、ここで敢えて事実を曲げさせたのではないだろうか。

＊

(42)春日《かすが》なる武甕椎《たけみかづち》の御神《おんかみ》に飼はるる鹿も常の鹿なり

「春日なる武甕椎の御神」とは、勿論春日神社の祭神である。春日神社の神鹿も、別にほかの鹿と変わりはない。秋になれば交尾期でいらだち、人を傷つけ、とうとう殺人まで犯かしてしまうただの鹿であった。そんな意味の、これもつまらない歌である。

＊

(43)旅にして聞けばいたまし大臣《おとど》原　獣《けもの》にあらぬ人に衝かると

この歌から(48)首までの六首は、世相諷喩の一連の歌である。

大正十年十一月四日、平民宰相といわれた原敬は暗殺された。十一月五日の『東京朝日新聞』の朝刊の記事を抄出する。

四日午後七時二十分、原首相は京都に開かれる政友会の京都支部大会に赴くべく背広服姿で東京駅に自動車を乗り捨て一等待合室で休憩した上時間が迫つた所から高橋駅長の案内で見送りに来た各大臣と共に同室を出て中橋文相と談笑しつつ改札口近くに進んだ刹那、突然群集中から躍り出た絣の着物に茶の鳥打帽を被つた二十四五歳の書生風の青年矢庭に五寸許りの短刀を閃かしながら高橋駅長の肩を掠めて原首相の右胸部へグサと突き刺した。不意を撃たれた原首相は、隻語すら発するひまもなく摚と許りに其場に倒れた。（中略）（原首相は）駅長室に舁ぎ込まれ（中略）応急手当を受けたが傷は右胸部から心臓に達し数分の後絶命した享年六十五歳。

犯人は大塚駅の転轍手で、十八歳の青年中岡艮一というものだった。

さきにものべたように、奈良の宿舎で鷗外がこのことを知ったのは、翌朝の新聞を見てからであった。鷗外としては気がかりなことも多かっただろうが、意外にこの事件に関する言及はすくない。十一月七日付、賀古鶴所《つるど》宛書簡に、「原死後の状況奈何」と、わずかにあるのみで、「日記」には、原の名前さえ記していない。

この歌で、わざわざ「獣にあらぬ人に衝かると」という言い方をした理由については、(41)首の項ですでにのべた。原敬については、またのちにふれる。

「原敬東京駅にて刺さる」と題して、前田夕暮が次のような歌をよんでいることをつけ加えておこう。

打水の冷々として光りをり彼の刺されしところなるべし

＊

(44)宣伝《せんでん》は人を酔はする強《し》ひがたり同じ事のみくり返しつつ

こまかく分類すれば、この歌から(46)首までの三首は、普通選挙運動に関する歌である。原敬とも関連してくることは勿論である。

内容にはいる前に、「強ひがたり」という言葉にふれておきたい。万葉集巻三雑歌に、次の二首の贈答歌がある。

いなと言へど強《し》ふる志斐《しひ》のが強《し》ひ語りこの頃聞かずて朕《われ》恋ひにけり（二三六）

いなと言へど語れ語れと詔《の》らせこそ志斐いは奏《まを》せ強ひ語りといふ（二三七）

「強ひがたり」という言葉の出典はこの二首である。(13)(14)(38)の各首にも万葉集からの言葉の借用がみられたが、これも鷗外的な万葉ぶりの一つである。相手が厭だと思っていても、無理に聞かせようとするのが「強ひがたり」である。

さて、普通選挙運動の実施をめざして、初めて組織的な運動が起こされたのは、明治三十年(一八九七)からであり、中村太八郎、木下尚江などが中心となって結成された「普通選挙運動期成同盟会」がその団体である。幸徳秋水、片山潜らの社会主義者も進んで加盟したが、明治四十年代になって秋水らは離れ、普通選挙運動は、片山潜、藤田貞三らの議会政策派社会主義者を中心に展開された。その結果、明治四十四年(一九一一)に、普選法案は衆議院を通過した。ところが、山県有朋を初めとして、当時の支配層は、民衆が政治勢力をうることを極度に恐れ、普選は「我国体に適応しない」という政府の言を入れ、貴族院では否決した。

そこで、同盟会は普選運動を院外大衆行動へと方向転換しようとした。しかし、政府は社会主義弾圧を口実に普選運動も骨抜きにしようとした。結局のところ同盟会は解散せざるをえなくなり、運動も一時下火となった。ところが、大正二年(一九一三)から翌年へかけての第一次護憲運動の展開の中で、普選運動は再び息を吹きかえした。「日露戦後、社会的経済的にその力を伸張させた非特権資本・中産市民層が、自らの力にふさわしい政治的発言権を要求するのは、自然の勢であった。」(引用書後述、以下同じ)

大正三年(一九一四)、普選同盟会は再興されたが、また忽ち弾圧を受けた。だが、

「非特権資本以下の国民の政治的自由への要求が護憲運動以来打消すことの出来ないものになっている以上、普選要求の声はかえって各方面より一層力強く叫ばれるにいたった。」

「かくて普選要求の声は、一九一七（大正六）年の半ば頃、澎湃として起ってきた。」同盟会は、「運動の全国的組織化」と「議会に対する請願デモ」という二つの計画をもち、演説会も計画していた。ところが、大正七年（一九一八）一月の演説会を前にして、会の指導者加藤時次郎は、警視庁特高課に召喚され、この運動は「事実上社会主義者の所業」だから取締るのであるから、運動する以上は「貴下も社会主義者と見做さねばならぬ」と申し渡され、加藤は手を引いた。同様に、堺利彦は『平民』の編集を辞任した。演説会は事実上不可能となり、「二月九日の普選デーも、その前日主な運動者が総検束され、実現しなかった。請願の紹介を引受けた政友会の三代議士も、総裁原敬によびつけられて叱られた。」「青年急進団」という都下の大学生による団体も、普選を要求する大会を開こうとしていたが、二月一日から二日にかけて、十八名の幹部が検束された。

以上は、松尾尊兊氏の「大正前期の普通選挙法獲得運動――普通選挙同盟会を中心に」（読史会『国史論集』㈡）を圧縮抄出したものである。これ以後の普選運動のなりゆきは、同じ筆者によっても書かれているし、信夫清三郎氏の『大正デモクラシー史』(II)などを初めとして、いくつか参照すべき書物もあるが、今はそれに及ぶ必要はないだろう。以下のなりゆきを年譜的に略述すると次のようになる。

大正八年(一九一九)二月、普選期成大会開催、友愛会京都連合会、普選期成労働者大会開催(普選運動各地に拡大)。同年五月、衆議院議員選挙法改正。大正九年(一九二〇)一月、四十三団体合同の全国普選期成連合会結成。同年二月、関東関西普選期成労働大連盟結成、東京で七万五千人の普選大示威行進、普選法案審議中の衆議院、突如解散。同年五月、第十四回総選挙。同年七月、憲政会、普選法案を衆議院に提出したが否決される。同年十一月、尾崎行雄・犬養毅・島田三郎ら普通選挙同盟会を結成。大正十年(一九二一)二月、衆議院に、国民党・憲政会提出の普選法案、ともに否決される。同年十一月、原首相暗殺される。(『日本史年表』岩波書店、より抄出)

このように、普選運動はしばしば支配者側に弾圧されつつも、その度に陣容を新たに発足し、広汎な労働運動と並行しつつ、次第に全国的な規模になり、遂には支配者側を充分におびやかす勢力となっていった。

これらの経過を、弾圧側の資料である『原敬日記』と重ねあわせながら読んでゆくと、甚だ興味ぶかいが、今はその余裕もない。多少の例を示すならば、たとえば次のような対比もみられる。大正九年二月の大デモ行進について原敬は、「新聞には五万人又は十万人など称するも実際は五千人許りなりしと云ふ」「此運動は一向に熱なく、只新聞に大袈裟に吹聴するに過ぎざるが如し。」（『原敬日記』大正九年二月十一日の条）と書いている。今日でも、デモの人数の公表が、主催者側と警察側とでは大幅に食い違っていることを思いあわせると面白い。

とにかく、この段階では、どういうわけか原敬は、この民衆運動の盛り上がりを過小評価していたようである。原敬は、勿論本来的には普選運動には反対であったが、さすがに時勢を見ぬく政治家的な感覚は鋭敏であったらしく、二月十七日には、「一たび此風潮を得ば、階級無視将来国家の由々しき大事と思ふに付如何様の手段にても決して貴族院には送らず安心せよ」と青木信光に言っているにもかかわらず、三日後には、すでに議会解散を決意し閣僚にはかっている。この解散は、別に普選法案を受け入れる心づもりがあってしたわけではなく、一種の肩すかし戦術であったが。

大正八年五月に通過した衆議院議員選挙法は、理想の普選法案に程遠いものではあった。しかし、従来の選挙法よりは選挙資格が拡大されてはいた。その選挙法による総選挙が一度も行われていないのに、さらに選挙資格を拡張する新しい法案を通過させるのは、「憲政の信用に関す」という理屈から、解散にふみ切ったのである。しかも、小選挙区制をとっていたため、政友会が圧勝するであろうという計算も充分にあった。結果はその通りであった。

本質的な見通しではないにしても、原敬にはそのような、現実的な感覚があった。だから、大正九年二月二十日に、閣僚に向かって、「漸次に選挙権を拡張する事は何等異議なき処にして」と言っているように、もし大正十年十一月以降原敬が生きていたならば、徐々に後退しつつ、選挙権を拡大していたかもしれないという柔軟性はうかがうことができる。

それが、山県有朋に至っては、そうした政治家的なかけひきの柔軟性さえみられない。明治四十四年の段階ですでに、「普通選挙ともならば我国は滅亡なり」（『原敬日記』同年十二月十六日の条）と山県は言っている。その後も山県は、再三原敬に向かって普選反対を念おしする。それは、大正八年十月十三日、十一月六日、十二月八日等の『原敬日記』を見れば明らかである。たとえば、山県は、原敬が、普選を「今実行する事に反対なる事過日聞く事を得たれば安心」であると、十一月六日に言う。それに対して原敬は、「余は普通選挙は遂に実行せざるを得ざるべく、又後年に至りて之を実施するも左までの危険のなかるべく」と答えているのである。山県と原敬との相違は、ここに明瞭である。

ともかくも、以上のような政治情勢の中で、この鷗外の歌はよまれているのである。山県有朋と鷗外とは、常磐会を介して歌人としての交わりがあった。この常磐会が、単なる風雅な歌人の集まりでなくて、鷗外にとってはさまざまな意味で、政治的に山県有朋と接触する場であったとする見方が、かつて唐木順三氏から唱えられた。「鷗外は秘密裡に社会革命をもくろんでいた。山県公を中心とする勢力によってそれを遂行せんとした」が、結局山県は死に、「国家社会主義革命の企画は水泡に帰した。」(『森鷗外』昭33)というのである。これに対して古川清彦氏は、「森鷗外と常磐会」(『文学』昭36・2)において非常に精緻な分析の結果、「この会の政治性は、唐木氏の説かれたような意味では無かったとするのが穏当で、鷗外書簡中の「国体ニ順応シタル集産主義」も一種の試案または献策程度に解すべきではなかろうか。そしてそれも、常磐会という歌会とは一応切り離した場で考えた方がよさそうである。」と反論した。(『立教大学 日本文学』昭34・11など、同氏によって少しずつ角度を変えて書かれた諸論文があるが、論旨はほぼ同じである。)

鷗外がその晩年に、社会主義や共産主義に対して、かなりな危機感を抱いていたことは周知の通りであり、その具体的な内容は、まず大正七年十一月から大正十年三月にわたる十三通の書簡にみられる。宛先はすべて生涯の友であった賀古鶴所である。その十三通のうち十通までが、大正九年の一月、二月に集中している。その時期が、さきにのべた普選運動の興隆期と一致するのは、鷗外が、普選運動の背後に、社会主義ないしは共産主義の盛り上がりをみていたからに外ならない。そして、鷗外は鷗外なりの、社会主義に対する見方を示そうとして、大正十年十一月から十一年七月までの『明星』に書きついだのが、「古い手帳から」である。もっとも、鷗外自身の死によって、それは未完となってしまった。

右の書簡や「古い手帳から」などをみると、大正九年から十一年にかけての鷗外は、確かにかなり緊張していた。石川淳氏に言わせると、「世間一般に流行を極める某々社会思想に対すると、不思議にも巨人鷗外は忽ち流俗の小市民に縮まつたやうな観を呈する。みごとな柔軟性はどこやらに喪失されて、いやに硬くなつたやうに見える。」（『森鷗外』昭28）ということになる。

ここで、しばらく「古い手帳から」を読んでいってみたい。「古い手帳から」は、「Platon は何故に共産主義者とせられてゐるか。」という言葉から書きはじめられている。そして、ほとんどの項目にわたって、「資本家」「労動者《ママ》」「階級」「参政権」「生産組合」「革命」、そして「共産主義」といった言葉が頻出し、鷗外の執筆した意図が、単なる「古い（思想史の）手帳」を書くのにあったのではなくて、まさに目前の日本の社会情勢への批判であったことは、極めて明白である。

しかし、鷗外はこの中で、現状における共産主義を、あからさまに否定するような言辞を弄しているわけではない。あたかも箴言のように凝縮された文体で、淡々とギリシャ以来の思想史をのべているかのごとく装っている。だが、注意ぶかく読んでみると、共産主義はいかに現実性のない思想であるかと、鷗外が暗にほのめかしたかったのではないかと思われる節がある。

ギリシャの共産主義は道徳の成就が目的であり、Essaioi の共産主義は究極的には宗教上の手段であるが、どちらも「共産主義を以て人生の目的とする今の共産主義とは別である。」という。また、「基督が共産主義を説いたといふ証拠は一も存在しない。」といい、使徒行伝には共産主義実行の記事が二個所あるが、その「旁証が無い。」といい、師父 Patres ecclesiae たちの共産主義的な言辞はもっと激烈だが、それは「唯主張のみなることが語気の間に見られてゐる。」という。また、ルナンたちが、キリストと使徒を共産主義者とみるのは、「歴史上の根拠に乏しい。」と否定する。Karpokrates は、確かに「共産的無政府主義」者であったが、そのために、彼は「破戒無慙の人として教界の歯せざる所となった。」といい、四世紀の宗教的共産主義者の

「小さい集団」も、カトリックの成立とともに「衰亡した。」といい、別の宗教的共産主義の小集団も「漸く衰亡した。」という。

このように、「古い手帳から」は、共産主義に対して明らかに否定的な立場から書かれている。世界史の過去において、宗教的な、あるいは道徳的な意味における共産主義者の小集団は確かに存在したが、それさえすべて「衰亡した」のである。まして、大正初期当時における共産主義者が主唱するような共産主義に近いものは、言説上はかつて存在したかもしれないが、実際には存在しなかったのである。小規模な企てが実際あっても、それは「衰亡した」のであるから、今日においても、そうした共産主義は、やがては「衰亡」するだろう、とでも言いたげな文章である。

すでに使い古された引用だが、大正八年十二月二十四日付の賀古鶴所宛書簡の中で、鷗外は、「国体ニ順応シタル集産主義」あるいは、「国家社会主義」と名づくべく社会改造案を練っていることをのべている。この鷗外の考えていた「国家社会主義（あるいは集産主義）」が、具体的にいかなるイメージのものであったかは、鷗外自身が整理してのべているわけではないから、正確にはわからない。ただ、大正九年度の賀古鶴所宛の十通の書簡や、「古い手帳から」の行間から、当時の鷗外が思い描いていた国家像を、ほのかに推測できないこともない。

……皇室は勿論厳然と存続しなければならない。それればかりではなく、皇室は全国民の崇敬の的であり、国民の意識も行動も、最終的には、すべて皇室に収斂するという構造であるべきだ。一挙に実現することは不可能としても、全産業はゆくゆく国有化する。そこには資本家というものは存在しない。強いて言えば、国家自体が巨大な資本家となる。企業の形態は変わらないが、それを管理するものも直接労働するものも、すべて同等の立場にあり、剰余価値はすべてそのまま国富となる。土地もおいおい国有化できればよい。……それにしても、人間個人個人の金銭その他に対する所有欲は、否定することができない。欲望があるからこそ人間は労働するのであろう。となると、私有財産を否定すれば、国家の存立さえ危うくなる。とすれば……

以上は私の愚かな推測であるが、細かい部分は抜きにして、いくらか的を射た面もあるのではなかろうか。それは、次のようなより所もあるからである。「古い手帳から」の、Aristoteles の項に、「国家集産主義」という言葉が出てくる。これは、その前項の、Platon の説を指している。それでは、鷗外の理解した、Platon の「国家集産主義」とはいかなるものであろうか。

Platon は社会上中の二階級のためにこれを制度化して、妻孥財宝の繫縛を脱せしめ、全力を挙げて国家のために尽させようとしたのである。／国家のため尽すとはどうするのか。国民をして公正（δικαιοσύνη）を得しむるの謂で、これは稟賦各相殊なるものをして適材の適処に居るに至らしむるに外ならぬのである。国家の幸福はこれより生じて来る。即ち富国強兵策である。

これを少しつづめた言い方をすると、「Platon は人生の幸福を、絶て自己の利害を顧みずに国家のために尽瘁する中に求めた。」となる。ところが、このような理想は理想でしかない。鷗外は、次の Aristoteles の項の中で、Aristoteles の説に添いながら、右の Platon 説を論駁する。

Platon の国家は上下二階級をして全く自利の心を棄てさせようとしたものである。此の如き器械的国家は成り立たない。よしやそれが成り立ったとしても望ましくない。何故といふに、若し自利の心がないときは人の事業に励みがない。緊張がない。緊張がなくては発展がない。文化が滅びる。

鷗外が、もし鷗外流の Platon 的国家像を皇室をプラスした国家像を思い描いたとしても、すぐさま鷗外流の Aristoteles 的批判が頭をもたげてきて、前者を否定し去ったであろう。私がさきに鷗外の「国家社会主義（あるいは集産主義）」についての推測を、あのように描いてみたのは、以上のような点を根拠にしたのである。賀古鶴所宛書簡と「古い手帳から」が、ほとんど同じ時期に書かれ、しかも、その両者の目的とするところが一致している点から考えて、鷗外の「国家社会主義（あるいは集産主義）」というものが、ある程度 Platon の国家像を核として発想されたであろうことは否定できない。

この問題は次につづく四首のすべてに関連をもつものであるから、なお先へ行って別の角度からも論ずることにしたい。

そこで、とり敢えず、この(44)首を、歌の言葉にそいながら解釈してみると、こういうことになる。「普通選挙運動家の宣伝は、いかにも大衆を魅惑するような内容の言葉であるが、いつ聞いても同じことばかり繰りかえしている。それに、ひどく押しつけがましいところもある。」

＊

(45)ひたすらに普通選挙の両刃《もろは》をや奇《く》しき剣とたふとびけらし

右につづけて解釈してみる。「普通選挙運動家は、普通選挙法の即時実施ということが、現状を打破する唯一の方法であると叫び、普通選挙法の実施それのみを金花玉条のごとくに扱っている。しかし、普通選挙法というものは、それほど絶対的なものであろうか。私はそうは思わない。大衆は気づいていないかもしれないが、普通選挙法というものは両刃の剣なのである。運動家たちは、その利点ばかりをひたすら取り上げて宣伝するが、マイナスの面もあることを大衆に知らせようとしない。あるいは、運動家自体も、その点に気づいていないのではないか。」

＊

(46)暁《さと》らじな汝《な》が偶像の平等《びやうどう》にささげむ牲《にへ》は自由なりとは

やはり、この歌をまず解釈してみる。「普通選挙運動の運動家たちや、その運動に賛成している一般大衆たちよ。お前たちは、もし普通選挙法が実施されたなら、従来のような階級的な不平等が、参政権の面だけでも撤廃されることになり、さらに多くの平等を獲得するための足がかりになると考えているようだ。しかし、お前たちが偶像視している「平等」というものは、それほどすばらしいものであろうか。今は参政権の「平等」だけに限って考えてみよう。一般大衆の中には、確かに有能な識者もいることであろう。だが、その大部分は、政治のなんたるかも理解できない衆愚である。その衆愚は、参政権を与えられたために、その「平等」を喜ぶかもしれないが、その権利を行使する能力には疑問がある。疑問というよりは、私はそこに大いなる不安を感ずる。現在の社会はもとより不完全な社会である。しかし、その社会をよりよくしてゆくために為政者がもっと努力して改善してゆけばよいのである。ところが、衆愚が参政権をうれば、すべてが混乱してしまう。社会情勢は現在以上に混沌とし収拾がつかなくなる。社会主義者や共産主義者が天下をとり、皇室の存立さえ危うくなるかもしれない。無政府主義者が勢力をえて、国家そのものさえ滅亡してしまうかもしれない。そうしたとき、お前たちは、「平等」は得たかもしれないが、今日辛じて享受している「自由」さえも、そのときは犠牲に供されるのである。このように、普通選挙法というものは、「両刃」の「剣」なのであるということを、お前たちはさとってはいまいな。」

三首たてつづけに私流の解釈だけを並べてしまったのは、いささか「強ひがたり」であったかもしれない。しかし、さきに長々とのべた、当時の鷗外の国家観、政治観から類推すると、とり敢えず、右のように解釈してみたいのである。

だが、(45)(46)首に連続してよまれている、「普通選挙の両刃」(即ち、普選実施の暁には、一般大衆にとっては、プラスの意味では参政権の「平等」が獲得されるが、一方では「自由」が「牲」となるという意味での「両刃」）という言葉の解釈が、私には最後まで落ちつかないのである。「平等」という言葉の意味には疑問がない。問題は「自由」である。いかなる意味での「自由」なのか。

私が右でとり敢えずした解釈は、「衆愚は賢明なる為政者の下にあって為政者を信頼していれば、たとえ身分上の不平等があっても、国民としての権利を制限されていても、結局は衆愚には衆愚なりの自由があるのだ。その衆愚が一旦権利をえてしまえば、かつて所有していたところのささやかな自由さえも失うのだ」という意味である。ところが、たとえば、信夫清三郎氏の『大正デモクラシー史』（II）によれば、次のような政治的情況があったことがわかる。

政党が官僚・軍閥の支配にたいして自己の政治的支配を確立するためには、一方において政治的自由を主張すると同時に、他方において選挙権を拡張して政党の基盤をひろげなければならなかった。だから、政治的自由の主張は、当然に選挙権拡張と表裏した。（四三四頁）

つまり、すでにのべたように、原敬が大正九年二月に突如議会解散に踏み切ったのは、盛り上がりつつあった民間の普選運動に対して、大正八年成立の改正選挙法による総選挙を行なうことによって「肩すかし」をするという意味もあったが、もうひとつ、しきりに普選実施を迫る野党の勢力を封じる意味もあった。もし、そのまま野党の主張を無視しつづけていると、政友会自体が破局に陥入るおそれもあった。だから、普選実施を叫ぶ者にとっては、その時の改正法は甚だ妥協的な手段でしかなかったが、それによって参政権は事実上拡張されていたわけであるから、少なくとも悪法でないことは確かである。国民に多少の甘い汁を吸わせながら自己の党勢を拡張できれば、こんなに好都合なことはない。原敬は機敏に決断し、考えた通りの結果をえたのである。

だが、それはどこまでも、一時しのぎの策にすぎなかった。その後、在野の普選運動はますます激しくなり、野党である憲政会や国民党は、大衆の要求を巧みに利用して普選法案を通過させようとする。政友会の党勢を維持してゆくためには、政友会もその主張をますます普選実施に近づけなければならない。かといって、もし普選に踏み切ってしまったら、あるいは労働者の党が政権をとるかもしれない。そうなれば政友会は自滅である。鷗外の⑷⑸⑷⑹首は、このような、政友会自体のもつ党利党略の面でのジレンマ（「両刃の剣」）をよんだものだと解釈できないこともない。

もうひとつの解釈もできる。この解釈は、最も恐しい解釈である。つまり、こうである。普選運動は、原敬が暗殺され、山県有朋が死に、そして鷗外も死んだあと、本格的な労働運動と呼応してますます激烈をきわめ、支配者側も拒否しきれないところまで追いつめられ、遂に大正十四年三月に、普選法案が議会を通過する。これは、民衆の力の当然の勝利と言えるが、支配者側は同時に、「治安維持法」を通過させてしまったのである。敗戦の年まで、国民の一人一人の行動の隅々までを国家の監視の下におき、デモクラシイへの一切の自由を封じ去った稀代の悪法が、普選法案と抱きあわせで通過してしまったのである。もし、普選法案の実施が「平等」の実現であるとして、治安維持法の実施が、国民の「自由」を「牲」にすることと考えるならば、鷗外のよんだ(45)(46)首は、薄気味わるいほど、大正十四年三月以降の日本の情況に符合するわけで、鷗外は生前に、歌に託してそれを予言していたことになる。

もちろん私は、鷗外にある種の霊感があって、このような歌をよんだのだと、神秘的な解釈を施すつもりはない。そもそも原内閣は、大正九年頃から本気で治安警察法の改正をもくろみ、その計画の延長が大正十四年三月の結果を生むわけであるから、鷗外の生存当時にも、普選法案と治安維持法案とが抱きあわせで考えられていたことは事実なのである。要するに、いつの世にも支配者が考える、国民に対する「飴と鞭」である。

もし、この最後の解釈があたっているとするならば、これは恐しい歌である。鷗外は、「暁らじな」と気楽によんでいるが、治安維持法の恐しさを、鷗外自身どこまで暁っていただろうか。

鷗外は、デモクラシィというものを衆愚政治と考えていたように思われる。政治という狭い局面に問題を限らなければ、人間は本来愚かなものであり、過去現在未来永劫に愚かな存在であろう。と同時に、かすかにであるが賢明でもある。そのかすかな賢明さを信じて、人間は生きているのであろう。私のようなものに比べたら比較にならないほど東西古今の万象に通じていた鷗外は、もっと痛切にそうした点に気づいていたに違いない。

しかし、政治という当面の問題に関しては、鷗外は、石川淳氏の言うように、「硬くなつ」ている。その緊張が、右のような一連の歌を鷗外によませたのであろう。鷗外の考えていた国家像は、あるいは、吉野作造の「民本主義」にも、かなり影響されていたのではないかとも考えられるが、今は推測にとどめておく。

＊

(47)富むといひ貧しといふも三毒の上に立てたるけぢめならずや

この歌から、問題は飛躍する。つまり、(44)(45)(46)の三首は、普選運動という、具体的かつ今日的な問題に関する歌であった。しかし、この歌は、そうした具体的かつ今日的な社会情勢を頭におきつつも、数千年あるいは数万年の展望の下に、人類の愚かさというものをとらえようとしているのである。「三毒」という仏教語が用いられているのが、それを裏づける。「三毒」という語は(19)首にもあらわれている。その辞書的な説明はその項ですでにのべたが、要するに、鷗外が「三毒」という言葉で主張したいのは、具体的には「成金」という言葉で代表されるような資本家たちや、一方ではかれらに追随しようとしている人々のもつ欲望であった。そうした人々の生きている資本主義社会の矛盾が貧富の差を作り、ひいては社会主義者や共産主義者を生み出すわけである。そうした局面からはるかに離れ、人類の歴史といった大きなパースペクティヴに立てば、だれが考えてもこの鷗外の歌のような結論になってしまう。為政者あるいは社会改革者あるいは政治評論家などにとっては、このような超時間的な感慨は無益なたわごとに過ぎないであろう。鷗外が、ある意味では「硬くなつ」て、「俗」の「俗」たる政治の現状に首をつっこみ、あるいは一時は本気で「国家改造案」のようなものを書き、山県有朋に提出しようとしたかもしれないことは、想像できないわけではない。だが、為政者あるいは社会改革者としては、全くナンセンスとしか言いようのない、この(47)首を鷗外がよんでいるという事実に、私はほっとするのである。何やかやと論じられても、つまるところ鷗外は、やはり文学者であったと思うのである。だから、「国家集産主義」の問題に関しても、唐木説にはつかず、古川説を妥当とするのである。

＊

(48)貪欲《どんよく》のさけびはここに帝王のあまた眠れる土をとよもす

「帝王のあまた眠れる土」とは、もちろん奈良を指す。奈良時代の天皇の陵墓は、多くは奈良県内にある。「貪欲のさけび」とは、これまで何度もくりかえし鷗外が歌によみこんできた、成金や資本家たちの言動を指すと一応考えられるが、(44)首からの一連の歌のつづきから考えると、普選運動や労働運動やその他もろもろの大正初期の騒然たる世相ととってもよいだろう。そうした物情騒然たる世の中の嵐が、本来は静寂であるべきこの古い都の地にも押し寄せてきて、安閑としていられなくなったというのであろう。「貪欲」は、仏教語としては、トンヨクと読むのが正しいようであるが、このルビは、鷗外自身の付したルビであるので、そのままにした。

＊

(49)なかなかに定政賢《さだまささか》しいにしへの奈良の都を紙の上に建つ

鷗外が定政の墓に詣でたのは、大正七年十一月二十一日のことである。「日記」に、詣北浦定政墓。墓在距奈良南里許古市村東北隅。其地無寺院。而有塋域。域之東北隅為北浦氏諸墓所在処。定政墓。面題曰一心院遊山定政居士。背有遺詠三十一言、不足伝。左側彫曰明治四未年正月七日没。北浦義助藤原定政墓。年五十五。右辺有其妻墓。面題曰海心院智光恵観大姉。右側彫曰故北浦定政室満子女。年六十五。左側彫曰明治十五年五月二十九日没。摘野花供之。帰寓時日未暮。

昭和四十七年秋、私もここへ詣でてきた。右の鷗外の文章に若干の訂正と補足を加える。定政の墓は、高さが六〇センチばかり、石塔の横幅が二五センチばかりの墓である。正面上方に抱茗荷《だきみょうが》の紋所が陽刻されている。没年の「正月七日」は、「十日」とも読める。鷗外が、「伝スルニ足ラズ」と一蹴した背面の歌は、次のようなものである。

こしかたのくひのあまりに

ゆく末のはてなき夢を
みる《（ミ）》そ《（か）》くるしき
こハ定政ぬしのよミおき玉ひしを書
八十一蓮月

現在、墓の表面は苔に被われていて、細字は読みづらい状態にあるが、そうでなくとも、もともとよみにくい字体である。私は墓の背面にしゃがみ、しばらく睨みつづけ、「こしかたの……」から「こハ定政ぬしの」まではようやく判読することができた。あとは「八十一」が見えるだけで、肝心の一行と署名は遂に読めなかった。右のように解読できたのは、石川淳氏の文章のおかげである。石川淳氏がそのように判読するに至る過程は、『鷗外全集』月報7に詳しい。

次は定政の妻の墓である。鷗外は、「故北浦定政室満子女」と写しているが、私の読み誤まりでなければ、「故北浦定政室満千女」である。歿年の「五月二十九日」も、うるさく言えば、「五月廿九日」である。

さて、定政の墓の現状、その周囲のありさま、定政の伝については、『鷗外全集』月報6〜7に、石川淳氏が相当詳しく書いている。特につけ加えるべきこともないが、多少の補足をしておきたい。

たしかに、鷗外も、「其ノ地寺院無ク」と書いているし、実見した石川淳氏も、「今でも近く寺は見えず、この墓地をあづかるのはどことも知れない。」と書いている。しかし、墓地の東方に小高い丘があり、その丘にそって一群の集落がある。その中に、念仏寺という寺があり、その寺が現在ではその墓地をあずかっているのである。『大日本地名辞書』古市の項によると、「元和五年藤堂家（伊勢津藩）陣屋を此に築き、散在の領村を管治せり、明治四年停廃す。」とあるが、昭和四十七年当地を訪れた際、念仏寺住職の紹介をえてたまたま面識となった、北岡某氏に案内され、わずかに残された代官屋敷跡、籾倉跡、外濠跡などを見ることができた。さらに、北岡氏は、現在一軒しか残っていないという古市の北浦家へ案内して下さった。だが、あいにく事情に詳しい古老が不在で、確認はできなかったが、若奥さんのお話では、その北浦家と定政の北浦家とは、直接の縁つづきではないとのことであった。さらに北岡氏は、かつて定政が住んでいた場所と伝えられる、古谷某氏宅へも案内して下さった。もちろん現在建っている家は近代のものであるが、代官屋敷のあった土地らしく、曲がりくねった複雑な露地の奥まったところにあり、のどかなたたずまいであった。

その後、念仏寺住職の平野師にもお逢いしたが、定政直系の御子孫は東京在住とのことであった。帰京後、その御子孫にあたる北浦直人氏に電話をして、いろいろ有益な話をうかがえたのは幸いであった。

石川淳氏は、定政の墓の背面に刻まれている歌について、

歌は定政晩年の述懐ときこえる。このかなしみはこのひとの生活のどこから発したものか。

と書き、定政の伝を縷々たどったあとで、

さきの墓石の歌、遺詠三十一言のこころは依然として測りがたい。「こしかたのくひのあまりに」とはなにを悔いるのだらう。「はてなき夢をミるかくるしき」とはなににくるしむのだらう。このひとにしてこのやうな述懐があるのか。この歌はわたしにはまだ謎である。

とも書いている。

私も墓の裏側で判読して以来、同じような疑問にとらわれていたが、やはり、どうしても解けなかった。そこで、またまた思いあまって、興福寺の多川俊映師にそれとなくうかがいを立てたところ、『大和人物志』（明42、奈良県庁）の定政の項に、「天誅組の義兵を挙ぐるや、左の辞世を詠じて、竊に意を決する所ありきといふ。」という個所を見つけ出して下さった。北浦直人氏にその点をうかがったところ、確かにそのような事情があったと聞き伝えているとの御返事であった。

『続国学者伝記集成』の定政の項にもあるように、定政は、伴林光平、太田垣蓮月、鈴木重胤、八田知紀などと交友があったという。蓮月との関係は、定政の歌を蓮月が書したものが定政の墓に刻まれているという事実が、雄弁に物語っている。もし、『大和人物志』ならびに、北浦家に伝わっている言い伝えが正しいとすれば、「こしかたのくひ」とは、天誅組義挙に加わろうとの志がありながら、それを果たせなかった後悔という意味になる。それならば、おぼろげながらこの歌も解けるような気がしてくる。

だが、そう単純に考えてよいのだろうか。所謂「天誅組の義挙」があったのは、文久三年八月から九月にかけてである。多く見積もっても百五十人足らずの人数で、大和一国を切り従えようと考えたのであるから、後世のわれわれの眼から見れば、暴挙としか言いえない。しかし、弾薬・食糧・人員の補充の道さえ考えていない彼らを、幕府方は一万人ばかりの軍勢で包囲し、それでも容易に平定できなかったことを考えると、当時いかに幕府方の軍勢が弱腰であったかもわかる（徳富猪一郎『近世日本国民史』(51)）。

その、天誅組包囲陣のうち、紀州勢を除けば、最も多くくり出していたのが藤堂勢で、「四千余人」ほどだったという（前掲書引用「和州書簡抄」）。

同じ文久三年に、藤堂藩の出張所ともいうべき古市村の北浦定政の上には、どのようなことが起こっていたのであろうか。『続国学者伝記集成』の喜田貞吉の文章から、事実だけを年譜風に列記すると次のようになる。

文久三年正月　藩主藤堂和泉守より藩士に取り立てられ、御陵取調御用掛を命ぜられる（廩米十八俵三人扶持）。

同　五月　積年の山陵調査の功により上下《かみしも》一具を賜わる。

同　八月　神武天皇陵参向のついでに勅使柳原宰相より、白銀五枚下賜される。

同　十二月　大原三位重徳より戸田大和守へ、定政を御陵御用掛に命ずるよう通達がある。

このように、天誅組義挙の年は、定政にとってはまさに栄誉にみちた年であった。ことに、義挙の起こった八月には右のようなこともあり、尊皇家としては記念すべき時でもあった。もっとも、この勅使参向は、実際には、その後に孝明天皇の神武天皇陵参向、そして討幕の旗上げといった筋書きの一環としての勅使参向であったが、急転直下京都の状勢が変わり、文久三年の変ということになる。天誅組はそのあおりを食って自滅したわけで、この八月には、実に紙一重の差で多くの人々の運命が左右されている。そうした重大な時期に、定政は、右のような状態にあった。
戦闘中の天誅組との折衝をした書簡をみると、日和見とも言えるが、藤堂家は勤皇方らしき言辞を弄している。「此方形に於ては如何にも来論の如く朝敵同様にも見ゆれども、其実は勤王に紛れ無レ之、其方共形に於ては、勤王の様なれども、其実は朝敵なり。」（前掲書引用「大和日記」）といって、藤堂方は天誅組を説得しようとしているのである。その藤堂家の藩士に取り立てられ、しかも長年にわたる御陵調査の功績が朝廷に認められ、数々の沙汰を蒙っている、そうしたさ中に、定政は、果たして天誅組に加担しようとしただろうか。この年、定政はすでに四十五歳である。その年齢の男が、大和一国を切り従えようという行動に加わろうと考えただろうか。もっとも、ほとんどが二十三、四歳の若者ばかりだった天誅組の中に、五十一歳の伴林光平が加わっている（久保田辰彦『いはゆる天誅組の大和義挙の研究』昭6）のは異様ではあるが、常識的に考えれば、定政の年齢でそうした行動に走ろうとするのは、それこそ暴挙というべきであろう。以上のような理由で、私は、なお『大和人物志』の記事はそのまま鵜のみにはできないのだが、さりとてこれといった代案も見出せない。

　さて、北浦定政の伝記については、『続国学者伝記集成』に詳しい。その冒頭の部分に略伝が簡潔にのべられているので、その部分だけを引用しよう。

定政氏は大和国添上郡古市村〇今の東市村大字古市の人、文化十四年三月を以て生る。幼名安太郎、後義助と改む。十三歳の時父義十郎病没せしかば、其の後祖父母に養はれしが、幼にして穎悟、十五歳にして、すでに挙げられて、伊勢安濃津藩主藤堂氏の古市奉行所の手代となれり。是より後、氏は其の生没を藤堂藩の一俗吏に終りしかども、其の終生の事業は蓋他にありき。氏は常に古代帝王の陵墓の荒廃せるを憤り、之を調査顕彰せんとするの意あり、吏務の休暇毎に山野を跋渉して親しく実地を踏査し、之を古書に考へ、之を口碑に徴し、蒲生君平の山陵志に補正を加へて、嘉永元年すでに「打墨縄」一巻を著せり。時に氏年漸く三十二歳なりき。氏は又平城の京址湮滅して世に知られざるを嘆き、之を探求して「平城宮大内裏坪割図」を製し、ほゞ当時の蹟をあきらかならしめたり。氏夙に本居内遠、中村良臣等につきて和歌国文国史等を学びたる外、傍又、絵画算数の技を修めたり。氏が後年条坊条里の趾を調査して、之を精密なる地図上に描出するに至りしもの、蓋、こゝに由来するところ少からざるなり。

定政による「平城宮大内裏跡坪割之図」は、非常に精密に復元したもので、近代になってもその業績は高く評価されている。鷗外は、古書保存会発行の同図を所蔵していた。東大の鷗外文庫で私もその図を一見した。

さて、鷗外の歌にもどる。「いにしへの奈良の都を紙の上に建つ」というのは、この「平城宮大内裏跡坪割之図」を初めとして、その後は広く藤原京址付近まで調査をひろげ、数種の「班田坪割図」を作り、さらに晩年にはより精密な「京南班田図」を作ったことを指している。その正確さは、喜田貞吉が、「其の精確なる今日に於てなほ一小部分を除く外は訂正を加ふるの要を見ざる程なり。」と激賞しているほどである（『続国学者伝記集成』）。

幕末当時、ほとんど荒廃に帰していた奈良の一隅にあって、定政は独りこつこつと調査と実測を積み重ねた末、奈良時代の班田坪割のあとを正確に紙上に復元するという偉業をなしとげたのである。「なかなかに定政賢し」とは、その功績をたたえた鷗外の言葉である。

鷗外は、大正七年十一月十八日付森潤三郎宛書簡の中で、次のように言っている。

　昨日喜田貞吉京都ヨリ来リ面談イタシ候学者ラシキ人ニテ只今迄ニ正倉院ニ来シハ同人ト近重真澄トノミニ候昨日ナドハ八十余名来シニ知名ノ士ハ嶋文次郎ト京都府知事トノミニ候

「日記」によれば、「昨日」というのは、十一月十七日ではなくて十六日のことらしい。

観覧者二十五人。中有喜田貞吉。

と、特に一人だけ名前をあげているのは、鷗外が喜田貞吉に注目していた証拠であろう。その翌々日（十八日）には、鷗外は飛鳥の古京の地を経めぐっている。その日の「日記」の文中にも、「視小学校背後地。喜田貞吉以為浄見原宮址者是也。」と記している。喜田貞吉の『帝都』が出版されたのは大正四年である。おそらく、当時研究に油の乗り切っていた喜田貞吉自身の口から、鷗外は定政の業績を知ったのであろう。

＊

(50)現実の車たちまち我を率《ゐ》て夢の都をはためき出でぬ

「現実の車」というのは、蒸気機関車の牽引する汽車のことである。それが、奈良駅から汽笛を鳴らし、盛んに蒸気や煙を吐き出しながら豪快な響きを立てて発車するありさまを、鷗外はやや衒学的に「はためき出でぬ」と形容したのである。

「夢の都」はもちろん奈良を指す。この「奈良五十首」全体からうかがわれるように、たとえ博物館総長としての職務がいかに多忙であったとしても、鷗外にとっては当時の奈良は「夢の都」であったのである。現実の奈良は、まさに滅びつつあった。ここにも「三毒におぼるる民」の「さけび」が「とよも」している。にもかかわらず、職務の暇々に「傘さして」奈良の寺を巡っていた時の鷗外は、やはり幸せであったと思う。そうした折々に、しばしば鷗外は千年の昔の「夢の都」に思いをはせたことだろう。正倉院における任が果てて、鷗外は再び車中の人となる。このようにして、「奈良五十首」はおさめられている。

四　「奈良五十首」の構成

「奈良五十首」の制作年代を、従来はただ漠然と、大正十一年一月としていた説が多かった。（たとえば、森潤三郎『鷗外森林太郎』二七〇頁、新間進一『明治大正短歌史』三〇七頁）だが、これら五十首が、決して大正十一年一月の作のみでないことは、これまでの長々しい注釈を読んでいただければ自ら明白なことなので、ここで改めてくりかえす必要もないだろう。要するに、「奈良五十首」に収録されている歌は、大正七年から十年の四年間の、各十一月中に、鷗外が奈良へ行くたびに折にふれて作り、メモしてあったものを、一括して大正十一年一月に発表したものである。ただ、発表にあたって、鷗外はそれらの歌を巧みに再構成している。従って、これら五十首の配列は、全く制作年代順ではない。

「奈良五十首」は次のように構成されている。〔（　）内は、私の推定による、制作（月日）である。〕

(A)　(1)(2)　二首　奈良へ行く途中の京都の詠　(1)大正八年か九年十一月。(2)大正十

年十一月）

(B) (3)(4) 二首　京都から奈良へ行く途中の車中の詠（大正七年十一月）

(C) (5)〜(8)四首　到着した奈良の風景及び官舎の詠

(D)〔正倉院〕一二首

(イ) (9)〜(12)四首　開封の詠（大正七年十一月五日）

(ロ) (13)(14)　二首　正倉院文書にまつわる詠（(14)大正十一年一月か）

(ハ) (15)(16)　二首　聖語蔵経巻にまつわる詠（(15)大正七年十一月か。(16)大正八年以降）

(ニ) (17)〜(20)四首　正倉院拝観者にまつわる詠（(20)大正十年十一月十三日）

(E)　鷗外自身の古寺巡礼の詠　一九首

(イ) (21)〜(23)三首　序にあたる詠

(ロ) (24)〜(26)三首〔東大寺〕

(ハ) (27)〜(32)六首〔興福寺慈恩会〕（大正十年十一月十三日）

(ニ) (33)〜(35)三首〔元興寺址〕（大正七年十一月十日）

(ホ) (36)　一首〔般若寺〕（大正七年か八年の十一月）

(ヘ) (37)　一首〔新薬師寺〕（大正七年十一月七日）

(ト)　(38)　一首　〔大安寺〕（大正八年十一月十一日）
(チ)　(39)　一首　〔白毫寺〕（大正七年十一月二十日）
(F)　当時の社会諷喩の詠　九首
(イ)　(40)〜(42)三首　奈良の鹿殺人にまつわる詠（大正十年十一月五日）
(ロ)　(43)〜(46)四首　原敬暗殺及び普選運動にまつわる詠（おそらく、大正十年十一月五日）
(ハ)　(47)(48)　二首　当時の世相にまつわる詠
(G)　(49)　一首　北浦定政についての詠（大正七年十一月二十一日）
(H)　(50)　一首　奈良を去るにあたっての詠

このように、五十首をあらためて見なおしてみると、かなり秩序整然と配列されていることがわかる。即ち、作者が京都経由で奈良の官舎へ落ちつく。いよいよ正倉院の開封が行なわれ、そこでの研究者の姿を見、拝観者にふれる。そして、雨の日に経巡った寺々の歌が並び、それとは対蹠的な生ぐさい人事の歌が配してある。そして、そうした現実の醜悪さを、過去の定政をよんだ歌で一旦打ち消し、瞬時千年の昔の「夢の都」に空想をはせた作者は、あわただしく車中の人となり東京へ帰ってゆくのである。作者がある年たった一度奈良を訪れて、ある期間滞在し帰途につくまでの体験をよんだ連作のように感じられる。従来の読者が、この「奈良五十首」を大正十年十一月に一気に作られたものと考えたのも無理はない。

古今集といぅ歌集は、総数一一一一首（定家本）の歌を、春・夏・秋・冬・賀・離別・羇旅・物名・恋・哀傷・雑・雑体・大歌所御歌の十三項目に分類し、そのおのおのの項目ごとに、春は春の推移を夏は夏の推移をおのずからたどれるような配列に歌を並べてある。即ち、古今集の春から冬までの歌をたどってゆくと、立春から大晦日までの四季の移り変わりが、あたかも絵巻物のようにとぎれ目なく、しかも年中行事のように秩序整然とくりひろげられてゆくのである。このような構成を編者が意図した場合、それぞれの歌の巧拙よりも、むしろ、全体として、いかに多数の歌で四季の移り変わりを表現するかという点に編者の力点がおかれるであろうことは、容易に想像がつく。結果としては、独立した一首としてはさして面白くもない歌が、構成を支えるために必要となってくる。古今集中の歌の中に、単独にとり出してはそれほど面白くもない歌が含まれているのは、そうした点から考えてみると、無理なく納得できるはずである。

つまり、紀貫之は、一首一首の独立性は無視し、あくまでも、歌集全体をひとつの塊《マス》りとした上で、それら個々の歌が支えあって、別種の渾然一体化した芸術世界を醸しだしてほしいという意図の下に、あの古今集を編纂したのであろう。「奈良五十首」全体が、ひとつの塊《マス》りとして構成されているという意味は、右にのべた古今集における紀貫之の意図と同じ意味あいである。和歌というものはすべてそのように考えなければならないわけではないが、ある種の構成をもった歌の塊《マス》りは、当然そのように評価しなければならない。「奈良五十首」のような、極めて意図的な配列によって構成された五十首を一つの作品としてとらえなければ、鷗外の意図を汲んだことにはならない。古今集の中にも、ごくつまらない歌が混じっていて、それを一首だけとり出してみると、なぜそのような歌が撰ばれたか理解に苦しむ例がある。ところが、そのつまらない、あるいは平凡な一首が、古今集という全体の流れの中にはめこまれると、なくてはならない重要な環《たまき》の一部分となり、その一首が存在するために全体も生きてくるという結果になる。「奈良五十首」の中に混じっている、とりたてて云々する必要もないような、つまらない歌は、そうした意味で、決して不必要な一首ではないのである。そのように考えることが、鷗外の意図を最も正しく受けとめたことになるのではなかろうか。

五　「奈良五十首」の意味

明治三十七、八年の日露戦争中に作られた『うた日記』には、次のような歌がある。

高黍《たかきみ》の一日《ひとひ》一尺《ひとさか》ののびのびて畑《はた》は林《はやし》となりにけるかも

いくさらが濺《そそ》ぎし血《ち》かとわけいりて見《み》し草《くさ》むらの撫子《なでしこ》の花《はな》

楡《にれ》の芽《め》のはる遠《とほ》からじさに塗《ぬり》の喇《ら》嘛《ま》の伽藍《がらん》にぬるき雨《あめ》ふる

いずれも私の好きな歌であるが、『うた日記』には、この種の、ひどく素直な、それでいてのびのびとよまれた歌が多い。ここでは、鷗外は、鬼面人を驚かすといった技巧を用いているわけでもなく、ことさら難解な内容をよもうとしているわけでもない。移りゆく戦場に従って、淡々として写実に徹した歌を作りつづけている。激しい戦いのあい間あい間に、散文の日記をつける代りに書きつがれたという成立事情が、『うた日記』中の歌を、そのように性格づけたのであろう。また、従軍中絶えず座右の書としていた万葉集からの影響も、無視することはできない。

ところが、明治四十年から四十一年にかけて、いずれも二十首ほどかためて『明星』に発表した、「一刹那」「舞扇」「潮の音」などの歌は、一転してまことに明星調になっている。

夜の森の刻《きざ》めるごとき輪廓《りんくわく》のうへにまたたく白《しろ》がねの星（「一刹那」）
舞扇《まひあふぎ》おきて手にとる小さかづき臙脂《えんじ》を印《いん》す麦わらの管《くだ》（「舞扇」）
春の雨囲《かこひ》の沈黙《しじま》香盒《かうがふ》の堆朱《つゐしゅ》をすべる真白きおよび（「潮の音」）

これらの明星調の歌は、鷗外が意識的に模倣していたものであり、また、意識的に作ろうと思えば、鷗外はこの種の歌をたちどころに作りえたようである。それだけに、これらの歌には鷗外の独創性はない。

こうした明星調の意識的模倣を土台にして、明治四十二年五月に、鷗外は、「我百首」を発表した。「我百首」の歌は、私には極めて魅力ある歌である。わずか三十一文字の中に、それぞれコントか短編小説にでもなりそうな、小説的な内容の含まれた歌が多い。しかも浪漫的である。神秘的でもある。女性に対してはシニカルであり、挑戦的でもある。鷗外としては珍しくデモーニュシュであり、ディオニュソス的である。

『うた日記』の歌、明星調の歌、「我百首」の歌といった歌を一方では作りながら、明治三十九年から大正六年にわたる長期間、鷗外は、全く別種の歌を、営々と作っている。それが、常磐会詠草である。

語りゆくことの葉をさへ吹きちらす木枯さむし原中のみち

麓には聞えざるらん山寺のわか葉にこもる入相《いりあひ》の鐘

ひとりゐて物おもふ時身をよするはしらしなくはいかにかもせむ

たしかに、常磐会詠草の中の歌は古風である。古風でなければ撰にもれてしまうのであるから、鷗外も心して、ある種の枠組の中でよんでいるわけで、そのような歌が多いのは当然であろう。だが、大凡の人がほとんど無視しているほど、この種の鷗外の歌が、おしなべてつまらない歌だとは思わない。ただ、ここでは鷗外はつとめて個性を押し殺そうとしているので、際立って鷗外の個性が露わになるというわけにはいかない。

ともかく、大ざっぱに分類すると、鷗外の歌には、以上のような、かなり極端な変遷のあとがたどれる。そうした変遷の中に位置づけるとするならば、「奈良五十首」の歌はどのような色調の歌としておさまるものなのだろうか。

『うた日記』の歌は、いわば、石井柏亭の水彩画に似た、淡い色調の歌である。「一刹那」などの明星調の歌は、あまりにも模倣でありすぎるので、この際除外した方がよいだろう。とすると、「我百首」の歌は、燃え上がる火の色に似た、バタ臭い油絵の色調であるといえる。それに比べると、常磐会詠草の歌は、かなり複雑である。菱田春草あたりの日本画に近い、とでも形容しておこうか。すべては題詠歌でありながら、意外に内省的で沈潜した趣きもあるのである。

これらの色調の歌に比べてみると、「奈良五十首」の歌は、最も散文的であり、思想的であり、かなり露骨に心情を吐露しつつ、現世批判をしようとした、いわばエッセイ風の歌と言うことができる。表現の面だけをとらえていえば、「奈良五十首」の歌は、平明である。だが、『うた日記』の歌にみられるような、いわば心を空しくして、素直に嘱目の風物を詠ずるといったのどかさはない。かといって、「我百首」の歌にみられるような、浪漫的なもの、神秘的なもの、物語的なものへの関心は皆無である。「奈良五十首」の歌には、現世への、現実的な怒りが、幼いほどの単純さでむき出しに吐き出されている。そうした点だけをとらえていうならば、「奈良五十首」の歌は、自然主義的といってもよい。常磐会詠草の歌は、さきにものべたように、意外に内省的であり、沈潜している。ところが、どういうわけか、「奈良五十首」の歌には、内省的な歌は少ない。内に籠るというよりは、外へ向かって攻撃的なのである。

本稿の冒頭で、私は、茂吉の「奈良五十首」評である「一種の思想的抒情詩《ゲダンケンリリーク》」という言葉を、適切とは思うが一面過褒とも思うとのべた。この、過褒という意味について、これまでの比較論の中で、断片的にはふれてきたつもりであるが、もう一度改めて整理しておこうと思う。つまり「思想的」という形容語をかぶせる場合には、私としては、もう少し内部に沈潜したものを要求したいのである。「奈良五十首」全体の主題は、貧富の差が激しくなり、階級闘争が危機的様相を示しつつあった、当時の世相への怒りであり、諷喩である。その裏には、そうした現世には見捨てられ、滅びつつあった、いにしえの奈良の都への愛惜の情がある。大正初期のこのような社会情況をとらえたという点で、「奈良五十首」はユニークな「一種の思想的抒情詩」だと、一応はいうことができる。だが、これらの歌にあらわれた鷗外の怒りも愛惜の情も、全体を通してみると、かなり露骨に表出されており、いったん心の内側に沈んでその澱《お》りの中からにじみ出たという類いの歌とはいいがたい。

ここまで考えてくると、さきにも引用したが、石川淳氏の言葉を再び思い出さざるをえない。「世間一般に流行を極める某々社会思想に対すると、不思議にも巨人鷗外は忽ち流俗の小市民に縮まつたやうな観を呈する。みごとな柔軟性はどこやらに喪失されて、いやに硬くなつたやうに見える。」（『森鷗外』）

これは、鷗外の「古い手帳から」を論じた文章の中からの引用だが、「古い手帳から」の時代は、鷗外にとっては「奈良五十首」の時代でもある。さきにみたように、

「奈良五十首」の歌がもつ、散文的・現実的・現世攻撃的性格は、鷗外が全生涯中によんだ短歌の中でも、異例に属するほど顕著であった。それは、とりもなおさず、石川淳氏の言う、「硬くなつた」ということに通ずるのである。社会主義共産主義に対する鷗外の精神的なこわばりが、鷗外の歌から抒情性を消してしまっているのである。茂吉のいう「思想的」の「思想」がどのようなものを指すのであるかも問題だが、この「思想」は、少なくとも沈潜し内省した末ににじみでてくるような「思想」ととってよいだろう。だとすれば「奈良五十首」の歌は、二、三の歌を除いて、「思想的《ゲダンケン》」とはいえない。それに、抒情性が消えてしまった、まことに散文的な歌が多いという点から考えると「抒情詩《リリーク》」というのもためらわれる。このような意味から、茂吉の評は「過褒」であるとのべたのである。

『座談会大正文学史』（昭40・4）の中で、「大正時代に短歌型のおもしろさというものは汲み尽くされたという感じ」と山本健吉氏はいい、「大正の短歌というのは、遠く万葉集に拮抗する高さね、あるいは万葉集を凌駕しているんじゃないか。しかもそれが千年に近い年をへだてて、第二の高峰を形づくったということは、たいへんなことだった」と勝本清一郎氏がいっているが、ある程度ここまでは首肯してもよい。しかし、右の言葉につづけて、勝本氏は、古今集以下の全勅撰集を否定しているが、これはあまりにもアララギ的な見方というべきで従えない。古今集あるいは新古今集の復権をはかる文章が次々と公けにされている近頃のことであるから、ここで古今・新古今をもち上げるのは、現代の風潮に便乗しているようであるが、そのようなつもりではない。

好きで長年万葉集をよみつづけている者の一人として、私は、万葉集を賛美する上においては人後におちないつもりだが、それにしても、千数百年の和歌史の流れの中に万葉集をおくならば、それはやはり異質な歌集だということを認めざるをえない。和歌というものの伝統の主流をなしていたものは、あくまでも古今集に始まる勅撰集の流れである。その後、古今・新古今のエピゴーネンにあたる、何万首という下らない歌がたとえ存在しようとも、その故をもって、十把ひとからげに古今・新古今までも「無価値」だときめつけるわけにはいかない。千年近くもの間日本の歌風を支配してきた古今・新古今の亡霊をアララギ派がこきおろし、逆に万葉集をもち上げたという功績は充分に認めてよい。しかし、そのもち上げ方が極端すぎたこと、さらに、その万葉賛美が昭和十年代以降敗戦までの、国粋主義的風潮に結びついたことなどは、やはり冷静に批判されなければならないし、その行き過ぎから生じた弊害が、今日徐々に是正されつつあることは、むしろ喜ぶべき傾向といわねばならない。

ともかく、和歌史の上からみれば、万葉集は異質な存在である。それではなぜ異質なのか。この問題は、そう単純には答えられないが、ごく大まかに言えば、次のようなことになるだろう。即ち、古今集以降の伝統的な和歌は、もっぱら歌の姿・形・心の美的完成に意を注ぎ、あるいは歌の世界にもっと取りこむべきはずであった諸々の事柄を排除してしまった、というところに、万葉集との違いがある。万葉時代には、平安以降にいう意味での歌壇もなく歌論もなかった。万葉時代の人々は、なんらの規則に束縛されることもなく、あらゆる事柄を歌によみこもうとした。古今以降の歌人たちは神経質に考えて、特定の地名や事物の名前以外は歌の世界から排除してしまったが、万葉の歌人たちには、そうしたこだわりは全くなかった。万葉時代の人々の間には、特定の用語や観念を操作して、和歌独特の美的世界を構築しようなどという意識は、ほとんどなかった。彼らは、ある事柄を歌という形に表出して、他人に自らの心を訴えたかったからこそ歌をよんだまでである。だから、万葉集の歌の中には、平安以降の歌人たちならばおぞけをふるうような単語が平気で取り入れられていた。

また、平安以降の歌人たちは、歌の世界から、歴史や社会問題をも放逐してしまった。彼らの考える美的世界にとっては、そうした事柄は夾雑物でしかなかった。現実の世相から受ける心境の感慨を歌にすることはあっても、その世相それ自体を歌の題材にとり上げることはなかった。しかし、万葉の人々は、そうした問題に関しても、常に自由であった。人麻呂は、神話を延々と語り、ついには現代史にもふれる。虫麻呂は伝説をのべ、当時巷間の噂にのぼっていた女性の行状を披露する。憶良は人生全般を論じ、社会の矛盾をつこうとする。このような種々雑多な豊饒さ、それらがたとえ雑然としていようとも、無限の可能性が含まれていた万葉集のもつ多様性というものが、平安以降にはほとんど継承されなかった。このようにみてくると、やはり万葉集は異質であるといえるのである。

さて、明治以降の短歌の革新運動が、千年の間和歌の世界を支配してきた、固定化・退嬰化の現象を打破しようとするものであったのはいうまでもない。その間の細かいなりゆきについては、その道の専門書に譲るとして、ここでは焦点をしぼりたい。つまり、短歌の革新が行なわれてから、短歌というものは本来どういうものであるべきかということが、理論の面ではさまざまに論じられ、実践の面でも多くの試みがなされた。その結果、平安以降はほとんど固定化してしまった、歌にふさわしい単語といった枠組は一応とりはらわれたものの、万葉人たちがなんのこだわりもなくよみこんでいた事柄、ことに社会現象を歌の中にとり入れ、歌という形で社会を論ずるというふうには、近代短歌はなかなか進んでいかなかった。

短歌はわずか三十一文字である。三十一文字の中で社会を論ずるのはかなり困難なことである。万葉集の時代でも、人麻呂や虫麻呂や憶良は神話・伝説・歴史・人生・社会を歌の世界で扱うことができたのは、主として長歌という形式によってであった。長歌は、平安以降、中世にも近世にも、そして近代にも、その実例を拾うことはできる。しかし、現実的にいうならば、長歌の生命は万葉時代に終わったというのが正しいであろう。その後の時代における長歌には、回顧的・復古的な意味しか認められない。ことに近代においては、長歌がかつて果たした役割を代行しているものは、近代詩であり散文であるといえる。

鷗外は、実は『うた日記』の中で、長歌形式をいくつか試みている。しかも、その長歌は、反歌を一、二首伴った、全く万葉的な長歌形式である。『うた日記』に印刷された字面では、それらの長歌は、まるで新体詩のように活字を組まれているので、注意深く読まない読者には、それらはすべて新体詩とみられるであろう。しかし、よく注意すると、それらは、すべて五七・五七のリズムで押してゆき、最後が七七で止まっていることに気づくはずである。しかもそのあとに並列されている一、二首の短歌は、内容がその前の新体詩（実は長歌）と密接な関係のあるものであるから、これは万葉集の反歌なのである。

だが、鷗外は、その後は長歌形式を試みていない。長歌形式が死んだ形式であることを、鷗外はよく知っていたであろう。『うた日記』での試みは、やはり当時携行していた万葉集に影響されたからに外ならない。長歌形式を捨ててはみたが、鷗外としては、何かそれに代わるものを求めていたのではないか。複雑な内容を盛りこむには、短歌はいかにも短い。だからこそ、長歌形式が生命をもった万葉時代の人々は、短歌に盛りこめない内容を歌にする場合には長歌を作ったのである。その長歌に再び生命を吹きこむことが困難であるとするなら、短歌を数多く集めて、それらが一定のテーマをもつように構成することによって、長歌と同じ効果をもつようになるのではないか。

鷗外がこのように考えたかどうかはさだかではない。けれども、残された「我百首」や特にこの「奈良五十首」をみると、鷗外にはそのような意図があったように思えてならない。つまり、本稿の序の部分でもふれたように、鷗外は、この「奈良五十首」を単なる寄せあつめの五十首として発表したのではなくて、五十首をひとつの塊《マス》りとして考え、その塊りが全体としてひとつの意味をもつように意図したのである。それは、さきに「奈良五十首」の構成を分析したところで詳しくのべたように、ほとんど疑いをさしはさむ余地はない。鷗外は、万葉時代に長歌作家たちがした仕事と相似するような仕事を、短歌五十首という別形式で試みたのであろう。

さて、パンの会の創立は明治四十一年であり、『アララギ』の創刊もこの年である。『スバル』『屋上庭園』の創刊は翌明治四十二年であり、明治四十三年になると、『白樺』『三田文学』第二次『新思潮』が続々と創刊され、文学の世界はもう全く大正期の様相を呈する。この明治四十三年に、土岐哀果の『Nakiwarai』と石川啄木の『一握の砂』とが刊行されたというのは、決して偶然とはいえない。

わが友の、寝台の下の
　鞄より
国禁の書を借りてゆくかな。

革命を友とかたりつ、
妻と子にみやげを買ひて、
　家にかへりぬ。

日本に住み、
日本の国のことばもて言ふは危ふし、
　わが思ふ事。

手の白き労働者こそ哀しけれ。
　国禁の書を
　涙して読めり。

「働かぬゆゑ貧しきならむ。」
「働きても貧しかるべし。」
　「ともかくも働かむ。」

　これらは、明治四十五年刊の『黄昏』から引用したものであるが、背景には、主に大逆事件に象徴される明治四十三年の社会情勢と、そうした情勢を啄木とともに憂えていた作者の危機感がある。

啄木の歌は、土岐哀果の影響を受けているが、もっと重苦しい感じがする。

ダイナモの
重き唸りのここちよさよ
あはれこのごとく物を言はまし

一隊の兵を見送りて
かなしかり
何ぞ彼等のうれひ無げなる

邦人《くにびと》の顔たへがたく卑しげに
目にうつる日なり
家にこもらむ

わが抱く思想はすべて
金なきに因するごとし

秋の風吹く
誰《た》そ我に
ピストルにても撃てよかし
伊藤のごとく死にて見せなむ

やとばかり
桂首相に手とられし夢みて覚めぬ
秋の夜の二時

「伊藤」は、伊藤博文のことである。同じ明治四十三年刊の、与謝野鉄幹の『相聞』にも、同じ題材の歌がある。

神無月伊藤哈爾賓《はるぴん》に狙撃さるこの電報の聞きのよろしさ

これらの歌、ことに啄木の歌については、一首ずつ論ずれば、おそらく解釈のゆれが出てくるであろうが、今はそこまで踏みこむ余裕がない。しかし、ともかく、これらの歌が、ほとんど、明治四十二、三年頃の「時代閉塞」の情況、ことに大逆事件の頃の情況を頭においてよまれているということがわかれば今は充分である。大正期の短歌がすべてこのような傾向をもっていたわけではなく、むしろこうした傾向の歌は数が少ない方であるが、短歌の扱う世界がここまでの拡がりを見せてきたというのは、さきの座談会の発言とは別の意味ではあるけれども、やはり万葉以来の現象であるといってよい。

大正期の短歌は、長い和歌史の流れの中でも、特筆すべき実りの多い時代であった。優れた歌人が輩出し、歌の世界を拡張し、旧来の退嬰性を打破し、質の高い作品を続々と生み出していった時代であった。それらの短歌には、実際、現在でも愛唱されているものが多く、その中からいくつかの秀歌を選ぶとするならば、私は忽ち選択に迷うほどである。それほど大正期には秀歌が多い。そうした秀歌・名歌の中に、もし「奈良五十首」中の歌を何首か選ぶということになると私はやはりためらってしまうであろう。一首一首の独立した歌としては、「奈良五十首」中の歌は、やはり弱いのである。

ここで、選択の幅を非常に狭くして、大正期の短歌のうちで、なんらかの意味で社会問題にふれている歌に限定してみよう。そこで、鷗外の「奈良五十首」中の普選運動に関した数首と、さきに引用した土岐哀果や石川啄木の歌とを並べてみる。一首一首の歌としての出来栄えのよさ、質の高さを考えるならば、当然、哀果や啄木の歌の方に軍配が上がるであろう。これは好悪の問題ではなくて、客観的な評価として、そのように見るのが穏当な判断である。

このように考えてくると、私は、当然、次のような批難を蒙るであろう。即ち、筆者自身がそれほど高く評価しているのでもない歌を、なにゆえに、これほど大げさに扱わなければならなかったのかと。

しかし、その点に関しての私なりの答えは、もうすでに何度も断片的にのべてきたはずであり、充分に反論できるはずである。ここで、私の主張を整理しておこう。要するに、「奈良五十首」は、五十首を全体として把握しなければ、鷗外の意図を汲みとったことにならないということである。これはこれまでにも何度もくりかえしのべてきたことである。「奈良五十首」を総体《マス》としてとらえれば、鷗外の意図は充分に表現し尽されており、一首一首では一見無意味に思われるような歌までが、全体の構成の中で、無駄なく生きていることが解るはずである。

鷗外は、「追儺」の中で、「小説といふものは何をどんな風に書いても好《い》いものだ」といい、無造作にそれを実行に移してもいた。この言葉はそのまま、鷗外の短歌にもあてはめられる。さきに鷗外の短歌を概観してみたが、そこにはさまざまなスタイルがあった。万葉風、根岸派風、明星派風、御歌所派風と、実に多彩である。そのいずれの歌風の歌をも鷗外は作ることができたし、また積極的に作ってみようともしたのである。そのあたりに、鷗外の短歌に対する柔軟な姿勢がうかがわれるし、それは小説に対する態度と同じである。そのような鷗外が、というのは、つまり、もう少し抒情的に奈良の風物を詠ずることも可能であり、一首一首にもっと独立性をもたせることもできたはずの鷗外が、なぜ「奈良五十首」のような一連の歌をよんだのであろうか。それは、鷗外があれだけの歌を並べて、その総体として、ひとつの「志」を吐露したかったからであろうと私は考えている。その「志」をのべるためには、鷗外としては、どうしても一首や二首の短歌では不足だったのである。それで、当時は生命を失っていた長歌に代えて、五十首という塊《マス》りを採用したのだと思う。

　詩というものは、毛詩の序がいっているように、本来は、「在心為志、発言為詩」といったものであって、何を題材にどのようなスタイルで作ろうとかまわないものである。歌も本来はそういうものである。万葉集の優れている点は、作者たちが、それぞれ表現せずにはいられない、せっぱつまった「志」をもっており、それが「発」して「詩」となったからであろう。中国の詩の世界には、こうした考え方が常に生きていて、詩の世界から、政治や社会に対する憤りといったものが排除されるようなことはなかった。だからこそ、中国の詩は日本の和歌に比べると、比較にならないほど壮大な世界を擁すことができたのである。

そうした意味で、万葉集は貴重な歌集であった。だが、万葉集が中国の詩と相似した豊かさを持ちえたのは、さきにものべたように、長歌形式を含んでいたからである。大正期の歌は、一面では万葉集を凌駕しえたかもしれないが、大正期には長歌がなかった。それが、やはり大正期の歌の長所でもあり欠点でもある。つまり、万葉集がもっていた、中国の詩に通ずる面を、大正期の歌はもっていない。

鷗外が万葉集について、あるいは歌そのものについて、どのような考えを抱いていたかは明確にはわからない。だが、さきにものべたように、詩は「志」の発するところのものであるという考え方が、その根幹にあったのではないかと思われるのである。表出したい「志」があるから、それをたまたま五七五七七のリズムに整えて表現したまでなのだと、鷗外は考えていたような気がしてならない。そして、その態度は、鷗外が意識的にとったか否かにかかわらず、「詩」を作る上での王道であったと思われる。

「奈良五十首」を作らしめた鷗外の「志」は、一言でいえば、「憤り」であった。ここで私は、司馬遷の「報任安書」を思い出す。「詩三百篇、大抵賢聖発憤之所為作也。」という言葉である。鷗外は、大正初年の政治や社会のあり方に「憤リヲ発シテ」、「奈良五十首」をよんだのである。そして、心に鬱結するところがあってもそれを通ずることができずに、そのため、「往事」をのべて「来者」に思わしめるために、正倉院や光明皇后や穂井田忠友や北浦定政をよんだのである。その「憤り」はいささか単純すぎるようだが、それは三十一文字の宿命であろう。だからこそ、鷗外はばらばらな短歌を秩序正しく構成し、塊《マス》りとして世に問うたのであろう。

だが、これも短歌の宿命だが、あまりにも複雑な内容をもりこむとき、短歌は理解しがたくなる。「奈良五十首」について、発表当時でさえも、どの程度の人が理解したか、またそれ以上に、鷗外がこれを世に問うた意図をどれだけの人が感じとったか、私には甚だ疑わしい。その後、「奈良五十首」はほとんど忘れ去られてしまった。ときどき思い出す人がいても、その全体の意味を考える人はいなかった。ここに、詩歌にとっては全文蛇足とも思われるような、長々しい注解を敢えて公けにしたのは、鷗外最後の作品が、あまりにも無視されてきたことに対して、私なりに「憤リヲ発シ」たためである。この拙い注解が、いささかでも鷗外の霊をなぐさめる一助ともなれば、私はそれで満足である。

六 「我百首」の構成

百首和歌という形式がある。確認されるかぎりにおいては、源重之の作品あたりが上限で、平安から鎌倉にかけてしばしば行われた表現形式である。百首和歌の作例は数多く残っており、その内容は多種多様である。たとえば、源重之の百首歌は、春夏秋冬にそれぞれ二十首ずつをあて、その二十首がそれぞれ季節の推移に従ってよまれており、残り二十首は恋十首とうらみ十首とにふりあてられている。これだけでは、もちろん十分な分類項目とはいえないが、小規模な意味では、勅撰和歌集の部立に類したものであり、かなり整然たる構成をなしている。俊成の頃になると、春夏秋冬に六十首をあて、以下、恋二十首、神祇二首、釈教五首、無常二首、離別一首、羇旅五首、賀二首、物名二首、短歌＝長歌一首というように、まさに勅撰和歌集とまったく同じ構成のもとに、個人が百首を詠ずるということになる。百首和歌の形式は、作者により時代により様々な変化を示すのだが、たとえば、良経の「花月百首」のごとく、花五十首、月五十首という形式もあり、同じ作者による、「歌合百首」「十題百首」もある。慈鎮には、「厭離百首」「一日百首」「宇治山百首」というものもあり、また、一首ずつが経典の文句に基づいた百首和歌もある。

このように、平安・鎌倉期における百首和歌は、多種多様な作例をみせているが、その内容はともあれ、いずれも整った形式を備えているのが特色である。個人が百首の和歌を漫然とよむのではなくて、それらをひとつの形式のもとに構成し、総体《マス》として、ひとつの世界、ひとつの主題を詠出せんと意図したものであることは疑いない。

ところが、明星派の歌人たちによって試みられた百首歌、あるいはそれに準ずる大連作は、個人が多数の和歌を一括して発表するという点では、古典の世界における百首和歌に類したものであるといえるが、形式的な面においては、ほとんど整備しているとはいえない。明星派の歌人たちによって行なわれたそれらの大連作は、要するに、一個人がいかに大量の短歌を一気に詠出しうるかという、創作エネルギーの誇示ではあっても、それら総体がひとつの塊り《マス》として、いかなる世界・主題を構成するかという点については、すこしも考慮されていなかったといえる。

『明星』最後期の明治三十九年から四十一年にかけての各号には、与謝野夫妻・吉井勇・平野万里・石川啄木らによって、しばしば大連作が試みられている。百首歌と特にことわっているわけではないが、五、六十首一括掲載の例はざらにあり、百首を超える例は七例もみいだすことができる。最も多いのが、吉井勇の「僫邪集」(『明星』申歳第九号)で、二百五十四首を数える。彼らはこれほど多くの歌をしばしば一挙に掲出しながら、それらを総体として、ひとつの世界を形成させようとは試みなかったのである。

明治四十一年十一月に『明星』が終刊をむかえ、彼らの主力はそのまま『スバル』に移動する。その第一号(明42・1)に、ある予告が印刷されている。同人のほとんどがそれぞれ百首ずつ一挙に発表しようという意味の予告である。予告された人名は、森鷗外・上田敏・与謝野寛・与謝野晶子・吉井勇・北原白秋・茅野蕭々・石川啄木・平出修・平野万里の十名であった。彼らが古典の百首和歌を念頭においていたか否かはともかくとして、『明星』最後期から『スバル』初期にかけて、「百首」という数を特に限定して企画を立てたのはこの時だけである。しかし、その企画は結局のところ実現せず、現実に百首そろえて発表したのは、鷗外(「我百首」)、与謝野寛(「似非百首」)、与謝野晶子(「百首歌」)の三人のみで、以下の同人の作品はそれぞれ百首に満たず、茅野蕭々に至ってはわずか三十三首に終わっている。

＊

鷗外の「我百首」は、そのような事情のもとに、『スバル』第五号（明42・5）に一挙掲載されたわけである。したがって、「百首」という限定は他律的なもので、鷗外みずからの意志によるものではなかったという点はおさえておきたい。

鷗外の歌作の歴史は二十歳代からたどれるが、自発的に多くの歌を作るようになったのは、日露戦争当時からであろう（『うた日記』）。そして、明治三十九年に、山県有朋を中心にして、旧派の歌人たちと常磐会を結成し、毎月一回ずつ、きわめて旧派的な歌を営々と作りはじめる（『常磐会詠草』）。一方、「あららぎと明星」「二つのものを接近せしめようと」（「沙羅の木」の序）考えて、当時最も新しい傾向の歌をよんでいた若い歌人たちを招いて、これも毎月一回ずつ、観潮楼歌会を催しはじめる。そのへんの経緯については、すでにしばしば語られてきたところであるが、この「我百首」がよまれるまでの五、六年間は、鷗外が最も和歌（あるいは短歌）に深い関心を抱き、熱意を注いでいた時代であること、そして、この「我百首」は、その意欲が頂点に達している頃に発表されたということなども一応おさえておきたい。

明星派の歌については、鷗外は最初からかなり注目していたようである。日露戦争従軍中にも、その関心は衰えていない。戦後、明治四十年から四十一年にかけて『明星』に発表した、「一刹那」「舞扇」「潮の音」などの小連作が、いずれも露骨に明星調を模倣した作品であることは、鷗外が、むしろ明星調を積極的に模倣することによって、若い新しいエネルギーから、何かを汲みとろうと努力しつつあったことを示している。

つぎに、「斑駒《ぶちごま》の骸《むくろ》」(1)首)、「摩掲陀の国」(4)首)、「菴没羅菓《あゝむらくわ》」(5)首)のように、日本神話や仏伝などから素材や言葉を用い来たった例がある。これも、これらの歌だけをよんでいると、いかにも博識な鷗外らしい歌であると思える。ところが、こうした素材や言葉を大胆に用いるということも、当時の明星派の常套手段なのである。「岐佐理持哭女《きさりもちなくめ》」(片尾白眼『明星』明40・11)、「愛袁登古と愛袁登米と合ひ」(松原正『明星』明41・6)、「串刺溝埋《くしさしみぞうめ》」(間島琴山『明星』明41・8)、「摩伽陀《まかだ》の国の藍毘尼《らんびに》苑《おん》」(太田正雄『明星』明41・11)というように、ざっと拾ってもたちまち、この程度の例を見出すことができる。

また、「我百首」(78)首、(79)首、(89)首には、それぞれ、「一寸法師」「一つ目小僧」「侏儒」がよみこまれ、(81)首にも、「寸ばかりなる女《をみな》」がよまれている。この一連の作は、「我百首」の中でも極めて特異な印象を与える歌で、同時に愛すべき作品であるが、素材としての「侏儒」は、これまた明星派お好みのものであった。

矮人《ひくうど》も猶身のほどに口すぼめ消さじと吹きぬ褐色《くりいろ》の火を

矢を放ていざ矮人《ひくうど》よ掌《たなうら》に林檎の顆《たま》はまろらかに載る　（与謝野寛『明星』明40・10）

森の奥遠きひびきす木のうろに臼ひく侏儒《しゆじゆ》の国にかも来し　（北原白秋『明星』明40・11）

おどけたる一寸法師《いつすんほふし》舞ひでよ秋の夕のてのひらの上　（石川啄木『明星』明41・11）

うたたねのわがくろ髪の裾に入る寸《すん》ばかりなる雛《ひな》の列《れつ》かな　（与謝野晶子　同）

書《ふみ》の上に寸ばかりなる女《をみな》来てわが読みて行く字の上にゐる　(81)首

（茅野雅子『スバル』明42・1）

この最後の歌は、「我百首」の掲載される四号前の『スバル』に発表されたものであり、ここに「寸ばかりなる雛」という巧みな措辞の先例があるのである。

鷗外のこの歌は、それでもなお魅力を失わない鬼気せまる歌であるが、右に示したように、「寸ばかりなる」という巧みな措辞の由来と、「侏儒」的なものへの明星派の嗜好ぶりからの影響とを考えると、手ばなしで鷗外の歌をほめるわけにはいかなくなってしまう。

このようにみてくると、「我百首」には鷗外の創意はほとんど認められず、鷗外はひたすら明星派の模倣に終始していたかのごとく思われるかもしれない。しかし、私はそこまで「我百首」をおとしめるつもりはない。「我百首」は、かなり深いところまで明星派の影響を受けつつも、微妙にそこから一歩はみ出そうとしているのである。

＊

さきにのべたように、「我百首」は、鷗外が自発的に百首歌を作ろうと意図して生まれたものではない。「あれは雑誌昴の原稿として一気に書いたのである。」（「沙羅の木」の序）と鷗外自身ものべている通りである。その事実は、この作品が、いわば明星派の作品の潮流の中のひとつのうねりにすぎない、という見方もできることを物語っている。実際、「我百首」には、明星派の影響が色濃く投影している。その点、鷗外調ともいうべき個性が認められる、のちの「奈良五十首」とは大分違うのである。

たとえば、「我百首」の(69)首に、次のような歌がある。

怯れたる男子なりけり Absinthe したたか飲みて拳銃を取る

このように、一首の歌が、あたかもひとつの短編小説のごとき内容を有しているという点に、「我百首」の歌の特色があるのだが、「拳銃」を素材に歌をよむことは、当時の明星派にとって珍しいことではなかった。

壁の画に短銃撃《う》ちてこのうらみみな忘れむとひとり叫びぬ

冷《ひや》きもののもとも冷かる巨《おほ》いなる都府《とふ》の扉《とびら》に短銃《ぴすとる》を打つ
（吉井勇『明星』明41・11）

大空のもと青草の上に寝てもの憂き時にピストルを打つ
（太田正雄　同）

あな憎し乙女ををどす荒くれの男みだりにピストルを打つ
（藤条静暁『スバル』明42・2）

いたく錆びしピストル出でぬ砂山の砂を指もて掘りてありしに
（平山良子『スバル』明42・4）

君かなし悵然としてうなだれしBAUDELAIRE《ボオドレエル》の横顔よりも
（石川啄木『スバル』明42・5）

また、Absintheといった横文字を敢えてよみこむことも珍しくはない。

OPHERIR《オフエリヤ》の最後の姿ふとおもひ水に花環をなげてみしかど
（吉井勇『スバル』明42・1）

AMAZON《アマゾン》の少女の手なる剣もてにくき男の髯を剃るべし
（矢沢孝子　同）

（平野万里『スバル』明42・2）

よみこむ素材や単語、そしてその表現するやや頽廃的な内容までもが、このように同時期の明星派の流行であったとなると、さきの(69)首はそれほど創意を誇れないことになる。

また、「我百首」に、つぎのような歌がある。

「友ひとり敢ておん身に紹介す。」「かかる楽器に触れむ我手か。」(18首)

爪を嵌む。「何の曲をか弾《ひ》き給ふ。」「あらず汝《な》が目を引き掻かむとす。」(41首)

このように、一首のうちに「 」を二度用い、対話を封じこめたスタイルの歌は、これだけをみているかぎりでは新鮮である。ところが、『明星』最後期から『スバル』初期にかけて、ざっと数えても四十首以上もこうしたスタイルの歌が掲載されていることを考えると、むしろ、このスタイルは食傷気味なほど流行していたわけで、鷗外の右二首はその模倣というほかはない。

＊

「我百首」に含まれる歌の多くは浪漫的でもあり、小説的でもあるので、「奈良五十首」のように、一首一首の背景を事実とつきあわせて考えるということは不可能であるばかりでなく、無意味ともいえる。しかし、「我百首」の、それぞれの歌の間には、「奈良五十首」の場合とは別の意味での連関があるようである。一言でいえば、それはイメージの上での連関ともいうべきものであるが、その点に重きをおきながら、以下に「我百首」にみられる構成を考えてみたいと思う。

(1)斑駒《ぶちごま》の骸《むくろ》をはたと抛ちぬ Olympos なる神のまとゐに

この歌については、のちにもう一度ふれるが、とにかく、日本神話とギリシャ神話がないまぜになって詠まれている。その神話という題材にひかれて、次の(2)首がおかれている。

(2)もろ神のゐらぎ遊ぶに釣り込まれ白き歯見せつ Nazareth の子も

つまり、ここには、聖書的なイメージがある。東西の神話・聖書とつづき、次に並ぶ三首は、いずれも仏伝を題材に詠んだ歌である。

(3)天《あめ》の華石の上に降《ふ》る陣痛《ぢんつう》の断えては続く獣《けもの》めく声

(4)小き釈迦摩掲陀の国に悪を作《な》す人あるごとに青き糞《ふん》する

(5)我は唯この菴没羅菓《あ、むらくわ》に於いてのみ自在を得ると丸呑にする

(3)(4)首は釈迦誕生を詠んだものだが、(5)首については、多少の注を加えておきたい。この歌の「我は……得る」までの二十四文字は、三十二文字中の大部分を占める言葉であるが、この言葉は、鷗外の「阿育王事蹟」に引用されている、「阿育王伝」中の言葉そのままである。「阿育王事蹟」の出版は明治四十二年一月であるから、まだ鷗外の記憶には新しかったことと思われる。

⑹年礼の山なす文《ふみ》を見てゆけど麻姑のせうそこ終にあらざる

この⑹首の「麻姑」は漢籍に由来している。

⑺憶ひ起す天に昇る日籠《こ》の内にけたたましくも孔雀の鳴きし

推測ではあるが、この歌も、「阿育王事蹟」に関係がありそうである。即ち、「阿育王事蹟」壱に、阿育王の祖父、旃那羅笈多（チャンドラグプタ）の伝があり、「こゝに謂はゆる孔雀王統を開きつ。伝説に依れば、この王の父多く孔雀を畜ひ、……」とある。

このように、⑴首から⑺首までは、故事来歴のある重々しい素材や単語を含む歌を並べ、冒頭を飾っている。

⑹首から⑽首あたりまでは、新年を素材とした歌である。

⑻此星に来て栖みしよりさいはひに新聞記者もおとづれぬかな

⑼或る朝け翼を伸べて目にあまる穢を掩ふ大き白鳥

⑽雪のあと東京といふ大沼の上に雨ふる鼠色の日

⑼⑽首に雪景色が詠まれているのは、おそらく、この年の新年の光景であろう。「日記」によると、この年、一月八日から十日にかけて雪が降ったらしい。その雪の消えないうちに、一月十三日にも降っている。十六日、十九日の日記には、雪後の道

が泥濘であるといっている。二十八日も雪であった。（二五九―二六〇ページ参照）

重々しい出典のある歌を六、七首冒頭に飾り、次に新年の歌数首をおいたというのは、やはり意図的な配列といえる。

(11)首から(29)首までの脈絡には、まだ考えが及ばないが、次の(30)首から(65)首あたりまでの三十数首は、いわば「女と恋」連作と名づけてよい部分である。

(30)君に問ふその唇の紅はわが眉間なる皺を熨《の》す火か

「遊仙窟」に、「旧来心肚熱、無ㇾ端強熨ㇾ他」とある。出典というわけではないが、参考までに記しておく。痛烈な歌である。

(46)善悪の岸をうしろに神通の帆掛けて走る恋の海原

鷗外が「追儺」（明治四十二年五月）の原稿を書いたのは、「日記」によれば、この年の四月十一日である。「追儺」には、「Nietzsche に芸術の夕映といふ文がある。……」といった一節がある。また、同じ年七月に発表された戯曲「仮面」には、次のようなくだりがある。杉村博士が学生の山口栞にむかって、ニイチェを読んだことがあるかと訊く。学生は、Jenseits von Gut und Böse だけは読んだと答える。すると、博士は次のように言う。「さうか。あの中にも仮面といふことが度々云つてある。善とは家畜の群のやうな人間と去就を同じうする道に過ぎない。それらを破らうとするのは悪だ。善悪は問ふべきではない。……」。さらに先のセリフで、博士は、「おれは君と共に善悪の彼岸に立つて、君に尽して遣る。」とも言っている。(46)首は、おそらく、当時鷗外が読んでいたニイチェの影響を受けた歌であろう。「追儺」の原稿を書き、この「我百首」の歌をまとめていた同じ時期に、鷗外は、雑誌『スバル』のために選歌もしているが、その題が、なんと、「死」なのである。

(49)頬《ほ》の尖の黶子《はゝくそ》一つひろごりて面に満ちぬ恋のさめ際

　この「我百首」と同じ号の『スバル』に、鷗外は、「鸚鵡石」という短文を掲載している。その中に、次のような部分がある。「恋なんぞのやうな時間を費す生活の出来ない情天地の貧乏人は、電車に乗つてゐる瞬間に、向ひに据わつてゐる女の膝の上に置いてある、細い白い手を見て、その女の生立《おひたち》、性質、境遇、何から何まで打明けて貰つたやうな心持をすることもある。その女は次の停留場で降《お》りてしまつても、その男の記憶には、女の手の皮下静脈の網がいつでも筆を取つて画かれるやうに刻み付けられてゐるのである。世には三年連れ添うた女房が死んで、一年も立たない内に、顔の黶《ほくろ》が右の目の下にあつたか、左の目の下にあつたか忘れてしまふやうな人もあるのだから、そんな人の三年の生活よりは、電車で女の手を見た男の二三分間の生活の方が intensiv であると云つても好からう。」

この文章が(49)首に直接関係があるというのではないが、「我百首」を詠んだ頃の鷗外の、ある心理状態を期せずして語っている文章ではあると思う。それに、この鷗外の心理状態は、のちにもふれるように、ここに並ぶ三十数首の「女と恋」の歌を鷗外に詠ましめた鷗外の心と、かなり密接な関係をもつものと思われる。

(50)うまいするやがて逃げ出づ美しき女《をみな》なれども歯ぎしりすれば

これも、女性に対して真にシニカルな歌である。

(62)闘はぬ女夫《めを》こそなけれ舌もてし拳をもてし霊《れい》をもてする

「我百首」の二ヵ月前に、鷗外は「半日」を発表しているが、この歌などは、「半日」を連想させるニュアンスをもっている。

(63)処女《しよぢよ》はげにきよらなるものまだ售《う》れぬ荒物店の箒《はゝき》のごとく

これもまた、真に痛烈な歌である。

鷗外は、「女」という存在に対して、なぜこのようにシニカルな歌ばかりを並べたのであろうか。ここには、「女」というものに絶望しかかった中年男の感慨といったものが、ひどく露骨に表現されている。それは、なぜであろうか。

この年の三月十五日、鷗外は、「海のをみな」という詩を書いている。自分が裸で海岸に立っていると、大勢の、やはり裸の女がいることに気づく。それらの女たちは、

「真白き肉《しし》むら」の持主で、「青魚《あをうを》の背なす／匂《にほひ》」をもっている。そして、女たちは次第に自分に近づき、円陣をせばめて取り囲む。まるで「魚市《うをいち》の如き／腥《なまぐさ》き臭《にほひ》」が自分の鼻を打つ。女たちは輪を更にせばめ、ついに自分の手をつかんで沖へ引きずり去ろうとする。いったい自分はどこへ連れていかれるのだろう、といった詩である。

この年、鷗外は四十八歳だが、夫人が杏奴を妊娠中で三月は、丁度八ヵ月目にあたる。「我百首」が、もし四月中に詠まれたとするならば、夫人は妊娠九ヵ月目であった。これまでの、大量な「女と恋」の歌や、この詩「海のをみな」は、あるいはそうした禁欲中の鷗外の妄想の産物であったかもしれない。

(66)首から(70)首までの脈絡は、いまだ考えが及ばないところである。さて、(71)首から(77)首までは、一連の時事諷刺の歌である。従来、「我百首」から引用される歌は、ほとんど、この部分の(72)(73)(74)首の三首に限られていたといってよい。

(72)大多数まが事にのみ起立する会議の場に《には》唯列《なら》び居《を》り

(73)をりをりは四大仮合《けがふ》の六尺を真直に竪てて譴責を受く

(74)勲章は時々《じじ》の恐怖に代へたると日々《ひび》の消化に代へたるとあり

この三首は、あまりにも鷗外的な歌であるが、「我百首」の歌の中では、「奈良五十首」中の歌に最も似通った歌といえる。

(78)首から(81)首までは、妖怪的、メルヘン的連作であり、さきにものべたように、ことこの種の歌が競って作られた、明星派の影響は否定できないとしても、なおこれはこれとして、鷗外の独自な浪漫性を主張するに足る優れた歌であろう。

(78)火の消えし灰の窪みにすべり落ちて一寸法師目を瞬りをり

(79)写真とる。一つ目小僧こはしちふ。鳩など出だす。いよよこはしちふ。

(80)まじの符を、あなや、そこには貼《お》さざりき櫺《れん》子《じ》を覗く女《をみな》の化性

(80)首は、小泉八雲の「耳なし芳一のはなし」を思わせ、エロティックでもある。(81)首はさきに引用した(二四二ページ参照)。

(82)首から(92)首へかけては、一見雑多な歌の羅列のようであるが、この部分には、現実と夢との間を上昇下降しつつ、次第に浪漫的な夢へと高まってゆく鷗外の思念が感じられる。

(82)夢なるを知りたるゆゑに其夢の醒めむを恐れ胸さわぎする

(83)かかる日をなどうなだれて行き給ふ桜は土《つち》に咲きてはあらず

(84)仰ぎ見て思ふところあり蹇《あしなへ》の春に向ひて開ける窓を

(85)何一つよくは見ざりき生《せい》を踏むわが足あまり健《すくやか》なれば

この(85)首を、そのまま鷗外の心境とするのは問題もあろうが、あまりにも聡明すぎ

た鷗外の、ふと洩らした感慨ととれないこともない。そうした、いかにも理づめな鷗外の心の奥底には、終生浪漫的な炎が燃えつづけていたのも事実で、(86)首から次第にそうしたニュアンスが高まってゆき、ついに、(92)首に達するわけである。

(88)狂ほしき考浮ぶ夜の町にふと燃え出づる火事のごとくに

(89)魔女われを老人《おいびと》にして髯長き侏儒のまとゐの真中《まなか》に落す

(90)我足の跡かとぞ思ふ世々を歴て踏み窪めたる石のきざはし

(91)円甎の凝りたる波と見ゆる野に夢に生れて夢に死ぬる民

(92)舟は遠く遠く走れどマトロスは只炉一つをめぐりてありき

(92)首の「舟」は、若い頃、公私ともどもの意味において大志を抱いて、ドイツへ留学した時の鷗外の魂であろう。ところが、四十八歳になった、「マトロス」である、陸軍軍医総監医務局長の鷗外は、空しく公務を勤め、その余暇には、千駄木の書斎で原稿用紙のますを埋めていなければならなかったのである。このように、これら十一首には、そうした、現実と夢との双方にひきずりまわされる鷗外の思いが、さまざまな表現の中に籠められているのだと思う。

(93)をさな子の片手して弾《ひ》くピアノをも聞きていささか楽む我は

(93)首から(96)首までの四首は、すべて音楽にまつわる歌である。(93)首の「をさな子」

は、当時六歳になっていた茉莉である。「茉莉は最初に生まれた女の子であるから、家では特別な待遇を受けていた。学校への往復は俥《くるま》で、帰ってくるとフランス語とピアノの家庭教師が来ていた。」（森類「鷗外の子供たち―あとに残されたものの記録―」）とある茉莉のことである。茉莉自身の証言（「幼い日々」『芸林閒歩』）によれば、千駄木の鷗外邸の西端に、背中あわせの六畳が二部屋あって、その南側が鷗外の書斎で、北側にピアノがあったらしい。夏の宵、岐阜提灯のもとで、これだけはいつも贅沢をしていた葉巻をくゆらせながら、「――イソルデよ、我が恋人よ、ふたたび我がものとなり給ふとか……」と、「低い、嗄《かす》れたやうな」声で歌う鷗外の姿が茉莉の文章の中に描かれているが、やはり、尋常な父でも夫でもないような鷗外の姿をとらえた貴重な記録である。

(94)Wagner はめでたき作者ささやきの人に聞えぬ曲を作りぬ

(93)首に茉莉のピアノが詠まれているので、ここには Wagner が登場する。皮肉な歌である。

(95)弾じつつ頭《かうべ》を掉れば立てる髪箒《はゝき》の如く天井を掃く

これは、ピアニストの演奏ぶりを詠んだ歌である。大げさな表現を用いて戯画化しているが、だれしも思いあたる光景である。

(96)一曲の胸に響きて門を出で猛火のうちを大股に行く

この歌の内容はつかみにくい。ただ、これまでの三首とは趣きを異にしていて、甚だ浪漫的・小説的である。

若い頃のドイツ滞在中の音楽体験から、その後の鷗外の西洋音楽に対する知識と感覚についてこまかく論証した平高典子の「森鷗外と音楽」（平成2年10月、『比較文学研究』）は貴重な労作である。その中に、鷗外の短歌に触れた個所がある。

「鏗爾《かうじ》として声は収る四手の奏　ああすより（「は」が抜けている）君は人妻。（「。」はない——平山）

鏗爾《こうじ》は本来琴の音の意。翌日嫁する人と連弾する。秘かに心寄せる異性の心と体に接近できる機会を求めて、連弾を申し込む姿は古今東西に見られるものである。想いを込めて弾き終わり、鏗爾として響く最後の和音に、今これ程まで間近に存在しながら明日には手が届かない世界へ去ってしまう人への悲痛な愛惜の情がこみあげる、という情熱的な詩《うた》で、連弾の醸し出すロマンティックなイメージを生かした、凝った技巧の作である。」とある。

実は、この同じ歌について、私もつい最近次のような解釈を発表していた。（「鷗外の「奈良五十首」「うた日記」—追考と補正—」〈『国文学踏査』平成27年3月〉）

「鏗爾」とはカン高い音のことであるが、この場合、ピアノの連弾（「四手の奏」）の最初の一音が会場に響いたことを指す。その一音によって会場はシーンとなった。「私」は「彼女」と連弾しているのだが、「彼女」は明日別の男と結婚することになっている。人知れず「彼女」を思っていた「私」は一体どうなるのだ……といった歌である。このように、たった一首の歌の中に短編小説にでもなりそうな内容を詠み込んでしまうような鮮かな手腕を見せながら、『明星』の仲間と張りあっていた鷗外が、一方では、おしなべて古今、新古今以来の旧派の、しかも末流とも言うべき作品ばかりを常磐会詠草には披露しているのである。

「声は収る」の「声」を、平高氏はピアノの音と取っている。私は、「声」はあくまでもこの場合、それまでひそひそと聞えていた「人の声」と受けとめ、それが演奏が始まったキーンという音で一斉に静まったと考えた。また、平高氏は、「秘かに心寄せる異性の心と体に接近できる機会を求めて、連弾を申し込む姿は古今東西に見られるもの」と書かれているが、連弾はあくまでもその時点での演奏者の組み合わせの問題であって、その度ごとに「心と体に接近できる機会を求めて」連弾を申し込むものだとは到底思えない。平高氏の解釈は、それこそ鷗外の巧みな話法に誘導されての過剰な解釈であると私は思う。

(96)首に「猛火」という言葉が詠まれたせいか、次の(97)(98)首では、「死」が主題となっている。

(97)死なむことはいと易かれど我はただ冥府《よみ》の門守る犬を怖るる

ここに詠みこまれている「冥府の門守る犬」は、ギリシャ神話に出てくる、頭が三つある恐しい犬 Cerberus のことである。このような特殊な題材を歌によみこむことが、特に鷗外の発明とはいえないことは、すでにのべた。

(98)防波堤を踏みて踵を旋さず早や足蹠《あのうら》は石に触れねど

これは、投身自殺寸前の情況を詠んだ歌であろう。「触れねど」の「ね」は、文法的にいえば、「ず」の已然形である。すると、「触レナイケレド」と訳さなければならない。そのように考えると、歌全体の意味は、「防波堤ヲ踏ンデアトモドリハシナイ、モハヤ足ノ裏ハ石ニ触レナイケレド。」ととるより外はなく、まるで意味をなさない。「早や」が「イマダ」といった言葉なら、これはこれで意味が通じるであろう。もし、「早や」を生かすとすれば、「触れねど」は、「触れぬれど」でなければおかしい。第五句を「石に触れぬれど」として、全体を口語訳してみると、「防波堤ヲ踏ンデアトモドリハシナイ、モ早ヤ足ノ裏ハ石ニ触レテシマッタケレド。」となる。いずれにしても意味の通じない歌であるから、恐らく、これは鷗外の思いがけない誤用であろうかと思われる。

ともかくも、この二首には、「死」というものが詠まれている。だが、いずれも、「死」の一歩手前で踏みとどまっている感じである。当時の明星派の歌には、この種の歌は数多く含まれており、それらの歌の表現しているおどろおどろしき内容は、必ずしも作者の内面とはかかわりがあるとはいえない。つまり、ひたすら表現上の豪華絢爛たるものの追及に精力が傾けられていたのであって、その点が病弊となって自己崩壊してしまうのである。従って、「我百首」における鷗外の歌は、そうした明星派の影響のまっただなかにあったわけであるから、この(97)(98)二首に、「死」が詠みこまれている事実を、すぐそのまま鷗外の当時の心境をうかがわせるものであるとするわけにはいかないのである。

しかし、以上の事情を承知の上で、敢えてこの(97)(98)二首を当時の鷗外と結びつけてみよう。さきに(46)首の部分でふれたように、この年の七月に、鷗外は、戯曲「仮面」を発表している。その中で、博士が学生にむかって、自分の吐いた血を顕微鏡で検査した結果、結核菌を発見したと告白するくだりがある。鷗外自身は、結核菌に冒されていたことをすでに知っていたはずである。ただ、その事実を人には告げなかった。そのような鷗外自身の事情とからめれば、これら二首を深刻に解釈できないこともない。だが、そのような解釈が危険な解釈であることは、再びくりかえしておきたい。

なお、「日記」によれば、「仮面」の原稿を書いたのは、二月二十六日から三月十三日にかけてである。「我百首」の原稿を『スバル』に渡したのが四月十八日であるから、おそらく、「我百首」のことが鷗外の頭の中にあった時期、あるいは折にふれて、それに含まれている歌を作りつつあった時期と、「仮面」の原稿を書きつつあった時期とは重なっているのである。ちなみに、「我百首」に関係のありそうな記事を、明治四十二年の「日記」から拾っておきたい。

一月　八日　雪ちらつく。(9)首参照)
　　九日　夜雪降り出す。短詩会。
一〇日　雪やまず。
一三日　又雪降り出す。夜雪を冒して帰る。
一六日　雪後の道が悪い。(10)首参照)
一八日　雪又降り出す。
一九日　雪後の雨のため泥濘となる。
　二八日　朝雪。
二月　六日　短詩会。

一一日　賢所で御宴。
二六日「仮面」に着手。
三月
六日　短詩会。
八日「阿育王事蹟」を贈る。(5)首参照)
一三日「仮面」書き終える。(46)首参照)
一五日　長詩「海のをみな」。亀清で琴に逢う。
一六日　ドイツより帰国の中沢達三に逢う。(92)首参照)
二六日　亀清で、小妓由利子を見る。
四月
五日　短詩会。
七日　茉莉初めて小学校へ行く。(93)首参照)
一〇日　桜のため市内賑う。(83)首参照)
一一日　頭痛のため終日臥っている。(84)首参照)
「追儺」を書き終える。(46)首参照)
一八日『スバル』の原稿「鸚鵡石」「我百首」「選歌〝死〟」を渡す。

＊

これまでに見てきたように、「我百首」には、「奈良五十首」に見られたような緊密な構成はない。その点について、私は長年考えつづけて来たが、いまだに脈絡のつかない部分が多く、自信をもって百首全体を縦横に論ずるまでには到っていない。みずからの非力を棚に上げて性急な結論を出すのは慎しまなければならないが、これら百首全体を隅々まで理解し、しかも、百首の配列の意味あいを正確に把握するというのは、非常に困難なことではないかと予想されるのである。その理由としては、二つが考えられる。ひとつは、「奈良五十首」の各首とは異なり、「我百首」の各首は、どちらかといえば、現実から飛躍して詠まれた歌が多いので、「奈良五十首」の場合のように、現実と一々つきあわせてから解釈することが不可能であるという理由である。もうひとつは、「我百首」の歌の配列は、おそらくイメージの連関によってなされており、そもそも理知的な分析を拒否する代物であるはずだから、全体の歌の配列の意味あいを、しかつめらしく論じたてること自体がナンセンスであろうという理由である。

しかし、当時の明星派の歌人たちによってしばしば試みられた大連作と比べると、この「我百首」には、少くとも、鷗外によるなんらかの構成意識をたどることができるのである。だが、そのことを論じるためには、ここで改めて、当時の明星派の歌人たちの大連作を、少くとも十以上は分析し、それらと「我百首」を比較しなければならないだろう。ところが、個々の大連作は、この章の初めの部分にのべたように、五、六十首の塊《マス》りなどはざらにあり、百首から二百数十首に及ぶものさえある。それらを一々分析し、「我百首」と比較する余裕は、今はない。ただ、私がそれらの大連作の一部をあらあらと見た印象では、やはり、鷗外の「我百首」が、もっとも構成意識を露わにした連作であると思えるのである。

このことは、実は、もうひとつの事実によっても証明できるのである。「我百首」冒頭の歌と末尾の歌は、次のような歌である。

(1)斑駒《ぶちごま》の骸《むくろ》をはたと抛ちぬOlymposなる神のまとゐに
(100)我詩皆けしき臓物《ぞうもつ》ならざるはなしと人云ふ或《ある》は然らむ

鷗外は、若い明星派の歌人たちにとっては、畏敬すべき文壇の大先輩であり、保護者であり、理解者であった。しかし、鷗外の側からみると、歌人としては、むしろ若い彼らの方がはるかに玄人でもあり、鷗外が彼らに学んでいるという面もあった。そうした意識、つまり、自分はあくまでも『スバル』の外様であるという意識が微妙に作用して、この二首は詠まれているのである。

(1)首は、記紀に書かれたアマテラスとスサノオの神話を、一転してギリシャ神話の世界におきかえてみせた、いかにも鷗外らしい才気みなぎる歌だが、この「Olympos なる神のまとゐ」とは、現実には明星派の歌人たちの集まりを指している。「斑駒の骸」とは、そのとき発表した「我百首」全体を指す謙遜の表現である。つまり、(1)首は、自分がここに発表する歌は、まるで馬の死骸のように醜い歌である。そのようなものを、諸君のような神々しいばかりの歌人たちの雑誌に百首（正確に言えば、これら二首を除いたあと九十八首）も一どきにどさっと発表するのは恥ずかしいという意味である。

(100)首の、「けしき贓物」とは、「異様な模倣作」という意味である。自分の歌は、すべて明星派諸君の、異様な模倣作だと人は言うかも知れないし、あるいは本当にそうかもしれないという歌である。このように、鷗外は、必要以上にへりくだった言い方をしているが、もちろん、その裏側には、むしろ不遜と思われるほどの鷗外の自負心がひそんでいる。それは、「我百首」を発表して一カ月もたたない頃（明治四十二年六月二十八日）、鷗外が伊藤伊三郎に宛てた書簡の中で、ひそかに本音を洩らしていることからも知れる。

（前略）小生の我儘なる判断によれば現状にて歌を見せてこれが歌か歌でないかと問うて極めて貰うても好いと云ふやうなる人は知り不申候古き歌を善く詠む人

には新しき境地に丸でわからぬ処があり又新しき歌を詠む人も皆偏頗にて己れと違ふ趣味は排斥するやうに相見え候定めてあいそのつきたる事と御聞取被成べきやう存じ候へ共御催促を受けて已むを得ず意中をかくさず申述候他に御吹聴は御無用に被成度候

宛先が文壇歌壇とは無関係の人物であることからみても、末尾のものものしさからみても、おそらく、ここにのべられている鷗外の意見は本音であろう。それはともかくとして、少くとも、さきの二首の示すところは、字面だけをよめば、まさに謙辞であり挨拶の言葉である。(1)首の「斑駒の骸」も(100)首の「けしき臓物」も、要するに同じ対象を指している。そのように、冒頭と末尾の歌は、互いに相手を補いあいながら響きあい、ともに表紙と裏表紙のように、のこり九十八首を一つの塊《マス》りとして包みこんでいるのである。外様としての鷗外が、もし、『スバル』の若手歌人たちに、以上のような挨拶を呈するつもりなら、その挨拶の言葉は散文でもよかったはずである。それを凝った表現の二首の歌としてよみそえ、枠組としてのそれら二首をも含めた上で、百首という歌群を構成したのである。そこに鷗外らしいペダントリイを感じないわけではないが、ここにも鷗外が百首全体をひとつの塊《マス》りとして意識していたことが認められるのである。

七　万葉集と鷗外の「うた日記」

鷗外の「うた日記」は一種独特の作品集である。新体詩・短歌・俳句が雑然ととりまとめてある形式もおもしろいが、なんといっても、これが日露戦争に従軍中の、一軍医部長としての鷗外の作品集であるという点に、一層の興味を感じさせるものがある。

花袋の「陣中の鷗外漁史」によれば、花袋と鷗外とは、この戦争中ずっと一緒だったようである。もとより鷗外は軍医であり、花袋は博文館の記者であったから、一緒といっても、しばしば顔をあわせていたわけでもないだろう。二人は、広島の大きな旅館で初対面をした。「『まア、此処に来たまへ。花袋君だね、君は？』この『花袋君だね君は？』が非常に嬉しかった。」（『花袋全集』15巻、五七三頁）と花袋は述懐している。航海中も八幡丸に同船して、ハウプトマンやメーテルリンクやダヌンツィオの話をした。大陸に上陸してからも、車家屯、得利寺、蓋平、大石橋、海城と、二人は戦場をともにした。花袋が営口でたまたま入手した、Heinz Tovoteの短編集と、

Anatole France の“Bienchen”をもって行くと、鷗外は「『うん、これは難有い。』」といって、「戸板を並べた上に白毛布を布いて、蠅を逐ふ払子《ほっす》を持ちながら、ぢきにそれを読んで了はれた。」（同書五七六頁）という。これが『心の花』六月号の、「営口で獲た二書の解題」という文章になるわけである。花袋は鷗外と遼陽で別れたが、このように花袋が観察している鷗外の姿は、決してめずらしいものではなかったらしい。

明治三十八年六月十八日から、内地へ帰還のため出発するまでの約半年の間、鷗外はほとんど古城堡に滞在した。その頃の鷗外の生活状態を、ある将校はつぎのように観察している。

日露戦役中奉天戦後第二軍司令部古城堡に陣した当時、軍医部長たりし森博士は小支那家の土間に支那人の寝棺二個をならべ、其上に机を置き毛布を敷きて坐し、古唐紙の小汚たなき支那本を繙き読み且つ抜萃して余念なく、黒色の戦時服は肩と云はず、背と云はず、頭の粃糠で真白くなりたるも一向意に介せず、其のまま会食に出掛け平然として居られた。（山田弘倫『軍医森鷗外』二〇五頁）

ここに書かれた鷗外の姿と、さきの花袋の描いた鷗外の姿とは、ぴったりと一致するようである。五合の水とハンケチ一枚で、全身を拭い清めることが出来たほど（同書一七五頁）、鷗外は簡易生活に耐えることのできた人間だったが、蠅にはなやまされたらしい。「うた日記」中に、「払子賛」という詩もあるように、鷗外は払子で蠅をはらいながら、戦時匆々の間も、「小汚たなき支那本」や洋書のたぐいを、せっせと読み、知識を蓄えていたのである。

それと同時に、いかなる激戦中、いかなる弾丸飛雨のもとでも、鷗外は実に筆まめに内地への便りを書きつづっていた。出征のほぼ二年前、しげと再婚し、一年前には長女茉莉が誕生している。そんな新妻に対する書簡がもっとも多いのはもちろんのことであるが、それらの書簡をよんで行くと、公けの面での鷗外とまるで違った面の鷗外がみられて、大変おもしろい。当時戦場では芸者の写真がもてはやされたらしく、鷗外のところへも、すきな女の上に自分の名前を書けといってまわされて来た。鷗外はその写真の上に、自分には馴れ親しんだ妻がいるから、ほかの女へは気持が移らないといった意味の、万葉調の歌を書いてやったと妻に書き、そのあとに、

どうだ。ずいぶんでれ助だらう。併しあまり増長してはこまります。

一月二十四日　でれ助　しげ子殿　（明治三十八年一月二十四日付、しげ宛書簡）

と書いている。また、同年四月十日付の書簡には、

忍ばずの池のはたをあるいておれが千駄木にゐるのかとおもつたなんてそんなかはいい事をいふと帰りたくなるかも知れない。戦地にゐるものには毒だ。

とも書いている。これなどは、なかのよい夫婦の、やや色っぽいやりとりを肉声できいているような趣きがある。しげ宛書簡の後半には、茉莉の病気に対するこまかい心づかいが綿々とのべられている。

「うた日記」は韻文だけが独立して収録されているので、一見したところ、単に雑然としたアンソロジイのようであるが、そこにみられる作品のいくつかは、内地の知人や親戚やその他の人々に、一度は書簡の形で送られたものなのである。「うた日記」はそうした一種の書簡文学の形をも備えていると考えたい。そして、ここに収録された作品を作るのと並行して、多量のしげ宛書簡が書かれているという事実を見ると、「うた日記」の成立する背後には、しげに対する愛情がどことなくたゆたっているように思えるのである。

日夏耿之介が「鷗外の詩」のなかで、「之をおもしろい興味のある珍らしい戦争文学といふ説には左袒するが、真正面から戦争文学を作り込まうとして成つたものと考へる説に全く同意することは出来ない。」(『鷗外文学』二六一頁)といっているのに同感しないわけにはいかない。それは、この「うた日記」のさきのような成立事情を考えればよくわかるのである。「中世の武人のたしなみ歌」とも日夏耿之介はいっているが、ある意味では、多分にそういう面もあったと思われる。戦争文学としては余裕がありすぎて、微温的であるのが、欠点といえば欠点である。

たとえば、五月二十五日、二十六日は、金州、南山の戦いだったが、そのさなかに、鷗外は「けふのあらし」という詩を作っている。「やまとごころは　桜ばなかも」とはじめて、「いざ散れ散らん　けふのあらしに／息は絶ゆ　陛下萬歳」で終わる、七七五七・四連の短詩である。この詩などは、これが戦場でじかに作られたものと思えないほど、小学唱歌のようにのんびりとしたものである。ひとつは、七七五七の定型にびしっとはめこんだために、定型の枠から現実がこぼれ落ちてしまったともいえるが、問題はそれだけではない。同じ南山の戦いを描いた「唇の血」という詩と同日に作られた、「扣鈕《ぼたん》」という詩がある。「唇の血」の方は、「健気《けなげ》なり　屍《かばね》こえゆく　つはものよ／御旗《みはた》をば　南山《なんざん》の上《うへ》に　立《た》てにけり」というふうに勇壮な軍歌調であるが、「扣鈕」は、まったく個人的感慨にすぎないのである。南山の戦いの間に、かつてベルリンの街で買ったボタンを落として、それを惜しんでいる詩である。(1)

扣鈕《ぼたん》

南山《なんざん》の　たたかひの日《ひ》に
袖口《そでぐち》の　こがねのぼたん

ひとつおとしつ
その扣鈕《ぼたん》惜《お》し

べるりんの　都大路《みやこおほぢ》の
ばつさあじゆ　電燈《でんとう》あをき
店《みせ》にて買《か》ひぬ
はたとせまへに

えぽれつと　かがやきし友《とも》
こがね髪《かみ》　ゆらぎし少女《をとめ》
はや老《お》いにけん
死《し》にもやしけん

はたとせの　身《み》のうきしづみ
よろこびも　かなしびも知《し》る
袖《そで》のぼたんよ

かたはとなりぬ
ますらをの　玉《たま》と砕《くだ》けし
ももちたり　それも惜《お》しけど
こも惜《お》し扣鈕《ぼたん》
身《み》に添《そ》ふ扣鈕《ぼたん》

この二つの詩を平然と並べているのは、一体どういうつもりなのか、私にはよくわからない。戦争の現実とも離れ、今日われわれの前にのこされた単なる新体詩の一編として味わうならば、おそらくだれが見ても、「唇の血」よりも「扣鈕」をよしとするだろう。それは、「扣鈕」が個人的な感慨につらぬかれていて、あまり無理をして作っていないからである。しかしもし「扣鈕」のような作品を今度の太平洋戦争中に、軍医部長が発表したら、反軍的だといって、相当非難されたかもしれない。

戦争の現実といえば、津田青楓の『老画家の一生』（昭38・8、中央公論社）をたまたま読んでいると旅順の二百三高地攻撃の描写があった。

両脚が飛んでしまつて胴体だけになつた人間がゴロゴロ坂へころがつてくる。

靴を穿いたままの脚が何本もちらかつてゐる。馬が大きな胴体を横たへ、四本の脚をなげ出して死んでゐる。テントや兵隊の雑嚢なんかが血シブキを浴びて赤くベトベトしてゐる。負傷者は泣いたり、わめいたりしてゐる。頭を割られて脳味噌が見えるのやら、腹から内臓が出てゐるのやら見てゐられないやうなものばかり、こちらの神経が昂奮状態にあるせゐか脳貧血にはならなかつた。(一七七頁)

現実はもっとひどいものだろうが、ともかくも、文字にあらわした戦争の現実というのはこういうものだろう。青楓は当時衛生兵として前線へ追いやられたくちで、「戦争といふものは国家と国家が意地づくでやつてゐることで、兵隊は何も知らずに、豚のやうにお尻をひつぱたかれてのたれ死にする丈のことだ。」(同書一六四頁)という、はっきりした態度で戦争を書いているのである。鷗外は、みずからも、「司令部は「玉来《こ》ぬところ」とうたっているように(「たまくるところ」)、はるかに安全な後方の司令部にいた軍医部長であった。だから、同じ日露戦争のうけとり方でも、青楓と鷗外が全くちがうのは当然といってもよい。

　しかし、鷗外も、戦争の現実に眼をそむけて、風流な詩歌をもてあそんでいたのではない。戦争文学というには、あまりにもなまぬるいかもしれないが、決して「武人のたしなみ歌」ではなくて、鷗外の眼でしっかりととらえられ、独立した作品としても充分に鑑賞に耐えうる、いくつかの戦争詩もあるのである。「罌粟《けし》、人糞《ひとくそ》」「かりやのなごり」などがそうである。

「罌粟、人糞」は、四五四七四七・七連という、極めて破格の韻律をもっているが、これは内容にふさわしいといえる。ロシア兵に犯された美しい中国の娘が、生き恥をさらすよりは死んだ方がましだと、けしの花を食べたが、今度はその親が助けようとして、人糞をのませた。その効果があらわれないので、日本軍のもとへはこびこまれ、鷗外自身も立ちあったのだろう。戦争につきものの、そうした悲惨な被害者に対する鷗外の気持が、同情というよりもはるかに高い響きで、ここにはうたわれている。破格の韻律のかもし出す不安定な情緒が、悲劇的な内容にふさわしいわけである。語尾に「く」と「ぬ」が第一連と第三連にひとつずつ、また「つ」が第二、第四、六連にひとつずつ、「り」が第四、五連にひとつずつおかれているのは、おそらく、注意深く脚韻まで踏ませているのであろう。

「かりやのなごり」は、これも面白い韻律をもっている。五七五七五七七・四連である。つまり、最短の長歌を四つならべた形である。これは、戦場の凄惨さを蠅だけに象徴させた作品である。ロシア兵が逃走したあとを、作者は馬に乗って進んで行く。ふと見つけた馬の屍に眼をやると、

屍《かばね》より　叢雲《むらくも》涌《わ》きぬ
ひたと来《き》て　身《み》にまつはるや
縫目《ぬひめ》なき　ひとへ黒衣《くろぎぬ》
そは蠅《はへ》なりき

というわけである。この「縫目なき　ひとへ黒衣」というあたりに鷗外がいわんとした、もっと深いものを感じとることは出来るようである。

＊

さて、そうした「うた日記」を読んで行くと、意外に多くの万葉集の語句や表現にぶつかる。万葉調といういい方は非常に曖昧な表現だが、そうした万葉調の歌さえ、いくつか見出される。それらの万葉集に出典を見る語句や表現を、鷗外がどのような経路をたどって消化し、わがものとしたか、それを追究するのは容易なことではない。特に鷗外のような読書家は、いつどこで、どんな書物を読んでいるか見当もつかない。直接万葉集から影響を受けなくても、古語にふれる機会は多々あったはずである。たとえば「尺《さか》」という言葉がある。これは、万葉集には、「わがなげく　八尺《やさか》のなげき」（巻13・三二七六）「杖足《つゑた》らず　八尺の嘆」（巻13・三三四四）の二例のほかに、巻

16・三八二一の左注に「姓尺度氏也」、その歌に「坂門等之《さかとらが》」とある例と、もうひとつ、「八尺鳥《やさかどり》」（巻14・三五二七）という例を見るだけである。もちろん、記紀や風土記には「八尺勾璁《やさかのまがたま》」「海有㆓鰒魚㆒大如㆓八尺㆒」のような形でみられるから、鷗外がこのあたりから取ったのだろうと思われないこともない。ところが、明治三十八年八月八日付賀古鶴所《つるど》宛書簡に「一尺を「ヒトサカ」は紫式部が用いし例あり」と明記してあったのには驚いてしまった。紫式部が一体どこで「一尺」という語を用いているか、私は不明にして知らない。このように、ある言葉をある人が知識とする経路には、意外なコースを取ることもあり得るということを、ここではいおうとしただけである。だから、鷗外がたとえ万葉集に多く見られる語句や表現をしばしば用いても、それらの全部が全部、直接万葉集から引いたのではないと思わなければならない。そのような限定をつけておいて、それでも万葉集から引いたのではないかと思われる語句や表現を、つぎのように書き出してみた。（　）内の万葉集の歌の国歌大観番号（この番号は、旧国歌大観番号である）は、その番号に該当する歌が、鷗外の語句の出典であるというわけではなくて、そのような語句や表現が万葉集にもたしかにあるという事実をしめすための、いちおうの目安にしかすぎない。

水漬屍《みづくかばね》（巻18・四〇九四のみ）

ここだ（巻6・九二四など）

大君の任《まけ》のまにまに（巻17・三九六二など）

朝びらき（巻9・一六七〇など）

ますらたけを（巻20・四四六五など）

かなとで（巻14・三五六九のみ）

うらもとなきに（巻14・三四九五のみ。但し「うらもとなくも」）

おくつきどころ（巻3・四三二など）

あかとき（巻6・一〇〇〇など）

ゑまふ（巻4・七一八など）

面輪《おもわ》（巻9・一八〇七など）

直土《ひたつち》（巻5・八九二など）

ゆ〈助詞〉（巻1・二九など）

さはに（巻3・三八九など）

せんすべしらに（巻3・三四二など）

さつを（巻3・二六七など）

経緯《たてぬき》（巻7・一一二〇）

いくさ〈軍隊〉（巻6・九七二など）

うまい（巻11・二三六九など）

こやせるつはものあはれ（巻3・四一五のみ。但し「臥《こや》せる　この旅人《たびと》あはれ」）

よしゑやし（巻2・一三一など）

あに引かめやも（巻3・三四五など。但し「あに……めやも」の部分が同じ。）

罵《の》らえつつ（巻12・三〇九六など。但しこのままの形はない）

取りがてぬかも（巻5・八八五など。「すぎかてぬかも」のように、このままの形はない）

非時《ときじ》く（巻1・二六など）

もだ（巻3・三五〇など）

妹わぶらんか（巻11・二六三一「妹待つらむか」など。このままの形ではない）

我家《わぎへ》（巻5・八四一など）

たもとほり（巻3・四六〇など）

しじに（巻3・三七九など）

犢《ことひ》（巻9・一七八〇など）

あともひて（「あどもひたまひ」巻2・一九九など）

おもほゆるかも（巻3・三三三など）
あらをら（巻16・三八六〇など）
咲きををる（「ををりにををり」巻6・一〇一二など）
枝もとををに（巻8・一五九五など）
しば鳴く（巻6・九二五など）
まつろひし（巻2・一九九など）
さに塗（巻8・一五二〇など）
気疎くもあるか（「悲しくもあるか」巻3・四五九など。つまり「……もあるか」という云い方）
いで立つ我は（巻20・四三七三のみ）
つかさ〈丘〉（巻4・五二九など）
いさなとり（巻2・一三一など）
おそや（但し、「おそや」巻9・一七四一など）
おきなさびたり（巻18・四一三三のみ。但し、「おきなさび」）
見れどあかぬかな（巻1・三六など。但し、「見れどあかぬかも」）
そのほかに、万葉集と関係の深そうな、語句や表現をざっとあげてみる。「めぐし」「たまきはる」「くにはら」「うなゐ」「むらだつ」「かつかつ」「ますらを」「ももちたり」「草まくら」「ひまなみ」「あた」「まがね」「奴《やつこ》」「あらたまの」「たはわざ」「木末《こぬれ》」「はだら」「みこ」。

また、記紀に出典がみられる語句もいくらかある。「きだ〈段〉」「くすし」「さかほがひ」「舌人《をさびと》」「たなつもの」「うからやから」「幾夜か寝つる」「寸《き》」などである。

つぎに、具体的に四首ほど「うた日記」から抜萃して、鷗外が、いかに万葉集の語句や表現を消化して用いているかを示してみよう。

(1)大君の任《まけ》のまにまにくすりばこもたぬ薬師《くすし》となりてわれ行く

(2)黍《きみ》がらの蚊火《かび》たく庭によこたへし扉のうへにうまいす我は

(3)夢に見る人しあらんを高黍《たかきみ》のもとにこやせるつはものあはれ

(4)暑きやがて寒《さぶ》しときかば冬ごろも縫はんひまなみ妹《いも》わぶらんか

(1)の「大君の任《まけ》のまにまに」という表現は、万葉集に七例ある。巻3・三六九、巻13・三二九一、巻17・三九五七、三九六二、三九六九、巻18・四〇九八、巻20・四四〇八の七首である（そのほかに、「大君の任《まき》のまにまに」の例が一首、「大君の」を伴わない「任のまにまに」が一首ある）。この表現はたとえば巻17・三九六二の家持の長歌のように、「大君の　任のまにまに　丈夫《ますらを》の　心振り起し　あしひきの　山坂越えて

天《あま》ざかる　鄙《ひな》に下《くだ》り来《き》……(2)」といういい方にもはっきり現われいるとおり、天皇の命令によってある官職（この場合は地方官）に任ぜられ、喜んでそれに従うことを現わしている。鷗外がこの表現をすらりと使って、宇品を船出したことを歌に詠んだということは、当時の鷗外に奈良朝の官人と同じような、天皇に対する忠誠心が湧きあがっていたと考えてもよいかもしれない。

(2)の「うまいす我は」とそっくりのいい方はない。「そこし恨めし秋山吾は」（巻1・一六）「いほりす我は」（巻3・二五〇の一本）「思ひき我は」（巻4・五〇一）というふうに、これも万葉集によく見られる倒置法である。

(3)の「こやせるつはものあはれ」の歌は、巻3・四一五の聖徳太子作のつぎの歌を、巧みに換骨奪胎したものであろう。

家にあらば妹が手まかむ草まくら旅に臥《こや》せるこの旅人《たびと》あはれ

(4)の「妹わぶらんか」そのままの表現ではないが、「潮満つらむか」（巻1・四〇）「妹見つらむか」（巻2・一三二、一三九）「妹待つらむか」（巻11・二六三一）などのように、これも万葉集独特の表現である。

もっと適切な例を挙げてみる。それは「ひくほまれ」である。明治三十七年八月二十四日から九月三日までの遼陽の戦いで、日本軍は勝利をおさめたものの、かえって退却したロシヤ軍の評判の方がよかったため、憤懣やるかたない日本軍の意志を代表して、鷗外はこの作品を作ったものと思われる。

ひくほまれ

明治三十七年九月二十九日　遼陽軍司令部饗宴席上

勝《か》つ我《われ》を　勝《か》ち足《た》らはずと
外国《とつくに》の　人《ひと》は罵《の》るとふ
引《ひ》く敵《あた》を　いしくも引《ひ》くと
外国《とつくに》の　人《ひと》は誉《ほ》むとふ
よしゑやし　人《ひと》は誉《ほ》むとも
をのこわれ　豈《あに》引《ひ》かめやも
罵《の》らえつつ　勝《か》たんとぞ思《おも》ふ
勝《か》ち足《た》らふまで

誉《ほまれ》とふ誉《ほまれ》はあれどをのこわれ引《ひ》く誉《ほまれ》をば取《と》りがてぬかも

ここには、「罵るとふ」「よしゑやし」「豈引かめやも」「取りがてぬかも」などのように、全面的に語句の面で万葉調をみることができるが、それよりも著しいことは、この作品全体の調子が、五七五七……七七と長歌形式を取り、最後の短歌が万葉集における反歌と同じ意味あいで添えられていることである。「うた日記」のなかで、これとおなじ形式を備えたものを求めると、このほかに七つも見出すことができる。「ねぎごと」「さくら」「梨のはな」「たまくるところ」「学校」「石田治作」「小金井寿慧造を弔ふ」がそれで、「石田治作」には、反歌が二首そえられている。

更に、この「ひくほまれ」をよく読んでみると、万葉集の有名な長歌、巻2・一三一「柿本人麻呂、石見国より妻に別れて上り来りし時の歌二首并に短歌」の調子を借用していることが、すぐに納得がゆく。人麻呂の、「浦なしと　人こそ見らめ　潟《かた》なしと　人こそ見らめ」と、まず人の思惑を推量しておいてから、「よしゑやし　浦はなくとも　よしゑやし　潟はなくとも」と、ややすねたふうに肯定し、つぎに来る語句を強調するという修辞法を、鷗外は巧みに利用しているのである。「よしゑやし」は、この長歌以外にも多くの用例があるから、必ずしもこの長歌から鷗外がヒントを得たと、いい切ることは出来ない。それにしても、鷗外はさきに挙げたように、多くの万葉集に出典を見る語句を完全に消化しながらこのような長歌ならびに反歌を見事に作っているのだから、よほど万葉集に親しんでいたと考えなければならない。

ここでは、かりに、狭義の「うた日記」に範囲を限定したので、「あふさきるさ」「無名草《ななしぐさ》」などにふれていないが、そこに万葉集の影響を見ることも困難ではない。たとえば、「あふさきるさ」の最後に収録されている作品は、実は、戦場で、明治三十八年一月二十三日に、賀古鶴所に宛てて書かれた書簡中の作品なのである。書簡には、「謝賀古部長贈菜三種歌並短歌」と、本格的に万葉風の題詞をともない、最後の「みつかひは」の短歌の前には、「反歌」と記してある。これを「あふさきるさ」に収録する際に、鷗外は題詞と「反歌」という言葉を削ってしまったから、形式としては、さきの「ひくほまれ」以下八編と同じ形に見える。ところが、この書簡中の原形をみればはっきりわかるように、一見新体詩と短歌との組みあわせに見える作品も、実は万葉風の長歌と反歌の形式の応用であったことがよくわかるのである。

いまは韻律の問題にふれている余裕を持たないけれども、その面でも鷗外はなに気ないふりをしながら、上代の詩歌の韻律を詩のなかにとけこませている点、甚だ心にくいものがある。たとえば、さきにちょっとふれた、「扣鈕」という作品は、五七五七七七・五連の、いかにも明治風の新体詩だが、この韻律は、仏足石歌体なのである。いまも薬師寺境内に石碑をのこす、このめずらしい韻律の歌体をさり気なく用いて、鷗外は借用のあとをとどめないほど近代風な詩を作っているのである。この詩の作られた九日前に、同じく仏足石歌「いかづちの光の如きこれの身は志爾乃於保岐美つねにたぐへりおづべからずや」中の、「志爾乃於保岐美」つまり「死のおほきみ」という語句を用いて、次のような短歌を二首作っているところをみると、この頃、鷗外は仏足石歌に関心を寄せていたのかも知れない。

かつて識《し》らぬ我《われ》となおぼし星《ほし》のもとに瞳《ひとみ》あはする死《しに》のおほきみ

まのあたり死《しに》の大王《おほきみ》怖《お》ぢざりしおのがこころをにくみけるかな

また、「無名草」中には、「前栽のゆふべこほろぎ」以下四首の旋頭歌さえみられる。

＊

鷗外と万葉集との出逢いがいつであったか、私にはよくわからない。今のところわかるもっとも早い痕跡は、明治二十二年八月に発表した訳詩集『於母影』の題名そのものが、万葉集巻3・三九六の笠女郎の歌からとられているということである。考えてみれば、鷗外が創刊した雑誌や評論集などの題名は、『目不酔草』にしても『月草』『かげくさ』『思草』など、すべて万葉集に出典のある言葉であった。『柵草紙』の「しがらみ」は、やや平安くさいがこれも万葉集に出典を探すことはむずかしくな

い。(3)

　そういうわけで、鷗外は、相当早くから万葉集には眼をふれていたはずである。この「うた日記」と万葉集との関係が、意外に密接であることは、以上のように、語句や形式の面で分析したとおりである。事実、鷗外はこの日露戦争従軍の際に、万葉集を座右におき、つねにひもとく機会があったのである。それには、はっきりした証拠がある。即ち、森潤三郎『鷗外森林太郎』の十一章に、「出征にあたり佐々《ママ》木信綱氏は、日本歌学全書所収の万葉集一部三冊を餞けに贈られた。」（一四〇頁）とあり、さらに同書巻頭の写真の一葉に、「明治三十八年奉天の宿営にて撮影、机上の書籍中に佐々《ママ》木信綱博士より贈られたる万葉集あり」と明記しているからである。

　日本歌学全書版の万葉集は、同全書の九、十、十一編の三冊にあたり、明治二十四年の十月から十二月へかけて、博文館から発行されたものである。しかし、注意すべきは、この万葉集はわが国で活版印刷にふされた最初のものでもあり、また、その生涯のすべてを万葉集の研究に捧げた佐佐木信綱にとっても、その研究の第一歩を飾る、記念すべき出版物であったということである。同書は、万葉仮名の右側にカタカナの訓がふられており、頭注がついている。それを鷗外が戦いのあい間にひもときながら、万葉調の歌を作っていたと考えることは、いささか感慨ぶかいことである。（東大図書館の鷗外文庫には、かなりの部数の上代関係の書籍がならんでいるが、残念ながらこの万葉集は目録中に見あたらなかった。）

鷗外はそのようにして、日露戦争中、相当に万葉集に親しんでいたはずである。しかし、本質的には万葉集になじめなかったのではないかと思う。日夏耿之介が「鷗外の歌」（『鷗外文学』二七〇頁）のなかで、鷗外の歌は「根岸系統に非ず、明星派に倣はず本より心の華でない、されればとて井上通泰とも御歌所とも全く性を異にする事申す迄もない、彼自身の発語であり譜代の言葉の歌ぶり」であるといっているように、鷗外の歌を初めからおわりまで見わたしてみると、そこにはおのずから鷗外調というものが形成されている。だからこそ、斎藤茂吉や新間進一が、それぞれの『明治大正短歌史』のなかで、少ないながらも鷗外の歌だけにページをさいているのだろうと思う。

けれども三月十日の奉天会戦、五月二十七、二十八日の日本海海戦と、陸海ともに大勝利をおさめた。その後はロシア軍捕虜送還に多大の努力をはらった鷗外も、やがて暇になり、ひたすら内地への帰還を待ちつつ古城堡に滞在していた頃は、漸く軍務の多忙さからも解放されたせいか、内地の妹小金井喜美子宛に、しきりと長文の手紙を書きおくっている。妻に宛てた書簡は、ほとんどが愛情の問題に終始していて、文学は注意ぶかくとりのぞかれているが、喜美子宛の書簡は、むしろ歌論といってもよいほど、歌の問題に限定されている。そのなかの一通（明治三十八年十月十一日付）に、つぎのような文章がある。

当方久しく歌をよまず只をり〳〵俳句を作り候のみ故に書いて見すべきものなく候そのうち又少し歌をよんで見たくおもひをり候万葉集丈にてよき歌を見る縁なきゆゑ歌が口づかず候古今集の活版本あらばとおもふこともあれど追送を申送るほどでもなしとそれなりになりをり候

「久しく歌をよまず」というのは、九月十一日から約一ヵ月間、俳句ばかり作っていたということである。「歌が口づかず候」というのは、すらすらと思うように歌をよめないということだろうか。

とにかくこの書簡を手にして、喜美子は早速古今集を送ったらしく、その礼状がある。

古今集送り給はりありがたく存候

十一月三日

ふりぬれど世はすさめねどこれぞこの道のさかりの千うたはたまき　高湛

そして、十一月十六日には、同じ満洲の戦線にいる賀古鶴所に、「おきみさん古今集をおくりくれし返し」として、この同じ歌を書き、「新派の冷笑にあふべく候。」と書きおくっている。「新派の冷笑云々」は皮肉であろう。この歌で、鷗外は、和歌の最盛期は古今集にこそあるのであって、これをおいてはほかに考えられないとさえ、強調しているようである。鷗外が、あれだけ万葉集を巧みにこなしていながら、万葉集だけをよんでいるのでは「歌が口づかず候」といったのは、やはり、どこまでも鷗外にとっては万葉集は異質のものであったというひとつの証拠ではないだろうか。

右の書簡の丁度一年前の十一月三日付で、鷗外は妻宛に、「全体新体詩をうまく作らうといふには一とほり和歌がよめ又俳諧も出来又ほんたうの詩も出来た上でなくてはいけない。そんな人は今の世には一人か二人だらう。」といっている。この「一人か二人」の中に、おそらく自分を勘定に入れていたと思うが、それはともかくとして、そうした自負心をうらづけるだけの充分な才能を鷗外は持っていた。鷗外は作ろうとさえ思えばどんな歌風の歌でも、たちどころに作れた人なのではないかと思う。

明治三十八年の七月末か八月初めに喜美子へ宛てた、㊙何をか絢爛の筆といふ、と題した長文の書簡には、そうした鷗外の才能が躍如としている。そこで鷗外はこんなことをのべている。与謝野晶子の歌にまず驚きながら、そういう晶子風の歌がこれまでになかったのは、男が女の衣裳についての知識に乏しかったからだといい、「妻が婚礼に来たとき何だか大さう赤いところや白いところの錯雑してゐる又処々の光つてゐるなりをしてゐたから」、その衣裳の布地の名称や模様をわざわざ戦地から妻に問いあわせ、その材料だけをもとにして晶子風の歌を作ってみたというのである。その歌のひとつは、

緋綾子《ヒリンズ》に金糸銀糸のさうもやう五十四帖も流転のすがた

というので、これらの歌と『みだれ髪』中の

浅ぎ地に扇ながしの都ぞめ九尺のしごき袖よりも長き

などの歌と比べて、自分の歌がどれほど遜色があろうかと、鷗外はいささか得意満面に書いている。

ここに引かれている晶子の歌も、鷗外の歌も、私にはさして面白いものとは思えない。しかし、戦場にあって、妻に衣裳の詳細を書き送らせたものだけをたよりに、これほど晶子風の歌を作れるという才能は、やはり相当なものである。多くの作家の場合、他からの影響を知らず知らずのうちに受けてゆくというのが普通だが、鷗外の場合はそうではなくて、逆に異なった歌風の手の内がすけて見えてしまったのではないかと思う。だから、また別のいい方をすれば、鷗外は絶妙なテクニシャンであったため、それだけに自分自身の歌風が固定せずに終ってしまったともいえる。鷗外が常磐

会歌会と観潮楼歌会とにある時期には並行して出席し、一方では桂園派風の歌をよみ、一方では明星派風の歌をよんでいたという矛盾については、これまでも問題にされているが、これも、それほど鷗外が器用な人だったということを証明している。

さきにくわしく分析してみたように、鷗外は、この「うた日記」のなかで、かなりの分量に及ぶ万葉風の語句や表現をもちいている。それにもかかわらず、鷗外が万葉調の歌風をもっていたと、これまでに指摘したものはいない。「うた日記」と万葉集との関係を、ひとがあまり考えてみなかったからかも知れない。私自身ですら、もう一度鷗外の「うた日記」を思いかえしてみても、やはりそれが万葉調の色彩が濃厚な詩華集であるとはどうしても思えないのである。その理由を考えてみると、それほどにも鷗外はテクニシャンであったということにならないだろうか。鷗外の場合、万葉集の語句や表現を借りて詩歌を創作するということは、それらのもつ雅びやかなものの力を得て、おのれの詩歌をより含蓄の深いものにするためであって、それは一種の古典主義でありはしたが、いわゆる幕末勤皇歌人の万葉調とはおよそ性質の異なったものであった。

その証拠に、万葉集中にともに唯一の用例をしかみない、「水漬屍」と「いで立つ我は」という特徴的な語句や表現、幕末勤皇歌人ばかりではなく、今次大戦中にも、忠君愛国精神を謳歌するために大いに利用されたものである。多くの例の中から、特にひとつだけとりあげるのは、甚だ不公平ではあるが、この「うた日記」について、「陣中の竪琴」という文を草した縁もあるので、佐藤春夫に登場してもらうことにする。

彼は、『詩集大東亜戦争』の中で、さかんに記紀万葉の言葉を使っている。そのひとつ「特別攻撃隊軍神の頌」の出だしはこうである。

ますら男の堅き心に
かねてより水漬く屍を
こひねがひ時到る日を待てりしか
　　　　友九人ねがひは一つ。

ここに用いられた「水漬く屍」という言葉は、家持の精神をそのまま受けついでいる。また、この言葉をこのように用いるのが、幕末から現代までの愛国歌人・詩人にとってはあたり前なのである。

ところが鷗外は、

　市《いち》こぞりて水漬屍《みづくかばね》となりにきと薩哈連烏拉《さがれんうら》のなみのとむせぶ

と使い、ここではこの言葉に忠君愛国の精神はひとかけらもなく、「ただ水没した死

体」という意味で用いられている。つぎに、

今日よりは顧《かへり》みなくて大君の醜《しこ》の御楯《みたて》と出立つ吾は（巻二十・四三七三）

という、いわば尊皇攘夷の指導精神のような歌を、われわれは複雑な思いで今日はよむのであるが、それを鷗外はどのように生かしただろうか。

きのふけふ余りに春の闌《た》くる惜しと北をさしてぞいでたつ我は

このように、ここでも「醜の御楯」の連想は全くなくて、ひとつの抒情歌のなかで、「出発する自分は」という平凡な意味を持つにすぎない。器用に晶子の歌ぶりを真似てみせたように、万葉集から用語と表現上のテクニックだけを巧妙に借用したと考えるのが、正しい見方だと思われる。（ただし、本稿に引用した「大君の任のまにまに」の歌にだけはちょっと釈然としないものも感じるのである。）

＊

「うた日記」のまだ冒頭に近いあたり、明治三十七年五月二日の部分に、「浪のおと」という七五調五行四連の詩があり、そのあとに「同日鎮南浦にて閉塞船の事を聞く」という題詞があって、次の俳句が載せられている。

朧夜や精衛の石ざんぶりと

この句についての岡井隆氏『森鷗外の『うた日記』』（書肆山田）の文章は珍しく長く詳しい。のちの叙述に必要なので次に引用しておく。

制海権をうるために日本海軍がおこなった旅順港閉塞船のことであるが、この「精衛の石」も、『山海経』などに出てくる故事来歴から来ている。「精衛は支那の想像の小鳥。夏をつかさどる炎帝の娘が東海に溺れ、化して精衛となった。つねに西山の木石をくわえて飛来し、それを投げこんで東海を埋めようとした」という故事による（三好）。つまり旅順港を閉鎖するため沈めた船を「精衛の石」にたとえたのである。こうした故事についての知識が、鷗外のみでなく、明治の知識人たちには共有されていたと思うべきなのかどうか、これはわたしだけのほしいままな連想だが、柴生田稔の『春山』の昭和十年の歌にあった。「閉塞船記事」という歌が想われた。（「想われた」はママ。柴生田の三首の歌は引用は略す―平山）／広瀬中佐と杉野兵曹長の挿話は、昭和三年生まれのわたしも、軍歌にもなっていてよく知っていた。柴生田さんは、明治三十七年生まれだから、『うた日記』のころ生まれた。／鷗外・茂吉・稔と来る三代目である。広瀬中佐《（ママ）》の「はなやかに叫び死」んだ事蹟《ママ》の向うがわにいた軍人に共感して、稔はこう歌った。「おしなべて国あやふしと銃とりし彼の日のごとくまたあり得んや」（稔）と、国情を憂いながら、閉塞船の記事には、涙を流す。それが、日露戦争の三十年後の一人の知識人の位置を示していた。わたしは、鷗外の「朧夜」という一語から、「あかつきのしらしら明け」を想起したのだった。おぼろ月の夜に、伝説の小鳥が木石を落してまわる姿と、暁暗をついて敵の港へ入って行く、沈められるための汽船とを、重ねてみたのであった。

たった一句の鑑賞にこれだけ長い文章があてられているが、鷗外の俳句についての解釈は、私が傍線を付した末尾の部分だけである。鷗外の句の含む意は、果たしてこれでよいのだろうか。

日本軍がロシア軍と戦うためには、対馬海峡を横断して黄海を経由し遼東半島のどこかから上陸しなければならない。ところが、遼東半島突端にある天然の良港である旅順には、ロシアの艦船が多数碇泊していて、いつでも日本軍を攻撃できる態勢にあった。何十万という軍隊、それに付属する大量の武器弾薬、それに食糧などを円滑に輸送しなければロシア軍に勝つことはできない。「満洲の主作戦の展開は、制海権の確保が前提であり、したがって開戦当初陸軍側はさまざまな案を立てながら、海軍の作戦を見守り、そのすみやかな推進を督促していた。」(古屋哲夫『日露戦争』中公新書、傍点・平山)このあと、同書からの引用を続ける。

連合艦隊は緒戦の夜襲に続いて、二月十四日第二回旅順艦隊攻撃を行なったが、出口の狭い旅順港内にあるロシア艦隊に有効な打撃を加えることができなかった。そこで、この決戦を避けるロシア艦隊をむしろ港内にとじこめるための策が立てられた。有名な「旅順口閉塞」作戦がこれである。／「閉塞」とは具体的には、旅順口の出口に汽船を並べて沈め、敵艦隊の交通を妨げることであった。（中略）／まず二月二十四日未明、第一回閉塞を実行して五隻の汽船を沈め、ついで三月二十七日第二回閉塞で四隻を沈めた。しかし、予定地点到達前の坐礁、あるいは探照灯に照らされての位置誤認、さらには敵弾により撃沈されるなど期待した成果を収め得なかった。沈んでゆく汽船の上で、行方不明の部下を最後まで探し続けて戦死した広瀬武夫少佐（死後、中佐に昇進）が、以後「軍神」としてあがめられることになったが、これは第二回閉塞作戦中の出来事である。

閉塞作戦がこのようにうまくいかなかったために、第三軍による陸地からの攻撃が行われ、多大の損失を蒙りながら、年末に至って二〇三高地を占領、山上からの砲撃によってロシアの旅順艦隊は漸く壊滅したのである。

つまり、遼東半島から満洲へかけての日本陸軍のロシア軍との戦いの成否は、すべて旅順の封鎖あるいは壊滅にかかっていたのであって、その作戦に従事していた海軍の行動は、逐一陸軍に報告され、陸軍は神経を尖らせていたのである。「朧夜や」とあるので、鷗外がさきの俳句を作ったのは、広瀬少佐の戦死よりあとである。「精衛海を塡《うず》む」とは、「不可能な事を企てて、ついに徒労に帰するたとえ」(『広辞苑』)とあるように、海軍はしきりに閉塞作戦をやっているが、どれもこれも成功しない。なんとかならないものかという、あせりにあせる陸軍側の立場に立っての海軍非難の気持が籠められているのが鷗外の句であったと私は思うのである。鷗外はあくまでも陸軍の軍医部長であった。

陸軍と海軍との対立関係という点からとらえると、鷗外が陸軍の兵食として米飯に固執したために、「陸軍は日清戦争で四万一千余の脚気患者と四千余の同病死者をだしただけでなく、次の日露戦争でも二十五万余の患者と二万八千にのぼる同病死者をだすという未曽有の災害をもたらした」という事実がある。(坂内正『鷗外最大の悲劇』新潮社)

同書によると、「日露戦争中の海軍の脚気患者は八十七名、同病による死者は三名」であった。なぜこのような差が生まれたかと言えば、海軍では兵員の主食を米麦混食とパン食に改めたにもかかわらず、陸軍は一貫して白米一辺倒であったからである。当時はまだ脚気がビタミンB_1の不足による病いであるという知識はなかった。鈴木梅太郎がビタミンB_1を抽出したのは明治四十三年（一九一〇）のことである。
陸軍の兵食の栄養学的基礎となった「日本兵食論」は鷗外によってライプチヒで書かれたと言われる。その中で鷗外は、白米をパンやビスケットや麦に変えることによって脚気を防ぐことに成功した海軍の実例を知りながら、陸軍の兵食には「西洋食ヲ給スル」ことは不必要であるとの結論を出し、その後もその説によって未曽有の被害が生じても決して自説の非は認めなかった。ここにも鷗外の海軍に対する対立意識があるように私には思える。鷗外の陸軍における役職の最後のものは、陸軍軍医総監、陸軍省医務局長であった。

注

（1）　引用は『鷗外全集』第一巻（昭13・2、岩波書店）による。但し、純然たる陣中作の形をとる「うた日記」の部分だけを対象とし、「隕石」「夢がたり」「あふさきるさ」「無名草」の部分が一応除外した。
（2）　万葉集の引用は、佐佐木信綱編『新訂新訓万葉集』（岩波文庫）によった。
（3）　（目不酔草）
暁《あかとき》のめざまし草とこれをだに見つついまして吾《われ》と偲《しの》はせ（巻12・三〇六一）

（月草）
月草の移ろひやすく思《おも》へかもあが思《も》ふ人の言《こと》も告げ来ぬ（巻4・五八三）など
（かげくさ）
影草の生ひたる宿の夕影に鳴くこほろぎは聞けど飽かぬかも（巻10・二一五九）
（思草）
道の辺の尾花が下《もと》の思ひ草今さらさらに何をか思はむ（巻10・二二七〇）
（柵草紙）
明日香川しがらみ渡し塞《せ》かませば流るる水ものどにかあらまし（巻2・一九七）
など

あとがき

「鷗外「奈良五十首」の意味」（上）は昭和四十八年十二月に、同（下）は昭和五十年一月に、それぞれ『立教大学研究報告〈人文科学〉』33号と34号に掲載された。それを単行本としてまとめたものが『鷗外「奈良五十首」の意味』（昭和50年10月、笠間書院）である。第六章も同書に収録されていたが、もともとは、『現代作家・作品論』（昭和49年10月、河出書房新社）に収録されていた論文である。第七章は、『立教大学日本文学』（昭和38年11月）に発表された論文で、今回初めて併載したものである。なお、「鷗外の「奈良五十首」「うた日記」―追考と補正―」（平成27年3月、『国文学踏査』）から本書にふさわしい部分を適宜切り放して収録した。

本書は、『鷗外「奈良五十首」の意味』（一九七五年、笠間書房刊）を改訂、増補し、表題を『鷗外「奈良五十首」を読む』としたものである。

中公文庫

鷗外《おうがい》「奈良五十首《ならごじゅっしゅ》」を読《よ》む

2015年10月25日　初版発行

著　者　平《ひら》山《やま》城《じょう》児《じ》

発行者　大橋 善光

発行所　中央公論新社
〒100-8152　東京都千代田区大手町1-7-1
電話　販売 03-5299-1730　編集 03-5299-1890
URL http://www.chuko.co.jp/

印　刷　三晃印刷
製　本　小泉製本

Published by CHUOKORON-SHINSHA, INC.
Printed in Japan　ISBN978-4-12-206185-9 C1195

各書目の下段の数字はＩＳＢＮコードです。978 − 4 − 12が省略してあります。

中公文庫既刊より

も-4-1
渋江抽斎
森　鷗外
推理小説を読む面白さ、鷗外文学の白眉。弘前津軽家の医官の伝記を調べ、その追求過程を作中に織り込んで伝記文学に新手法を開く。〈解説〉佐伯彰一
201563-0

も-31-2
鷗外の坂
森　まゆみ
団子坂、無縁坂、暗闇坂……。森鷗外が暮らした坂のある町。その足どりを辿りながら、明治の文豪の素顔と六〇年の起伏に富んだ生涯を描き出す、渾身の評伝。
205698-5

み-9-2
作家論
三島由紀夫
森鷗外、谷崎潤一郎、川端康成を始め、敬愛する十五作家の精神と美意識を論じつつ文学の本質に迫る、著者の最後を飾った文学論。〈解説〉佐伯彰一
200108-4

ま-3-3
文壇五十年
正宗　白鳥
自然主義文学の泰斗が、明治・大正・昭和の文芸・演劇の変遷を回想。荷風、鷗外、花袋や日露戦争以後の文壇状況を冷徹な視点で描く文学的自叙伝。〈解説〉持田叙子
205746-3

た-87-1
忘れ得ぬ人々と谷崎潤一郎
辰野　隆
辰野金吾を父に持ち名文家として知られる仏文学者が同窓の谷崎、師として仰ぐ露伴、鷗外、漱石らとの交流から紡いだ自伝的文学随想集。〈解説〉中条省平
206085-2

キ-3-27
日本文学史　古代・中世篇一
ドナルド・キーン
土屋政雄 訳
シリーズ全体の序文、人間的でなまめかしい『古事記』、奈良時代と平安時代前期の漢文学、そして最古にして最高の歌集『万葉集』の世界を語り尽くす。
205752-4

し-6-42
世界のなかの日本　十六世紀まで遡って見る
司馬遼太郎
ドナルド・キーン
近松や勝海舟、夏目漱石たち江戸・明治人のことばと文学、モラルと思想、世界との関りから日本人の特質を説き、世界の一員としての日本を考えてゆく。
202510-3

し-6-57
日本人の内と外〈対談〉
司馬遼太郎
山崎　正和
欧米はもちろん、アジアの他の国々とも異なる日本文化の独自性を歴史のなかに探り、「日本人」が国際社会で真に果たすべき役割について語り合う。
203806-6

キ-3-28
日本文学史　古代・中世篇二
ドナルド・キーン
土屋政雄訳
『万葉集』から『古今集』へ。平安時代後期の文学は、ひらがなで記された『土佐日記』の影響のもと、『蜻蛉日記』など宮廷女性の日記文学が牽引する。
205775-3

キ-3-19
日本文学史　近代・現代篇二
ドナルド・キーン
徳岡孝夫訳
日露戦争の後におこった自然主義運動、そしていまなお読者をひきつけてやまない夏目漱石、森鷗外、白樺派の同人たち。近代小説の形成と発展を描く。
205542-1

た-30-19
潤一郎訳　源氏物語　巻一
谷崎潤一郎
文豪谷崎の流麗完璧な現代語訳による日本の誇る古典。日本画壇の巨匠14人による挿画入り絵巻。本巻は「桐壺」より「花散里」までを収録。〈解説〉池田彌三郎
201825-9

た-30-20
潤一郎訳　源氏物語　巻二
谷崎潤一郎
文豪谷崎の流麗完璧な現代語訳による日本の誇る古典。日本画壇の巨匠14人による挿画入り。本巻は「須磨」より「胡蝶」までを収録。〈解説〉池田彌三郎
201826-6

た-30-21
潤一郎訳　源氏物語　巻三
谷崎潤一郎
文豪谷崎の流麗完璧な現代語訳による日本の誇る古典。日本画壇の巨匠14人による挿画入り絵巻。本巻は「螢」より「若菜」までを収録。〈解説〉池田彌三郎
201834-1

た-30-22
潤一郎訳　源氏物語　巻四
谷崎潤一郎
文豪谷崎の流麗完璧な現代語訳による日本の誇る古典。日本画壇の巨匠14人による挿画入り絵巻。本巻は「柏木」より「総角」までを収録。〈解説〉池田彌三郎
201841-9

た-30-23
潤一郎訳　源氏物語　巻五
谷崎潤一郎
文豪谷崎の流麗完璧な現代語訳による日本の誇る古典。日本画壇の巨匠14人による挿画入り絵巻。本巻は「早蕨」から「夢浮橋」までを収録。〈解説〉池田彌三郎
201848-8

各書目の下段の数字はISBNコードです。978－4－12が省略してあります。

し-20-6
初期万葉論
白川　静
それまでの通説を一新した、碩学の独創的万葉論。人麻呂の挽歌を中心に古代日本人のものの見方、神への祈りが、鮮やかに立ち現れる。待望の文庫化。
204095-3

し-20-7
後期万葉論
白川　静
『初期万葉論』に続く、中国古代文学の碩学の独創的万葉論。人麻呂以降の万葉歌の諸相と精神の軌跡を描き、文学の動的な展開を浮かび上がらせる。
204129-5

ま-44-3
評伝　北一輝　Ⅰ若き北一輝
松本　健一
日本近代史上最も危険な革命思想家北一輝。特異な思想と奇抜な人間像を描き切る全五巻。第一巻では、北の生い立ちと思想形成過程を佐渡の歴史風土を背景に辿る。
205985-6

か-18-8
マレー蘭印紀行
金子　光晴
昭和初年、夫人三千代とともに流浪する詩人の旅はいつ果てるともなくつづく。東南アジアの自然の色彩と生きるものの営為を描く。〈解説〉松本　亮
204448-7

ま-43-1
山　行
槇　有恒
大正時代にアイガー東山稜、マウント・アルバータの初登頂をなしとげ、日本に近代アルピニズムをもたらした槇。山岳随筆の古典にして白眉。〈解説〉安川茂雄
205676-3

さ-63-1
努力論　決定版
斎藤　兆史《よしふみ》
現在、日本社会で起こっている問題の多くは、「労せず功を得ようとする風潮」に原因がある。努力でしか道は開けない。同胞の偉人たちが示す人生充実への道。
205750-0

S-2-23
日本の歴史23　大正デモクラシー
今井　清一
第一次世界大戦の戦争景気で未曾有の繁栄を迎え、太平ムードが世の中をおおう。大正時代の独特な姿を硬軟さまざまの面から掘りさげる。〈解説〉大門正克
204717-4

S-24-4
日本の近代4　「国際化」の中の帝国日本　1905～1924
有馬　学
「日露戦後」の時代。偉大な明治が去り、関東大震災がおき、帝国日本は模索しながらどこへむかおうとしたのか。大正デモクラシーの出発点をさぐる。
205776-0